LES EMMURÉS

Né en 1951, Serge Brussolo a beaucoup écrit. Il se consacre désormais au thriller, explorant le suspense sous toutes ses formes. Doué d'une imagination surprenante, il est considéré par la critique comme un conteur hors pair, à l'égal des meilleurs auteurs du genre, et certains n'hésitent pas à lui trouver une place entre Stephen King et Mary Higgins Clark. Il a reçu le prix du Roman d'aventures 1994 pour *Le Chien de minuit*, paru au Masque, et son roman *Conan Lord, carnets secrets d'un cambrioleur*, a été élu Masque de l'année 1995. *Pèlerins des Ténèbres* est le dernier ouvrage publié chez cet éditeur en 2000.
Grand maître des atmosphères inquiétantes, Serge Brussolo a également reçu le Grand Prix du jury RTL-*Lire* pour *La Moisson d'hiver* (éditions Denoël) en 1994.

Paru dans Le Livre de Poche :

L'ARMURE DE VENGEANCE
AVIS DE TEMPÊTE
BAIGNADE ACCOMPAGNÉE
LA CHAMBRE INDIENNE
LE CHÂTEAU DES POISONS
LE CHIEN DE MINUIT
CONAN LORD
LES ENFANTS DU CRÉPUSCULE
LA FILLE DE LA NUIT
LE LABYRINTHE DE PHARAON
LA MAIN FROIDE
LE MANOIR DES SORTILÈGES
LE MURMURE DES LOUPS
LE NUISIBLE
LES PRISONNIÈRES DE PHARAON
LA ROUTE OBSCURE
LE SOURIRE NOIR

SERGE BRUSSOLO

Les Emmurés

ÉDITIONS DE LA SENTINELLE

1

Elle s'appelait Jeanne, elle avait trente ans, elle portait un tailleur coûteux, des escarpins ruineux, un sac qui faisait saliver les femmes de cadres moyens, et pourtant elle était à la rue.

« Je suis une clocharde », pensa-t-elle en épiant son image dans la vitrine d'une boutique. C'était presque ça. Une clocharde de luxe. Une clocharde nantie d'un bel appartement où il n'était pas question, pourtant, qu'elle remette les pieds. Elle était à la rue. En transit. Interdite de séjour chez elle comme à son bureau. Elle n'avait plus le choix de sa destination. Ce soir, elle coucherait en enfer ou dans la salle d'attente d'une gare de grandes lignes. Mais non, c'était faux. Elle n'avait même pas ce recours, sa place était déjà réservée au purgatoire. Un abonnement d'un mois.

– Un logement de six pièces, lui avait précisé Georges son rédacteur en chef. Six pièces à la maison Malestrazza. Petite veinarde. Une turne qui n'a pas été habitée depuis quinze ans. Tu imagines ?

Elle imaginait sans mal, mais avec beaucoup de réticences. Elle se représentait déjà une caserne de brique sale, un cube percé de fenêtres minuscules comme le tombeau d'un pharaon. Mais non ! Elle perdait la boule, les pyramides n'avaient pas de fenêtres, qu'est-ce qu'elle racontait ? L'angoisse lui ramollissait le cerveau. Elle s'examina de nouveau. Le vent jouait dans les boucles noires de ses cheveux, agitant ce désordre faussement décontracté que le coiffeur avait mis plus d'une heure à concevoir.

– Il faut beaucoup souffrir pour avoir l'air mal peigné, lui avait-il soufflé à l'oreille.

Elle regarda l'heure à sa montre. Le jour baissait. L'échéance se rapprochait. Elle pensa au petit papier dans sa poche : *Maison Malestrazza. 3, place Verneuve. Escalier C. Troisième étage.*

Elle devinait sans peine dans quel taudis il allait lui falloir mettre les pieds mais elle décida de prendre la chose avec bonne humeur, de manière « positive ». Elle entra dans une pharmacie et acheta une grosse bouteille d'alcool à 90°. La femme en blouse blanche qui trônait derrière la caisse lui jeta un coup d'œil étonné. Il y avait là assez de produits pour traiter les malades d'un petit hôpital. Jeanne estimait que c'était juste assez pour assainir l'appartement où elle allait devoir vivre pendant trente jours. Elle était tellement occupée à dénombrer les endroits qu'il lui faudrait aseptiser qu'elle faillit oublier de réclamer du coton. Mentalement, elle passait déjà en revue les boutons de porte, les robinets, la lunette des W-C, toutes les surfaces destinées à supporter ses affaires de toilette : brosse à dents, crèmes…

À plusieurs reprises, au cours d'un reportage, il lui était arrivé de coucher dans des chambres d'hôtel si sales qu'elle n'osait s'y déshabiller. Elle dormait alors dans un fauteuil, assaillie de démangeaisons plus ou moins imaginaires, se grattant les aisselles, inspectant ses vêtements toutes les trois minutes pour s'assurer qu'aucune bestiole ne s'y promenait.

En l'envoyant dans cette vieille baraque, Georges savait ce qu'il faisait. On n'aurait pu trouver meilleure punition. Il avait dû se rappeler les jérémiades dont elle l'avait abreuvé au retour desdits reportages. Il les avait utilisées avec un sadisme consommé. Elle le maudit entre ses dents. L'abreuvant de ces injures qu'elle s'amusait à inventer quand elle était à bout de nerfs. C'étaient des jurons de petite fille en colère, elle en avait conscience, mais ces débordements verbaux la soulageaient.

Embarrassée par le flacon d'alcool et le paquet de coton, elle pénétra dans une quincaillerie. Elle réclama un insecticide surpuissant.

– Surpuissant ? s'étonna la vieille femme qui tenait la boutique. Autrement dit, un produit qui tue les cafards en une minute.

– Je ne veux pas seulement qu'il les tue, insista Jeanne. Je veux aussi qu'il les réduise en cendres !

Elle n'était pas entièrement sûre de plaisanter. La marchande eut un sourire crispé et saisit un cylindre rouge et noir zébré d'un éclair jaune. Cette présentation agressive parut rassurante à la jeune femme. Toutefois, au moment de payer, elle insista :

– Vous n'avez rien avec une tête de mort ? Une tête de mort au lieu d'un éclair jaune ?

– Vous croyez qu'une tête de mort ferait davantage peur aux cafards ? ricana la vieille. Moi, je pense plutôt que ça les mettrait en appétit !

Jeanne haussa les épaules et sortit. Son paquetage de combat devenait encombrant, mais elle se sentait déjà plus forte. Elle avait mal aux pieds. Elle décida de faire une pause dans un café. En s'asseyant, elle fit tomber la bombe anticafards sur les genoux d'un sexagénaire installé devant une bière.

– Ah ! se moqua le bonhomme. Voilà bien les jeunes femmes d'aujourd'hui : jamais de sac à provisions, ça vous fait peur les cabas ! Vous pensez qu'on va vous prendre pour une femme de ménage si on vous surprend un sac à provisions à la main ?

Jeanne lui tourna le dos, luttant contre l'envie qui montait en elle de l'asperger d'insecticide.

« Allons, pas de blague, décida-t-elle. Il serait fichu de faire un infarctus. »

Ce matin, tout le monde était contre elle. Cette charogne de Georges avait lancé un ordre de mobilisation générale pour lui rendre la vie impossible. Elle l'insulta à nouveau à voix basse et le sexagénaire, prenant ces injures pour lui, se détourna, offusqué.

Jeanne commanda un lait fraise glacé. Une boisson antistress et anti-ulcéreuse. C'était ce qu'il lui fallait. Le garçon eut l'air excédé par tant d'excentricité.

Jeanne sentait son optimisme retomber. Elle savait que Georges l'expédiait en camp de détention pour la punir. Un mois à la maison Malestrazza, c'était son verdict, sa sentence pour avoir saboté le reportage sur Nicky Stanway, le pirate informatique qui avait prélevé plusieurs dizaines de millions sur les comptes de trois banques suisses. Il n'avait pas tort. C'est vrai qu'elle avait raté un scoop, pour une histoire de coquetterie, et qu'elle avait volontairement négligé de passer le relais à un confrère, par jalousie professionnelle. Par peur aussi d'être éclipsée.

– C'est la dernière fois que tu me fais un coup comme ça, avait grondé Georges. Au prochain caprice, tu pourras sortir ta calculette et chiffrer tes indemnités. Je devrais t'arracher la peau du cul. C'est une faute professionnelle ! Je devrais t'inscrire tout en haut de la liste noire. Si cette histoire s'ébruitait, tu serais finie, foutue, réduite à racoler les congressistes de province dans les halls des hôtels !

Elle s'était raidie, laissant passer l'orage, essayant de s'abstraire. Les hommes aiment agresser les femmes dans le travail, sans doute assimilent-ils cela à une sorte d'acte sexuel symbolique ? De plus elle n'avait rien à dire pour sa défense. Rien que Georges puisse prendre en considération. Elle avait subi la semonce, les yeux baissés, comme il convenait. Pendant quelques secondes, elle avait été sur le fil du rasoir. La calvitie de Georges avait lentement viré au rouge, se fripant comme une peau sur du lait qui refroidit, puis sa colère était retombée.

– Je te donne une dernière chance, avait-il lancé. Un coup foireux sur lequel personne ne veut monter. Tu as entendu parler de la maison Malestrazza ? L'immeuble-tombeau de la place Verneuve... ça remonte à quinze ans. J'ai un éditeur sur l'affaire, un ami qui me tanne pour que je lui trouve un enquêteur. Il réclame un reportage romancé, tu vois le topo ? Couverture sanguinolente et lettres qui dégoulinent. Tu restes un mois dans l'immeuble et tu ponds un best-seller, un truc à frissons.

Jeanne avait serré les dents sous l'affront. C'était du travail de miteux, un job de pisse-copie, pour librairies de gares et débats télévisés. Du document croustillant à souhait, enjolivé, écrit tout en italique et points d'exclamation. Mais elle ne pouvait refuser.

– Passe aux archives, avait dit Georges. Prends la documentation de l'époque, ça remonte bien à quinze ans maintenant, peut-être dix-sept.

L'éditeur loue un appartement à l'année dans cette foutue baraque en espérant qu'un quelconque crève-la-faim acceptera le contrat.

Elle avait dû dire merci en sortant du bureau, et Georges lui avait ri au nez. Il savait qu'il la tenait. Il aurait pu exiger qu'elle fasse le tour de la rédaction à quatre pattes, sa culotte entre les dents. Elle n'aurait pas eu le courage de dire non.

Elle essaya de boire une gorgée du lait glacé que venait de lui apporter le garçon. Il était tiède, bien sûr. à partir d'aujourd'hui, tout irait mal, elle était en disgrâce. Elle ne rentrerait au journal qu'après avoir fait amende honorable, qu'après avoir purgé sa peine de réhabilitation entre les murs crasseux de la maison Malestrazza. Jamais elle n'aurait pensé descendre si bas. Elle avait toujours méprisé les journalistes qui romancent le fait divers, en tirent des pavés juteux pour s'en mettre plein les poches. La maison Malestrazza, c'était à peu près aussi sérieux que le monstre du loch Ness ou les ovnis du Triangle des Bermudes. Elle avait honte mais elle l'avait mérité, elle s'était comportée comme une idiote. C'était d'ailleurs la faute des hommes, les hommes la rendaient toujours idiote. Sans doute par contagion ?

Elle aspira une grande bouffée d'air mais son diaphragme était douloureux, crispé, son estomac serré comme un poing.

« Allons, se dit-elle. Qu'est-ce que tu risques en vérité ? Ce sera sale, tu passeras une semaine à nettoyer à quatre pattes sur le carrelage, pas de quoi en faire une maladie. Et puis tu iras faire quelques interviews : l'inévitable concierge, le non moins inévitable vieux locataire qui habitait sur les lieux au moment du drame. De la routine à expédier, en serrant les fesses. »

Elle se secoua, paya. Elle voulait encore acheter une machine à écrire avant la fermeture des magasins. Pas question de récupérer le coûteux traitement de texte qui trônait sur son bureau, chez elle, car les coupures d'électricité étaient aussi fréquentes qu'interminables là où elle se rendait. Elle allait devoir revenir aux sources, aux petites Olivetti ferraillantes, aux rubans qui vous noircissent les doigts, à la pâte blanche correctrice qu'on étale au pinceau… tout un arsenal qu'elle croyait ne plus jamais utiliser. Elle héla un taxi, se fit déposer devant un magasin spécialisé où elle fit l'acquisition d'une portable rouge écarlate qui avait l'air d'un jouet. Elle s'amusa à taper quelques mots, embrouilla les touches. Elle pensa qu'elle aurait tout aussi bien fait d'acheter un porte-plume et de l'encre, mais sans doute ne trouvait-on plus de porte-plume ? Il lui fallait aussi du papier, des carbones. En regagnant le taxi, elle passa en revue ses idées préconçues : L'escalier sentirait la pisse de chat. Il y aurait des bouteilles de vin vides sur chaque palier. Derrière les portes, on entendrait hurler des couples et des enfants battus. La concierge serait une grosse femme au menton poilu et dont les mamelles dilateraient une blouse de toile bleue d'avant-guerre. Et, bien sûr, les inévitables cafards galoperaient sur les murs et le plafond, n'attendant que le moment de se décoller pour tomber dans vos cheveux. Elle grimaça à cette seule idée. Ah ! Georges avait bien calculé son coup.

Le taxi avançait au ralenti, coincé dans la cohue des boulevards. Jeanne songea qu'elle n'avait pas de pyjama. La perspective de dormir nue dans un lit qui n'était pas le sien la contraria. Un lit inconnu où personne n'avait couché depuis quinze ans ? Ce devait être comme de s'allonger sur la paillasse d'un cachot.

– C'est meublé, avait précisé Georges. Tu auras tout sous la main. Bien sûr, l'équipement doit dater de la Seconde Guerre mondiale, mais tu auras l'impression de faire un voyage dans le temps, à l'époque où les fours à micro-ondes et les surgelés n'existaient pas.

Georges ! En ce moment même, il devait boire du petit-lait, savourant sa vengeance avec des grimaces de chat gourmand.

Elle haussa les épaules et s'aperçut que le chauffeur l'observait dans le rétroviseur, une moue méprisante aux lèvres. Sans doute la prenait-il pour l'une de ces *executive women* détraquées par trop de travail ?

Pourquoi voyait-elle tout en noir ? En fait les choses pouvaient se passer de manière inattendue, voire tragi-comique. Elle se rappela ce week-end dans une campagne sinistre, deux ans auparavant. On lui avait demandé un papier d'atmosphère sur une maison où venait d'être perpétré un crime abominable. Une famille entière. Les parents et leurs deux enfants avaient été assassinés durant la nuit par un rôdeur qui les avait ensuite décapités. On avait retrouvé les quatre têtes alignées sur la table de cuisine, la langue prise (pourquoi ?) dans un piège à souris.

Cette tuerie incompréhensible, ce cérémonial macabre avaient passionné l'opinion publique, et Jeanne avait été dépêchée sur les lieux en compagnie de Marianne, une jeune photographe, pour pondre un papier « gothique », chef-d'œuvre de suspense et de sensibilité. Georges avait fait des pieds et des mains pour obtenir les autorisations nécessaires, et les deux femmes avaient dû rouler à travers une campagne noire, boueuse, qu'écrasait un ciel de novembre, pour parvenir à la maison du crime. Une bâtisse isolée. Tout de suite, Marianne s'était montrée nerveuse. Il y avait des taches de sang partout, sur le sol, les murs, les marches de l'escalier. Il était prouvé qu'une fois son forfait accompli le meurtrier avait pris une douche, s'était fait un shampooing, et s'était même rasé en utilisant l'après-rasage du maître des lieux. Un tel sang-froid avait de quoi faire frissonner.

– Et s'il revenait ? balbutia Marianne en passant le seuil. Tu y as pensé ? Un type comme ça n'a peur de rien. Il pourrait même penser qu'on lui lance un défi... qu'on est là pour le provoquer…

Mais Jeanne n'avait pas répondu. Il faisait horriblement froid dans la maison, et ses pieds étaient en train de se changer en glaçons. Très vite, cette sensation de froid était devenue obsessionnelle, parasitant ses pensées. La chaudière était éteinte et il n'était pas question de la remettre en route. Les radiateurs semblaient autant de carcasses mortes accrochées aux murs. Jeanne allait de l'un à l'autre, les palpant en vain, tandis que Marianne ouvrait peureusement les portes.

Le week-end s'était déroulé ainsi : la photographe sursautant dès que le plancher craquait, Jeanne essayant obstinément de se réchauffer les pieds…

Elle avait parcouru la maison, ouvert tous les placards à la recherche d'un chauffage d'appoint électrique.

– Oh ! avait gémi Marianne très choquée, tu oses fouiller dans leurs affaires ?

Mais Jeanne ne pensait plus qu'orteils gelés, retraite de Russie, marche dans la neige, amputation. Le froid qui montait du sol grimpait dans ses jambes, dans son corps, la glaçant tout entière. Au bout de deux heures, elle avait commencé à frissonner.

– Tu as entendu ? couina Marianne. Ce bruit dans le jardin. Oh ! je suis sûre qu'il y a quelqu'un !

Mais, au mot « jardin », Jeanne avait accolé celui de « bûches », de « fagots ». Elle se voyait allumant une flambée dans la cheminée, enlevant ses chaussures et tendant ses pieds ratatinés vers les flammes. *Oh ! Dieu ! que ce serait bon !*

– Je vais voir, dit-elle en saisissant une torche électrique.

– Oh, non ! hurla Marianne, tu vas te faire assassiner. Il te décapitera, jettera ta tête par la fenêtre… et elle tombera sur mes genoux !

Mais Jeanne était déjà dehors, cherchant la réserve de bûches. Il n'y avait rien. Elle rentra.

– Je n'ai rien trouvé, dit-elle sombrement.

– Oh ! s'étonna Marianne. On dirait que tu es déçue.

La nuit s'écoula ainsi : la photographe luttant contre les cauchemars, Jeanne se frictionnant désespérément les pieds. Vers deux heures du matin, n'y tenant plus, Jeanne grimpa à l'étage, dans la chambre des parents, là où on les avait assassinés, pour tenter de dénicher des chaussettes dans un placard. Elle en passa cinq paires, les unes sur les autres, n'accordant pas un regard au matelas imbibé de sang noir, ou aux giclures maculant le papier peint. En fait, elle commençait à se sentir mieux. Le seul problème résidait dans le fait qu'elle n'arrivait plus à réenfiler ses chaussures. Elle redescendit sur ses pieds empaquetés de laine. En bas, Marianne grelottait de terreur dans son sac de couchage, le visage luisant de la sueur des cauchemars.

– Oh ! hoqueta-t-elle en fixant les jambes de Jeanne. Tu as osé emprunter leurs vêtements. Des chaussettes de cadavre ! *Tu portes des chaussettes de cadavre !*

Elle n'ajouta pas *Tu vas attirer le malheur sur nous*, mais ce fut tout comme.

Oui, c'est ainsi que se déroula le week-end sur les lieux du crime. Pas une seconde Jeanne n'eut le temps d'avoir peur, elle avait trop froid.

Les choses allaient peut-être se dérouler de la même manière cette fois-ci. Il lui faudrait lutter contre les robinets récalcitrants, les toilettes bouchées. Elle serait tellement débordée par les tâches ménagères qu'elle n'aurait pas une seconde à consacrer à l'angoisse ou aux fantômes.

Le taxi s'arrêta en face d'un grand immeuble de brique claire.

– C'est là, vous en êtes sûr ? s'inquiéta-t-elle en cherchant son porte-monnaie.

La façade n'avait rien de sinistre, les rideaux étaient propres, et il y avait des géraniums sur l'appui des fenêtres. Elle s'extirpa de la voiture, rassembla ses paquets. Au rez-de-chaussée, un chat sommeillait derrière les carreaux, vivante image de la paresse et du bien-être. Jeanne leva le nez. La bâtisse devait bien faire une dizaine d'étages. C'était une construction massive, sans grâce, mais nullement inquiétante.

Une espèce de pudding jeté sur le trottoir, et qui écrasait par son volume les habitations environnantes. La seule anomalie résidait dans l'étroitesse des fenêtres et de l'entrée. Toutes ces ouvertures semblaient bizarrement réduites, crispées. Jeanne poussa le bouton commandant la porte. Le battant s'ouvrit sans peine sur un hall étiré en longueur, et d'où jaillit une bouffée d'eau de Javel. La jeune femme s'immobilisa, les bras chargés, au seuil du carrelage humide. La concierge s'activait, jouant avec maestria du balai et de la serpillière. C'était une femme sèche, d'une quarantaine d'années, vêtue d'un pull et d'un jean noirs qui lui faisaient une silhouette de rat d'hôtel. Elle avait les yeux clairs et une bouche maussade, faite pour l'ordre et la réprimande.

– Oui ? dit-elle en posant son menton sur le manche du balai. Vous cherchez quelqu'un ?

Jeanne se présenta. Georges lui avait dit qu'elle trouverait la clef chez la gardienne. En s'avançant vers la loge, elle renversa son paquet et la bombe anti-cafards roula jusqu'aux pieds de la concierge.

– Vous n'aurez pas besoin de ça, dit la femme maigre en pinçant les lèvres. C'est propre ici, je fais mon travail. Je ne suis pas une fainéante, vous pourrez le dire à ceux qui vous envoient. Je n'ai jamais volé mon salaire.

Jeanne rougit. Elle venait de commettre sa première erreur ; maintenant la gardienne ne verrait plus en elle qu'une ennemie, ou une espionne.

– Je suis Mme Cliquet, dit la concierge qui s'essuyait les mains. Oh ! ici on me donne d'autres noms derrière mon dos, vous ne serez pas longue à les apprendre, j'en suis sûre.

Jeanne chercha quelque chose à dire pour effacer sa gaffe mais elle sentait le regard de Mme Cliquet sur elle, comme une accusation. Son tailleur était trop chic pour l'endroit. Elle avait été idiote de ne pas se changer, elle allait passer pour une bourgeoise prétentieuse, une snobinarde. Pendant ce temps, la concierge avait décroché une clef d'un tableau constellé de crochets numérotés.

– Pierrot va vous conduire, dit-elle. En même temps il vous récitera le règlement intérieur. C'est la seule chose qu'il a réussi à apprendre par cœur.

– Pierrot ! hurla-t-elle avec tant de force que Jeanne esquissa un mouvement de recul.

Un garçon de douze ou treize ans apparut au fond de la loge, une bande dessinée à la main.

– Conduis mademoiselle à l'appartement 156, ordonna-t-elle. Et porte-lui ses paquets, ça te donnera l'air dégourdi !

L'enfant s'exécuta. Il était maigre lui aussi, le visage constellé de taches de rousseur. Ses jambes dépassaient de son short comme d'interminables allumettes, lui donnant l'air plus jeune qu'il n'était sûrement.

– Qu'est-ce que tu lis ? demanda Jeanne en jetant un coup d'œil à la couverture du journal.

– Des imbécillités, oui, grogna Mme Cliquet en reprenant son agitation de musaraigne fébrile.

– Non, protesta Pierrot. C'est *Les Aventures des Destructeurs,* une bande de cinglés qui font sauter les maisons à la dynamite.

– Ah ! souffla Jeanne. Et pourquoi ?

– Ben, tiens ! siffla le gosse comme s'il s'agissait d'une évidence, pour se marrer !

Il la soulagea d'un paquet, prit la clef et se mit en marche, zigzaguant pour ne pas poser les pieds sur les dalles encore humides.

– Faites pas de marques, chuchota-t-il, ou ma mère va me tanner la peau du cul.

Jeanne s'évertua à calquer ses évolutions sur celles de l'enfant.

– C'est très propre, remarqua-t-elle pour tenter de faire passer un courant positif.

– Ben, tiens, fit Pierrot, ma mère se donne assez de mal. Elle frotte toute la journée, à la cire, à l'eau de Javel. Et je te fais briller les rampes, et je te nettoie les carreaux ! Une fois, une seule, elle a trouvé un cafard dans la chaufferie, j'ai cru qu'elle allait se faire hara-kiri. Elle ne me parlait plus que de ça. Elle avait mis le cadavre de la bestiole dans une boîte d'allumettes, comme une pièce à conviction, et elle le regardait de temps en temps. À l'entendre, elle était déshonorée.

Il fit une pause avant d'ajouter :

– Ça, vous ne lui avez pas fait plaisir avec votre bombe d'insecticide.

– Je ne pouvais pas savoir, s'excusa Jeanne.

– On aurait dû vous prévenir, s'entêta Pierrot. Ma mère, elle est connue comme concierge ! C'est une star dans sa profession !

Ils s'engagèrent dans l'escalier. Jeanne était assaillie par des odeurs de cire, de produit d'entretien pour cuivre. Tout resplendissait : les marches, la rampe, les tringles maintenant le tapis ; les murs étaient propres, sans graffitis ; les vitres des petites fenêtres éclairant chaque palier n'avaient pas l'ombre d'une tavelure. Paradoxalement, Jeanne sentait croître en elle une bouffée d'angoisse.

« Zut ! pensa-t-elle, *ça ne va pas du tout.* Comment je vais faire peur aux lecteurs, moi, avec un cadre pareil ? »

Elle s'était tellement préparée à décrire un endroit sordide qu'elle perdait soudain pied. Elle se prit à espérer que le prochain palier lui révélerait des murs lépreux, des portes à demi défoncées, que son arrivée ferait détaler un rat dans l'ombre. Mais elle fut déçue. Là aussi tout était impeccable, parfaitement éclairé par de petites ampoules dissimulées dans des globes d'opaline. Les murs étaient blancs, d'une nudité de craie.

« Je pourrais jouer là-dessus, songea Jeanne. Le blanc, le côté hôpital, couloir de morgue… mais c'est bien usé. Et puis c'est faux, ce couloir ne fait pas du tout penser à un hôpital. »

Le soleil traversant les carreaux teintés à la façon des vitraux allumait une douceur chaude dans cet espace vide. Trois portes se découpaient dans le mur, leurs poignées de cuivre rutilaient tel un pommeau de sabre un jour de parade.

– C'est partout comme ça ? s'inquiéta la jeune femme.

– Oui, lança Pierrot. C'est vachement grand, un vrai labyrinthe. Si on n'est pas habitué, on se trompe d'étage et on rentre chez quelqu'un d'autre. Au début, faut faire attention. Ici, essayez pas de pénétrer chez un autre locataire, même par mégarde, ça serait dangereux.

– À cause de la légende ?

– Oui. Je dis ça pour vous. Y a un vieux cinglé au cinquième qui garde un fusil chargé à portée de la main toute la journée. Il l'emmène même aux chiottes, au cas où… C'est tout dire.

Il s'arrêta, glissa la clef dans une serrure. La porte, semblable aux autres, s'ouvrit sans grincer.

– Ma mère a aéré, dit-il en désignant les fenêtres entrouvertes. Y a plus beaucoup de gens qui viennent ici, mais c'est propre.

Jeanne s'avança. Le vestibule était assez étroit, et elle dut se coller contre le garçon pour entrer. Les pièces étaient nombreuses mais bizarrement conçues. Leur géométrie avait quelque chose de surprenant. Certaines s'étiraient en longueur tels des couloirs, d'autres présentaient des parois inclinées. Les plafonds au contraire étaient tous assez bas. Un homme très grand en aurait brossé le plâtre avec ses cheveux.

– C'est l'architecte qui a construit la maison, dit laconiquement Pierrot. Il était obsédé par les tremblements de terre, alors il calculait des trucs et des machins pour essayer de disperser les ondes de choc.

– Tu veux dire que l'immeuble est bâti selon des normes antisismiques ?

– Ouais, si on veut. Ses normes à lui. Il expérimentait des trucs, je vous dis. C'était un dingue, vous savez ça ?

Il y avait une certaine agressivité dans sa voix.

Jeanne observa les meubles. Ils dataient vraisemblablement d'avant la guerre mais on les avait entretenus avec soin. Il montait d'eux une délicate odeur de cire d'abeille.

– C'est vrai que vous allez écrire un livre sur la maison ? interrogea Pierrot.

– On m'a demandé de le faire, répondit prudemment la jeune femme.

– D'autres ont essayé avant vous, insista le gosse. Ils ne sont jamais restés bien longtemps.

« Ça y est ! pensa Jeanne, le coup de la malédiction ! »

– Tu veux dire qu'ils ont eu peur ? fit-elle d'un air dégagé.

– Non, lâcha l'enfant. Mais ma mère les faisait bien trop chier. Toujours sur leur dos à voir s'ils n'avaient pas abîmé quelque chose. Elle se sent responsable de tout ici. Si vous faites un trou de cigarette dans le tapis, elle le verra au moment même où elle entrera ici faire le ménage, et elle vous tannera le cul.

La jeune femme cacha son envie de rire. Elle chercha quelques pièces dans sa poche, en manière de pourboire, mais Pierrot recula, outragé.

– Non, dit-il. Par contre, je peux vous vendre un plan des lieux, vous en aurez besoin. C'est moi qui l'ai entièrement dessiné. Je peux aussi vous servir de guide à l'intérieur de l'immeuble. Je connais toute l'histoire par cœur, des trucs dont on n'a jamais parlé dans les journaux.

– D'accord, conclut Jeanne pour s'en débarrasser. Je te loue pour une visite guidée.

– Chouette ! Et vous parlerez de moi dans votre livre ?

Elle eut beaucoup de mal à le pousser vers la porte. Dès qu'il fut parti, elle feuilleta la brochure qu'il lui avait remise avant de disparaître dans le couloir. Il s'agissait d'une dizaine de feuilles détachées à un cahier d'écolier et agrafées par un coin. Une représentation maladroite de la maison occupait la « couverture ». En dessous s'étirait un commentaire truffé de fautes d'orthographe.

Visite de la maison maudite. Petit circuit ou grand circuit. Pierrot Cliquet, guide assermenté. Découvrez le parcours de l'horreur à travers les légendes rassemblées par un spécialiste.

Elle sourit, c'était naïf, charmant. Elle tourna la page, Pierrot avait laborieusement recopié l'un des articles qu'elle avait parcourus dans la documentation du journal. Elle posa le fascicule sur un meuble et partit à la découverte du logement. La minuscule salle de bains était d'une propreté incroyable et les robinets de la baignoire sabot étincelaient comme le bouchon de radiateur d'une Rolls-Royce.

Jeanne s'approcha du miroir et palpa les contours de son œil gauche et de sa bouche. Les anti-inflammatoires avaient fait disparaître les hématomes, mais la douleur subsistait sous la chair. Elle pensa à Manuel, éprouva un petit frisson d'angoisse. Était-il toujours chez elle ? Avait-il tout saccagé ? Elle imagina les divans de cuir éventrés, la moquette lacérée, le traitement de texte enfoncé à coups de marteau. C'était sa faute. En matière d'homme, elle avait un goût déplorable. Pourquoi se liait-elle toujours à des brutes ?

Elle se passa la main dans les cheveux et reprit son exploration. Lorsqu'elle eut visité toutes les pièces, elle fronça les sourcils. Il n'y avait pas de télévision mais, dans la cuisine, les bocaux étaient remplis de sucre, de farine, de spaghetti. Quant à l'armoire de la chambre, elle renfermait des vêtements de femme démodés mais d'une propreté rigoureuse. Mme Cliquet lavait-elle et repassait-elle depuis dix-sept ans les effets de l'ancienne propriétaire ? Diable ! C'était pousser loin la conscience professionnelle ! Jeanne ouvrit le tiroir d'une commode : ses doigts effleurèrent des bas à couture. Des bas de soie comme on en portait avant guerre. Elle referma aussitôt le meuble. Sur une étagère, elle découvrit des cartons contenant des chapeaux des années trente. Les mites, la poussière ou la moisissure n'avaient eu aucune prise sur ces parures d'un autre âge. Tout était… neuf. Presque neuf. Rétribuée par l'éditeur qui s'était porté acquéreur de l'appartement après le drame, Mme Cliquet veillait sur celui-ci comme sur un musée, entretenant jalousement la moindre babiole. Georges s'était trompé. Le logement n'était pas meublé, il était équipé de pied en cap comme un appartement habité. Il ne manquait pas une pièce à cette panoplie, depuis le papier hygiénique en rouleau jusqu'aux allumettes sur la gazinière, sans oublier le traditionnel tablier de ménagère suspendu derrière la porte de la cuisine.

« Mais tu es idiote ! s'injuria soudain Jeanne. Tout cela est normal puisque tu te trouves dans l'appartement de l'une des victimes ! Ce sont ses affaires que tu touches, ses objets personnels… »

Cependant, les dix-sept années de solitude avaient désincarné l'endroit, lui ôtant toute odeur « vivante ». La cuisine ne sentait rien, pas plus que la salle de bains ou la chambre. Les émanations corporelles ou culinaires s'étaient dissipées sous les actions conjuguées du temps et de la concierge. Les lavages répétés avaient privé le lieu de son âme de jadis. Il ne restait que des objets aussi anonymes qu'à l'étalage d'un Prisunic. Jeanne jura entre ses dents. Tout cela ne faisait pas son affaire. Elle aurait voulu de la crasse, des lézardes. Et aussi de ces bonnes taches d'humidité (si intéressantes !) dans lesquelles on peut distinguer des visages (menaçants de préférence). Elle aurait aimé que les ampoules distillent une lumière avare et tressautante, que les portes des armoires et des différentes pièces s'ouvrent toutes seules, sans raison apparente, et avec un horrible grincement. Mais rien de ce genre ne se produirait, elle le sentait. L'accablement lui tomba sur les épaules. Elle n'arriverait pas à se mettre dans l'ambiance, il lui faudrait tout inventer et elle avait horreur de ça. Pis, elle en était à peu près incapable.

Comme pour l'achever, une odeur de tarte aux pommes se glissa par la fenêtre entrebâillée ; ça, c'était un comble ! Les mâchoires serrées par l'énervement, elle passa dans la cuisine, ouvrit les placards et rassembla ce qu'il fallait pour se préparer un bon café. Le parfum de la tarte aux pommes la poursuivait, la faisant saliver de gourmandise. Elle imaginait la pâte au beurre, fondante, les quartiers de fruits saupoudrés de sucre caramélisé.

Pendant que le café passait, elle alla récupérer la brochure confectionnée par le fils de la concierge et s'assit pour la feuilleter. Sa mauvaise humeur s'envola. Le commentaire, malhabile, outré, était d'une drôlerie involontaire particulièrement réjouissante.

Les Excursions Pierrot ont pour devoir de vous permettre de survivre dans le labyrinthe de la maison Malestrazza, disait le fascicule. *Le responsable de la visite vous enseignera les règles élémentaires qui vous éviteront d'être surpris, ou de vous retrouver pris au piège. Ceux qui ont négligé notre enseignement (par avarice) s'en sont cruellement repentis par la suite...*

Jeanne pouffa de rire. C'était merveilleux. L'argumentaire était truffé de ratures, certains mots soulignés en rouge. Dans la marge, des notations fléchées signalaient certaines parties du texte comme d'une « importance vitale ! ! ! »

La visite organisée par les Excursions Pierrot ne cherche pas à satisfaire la curiosité morbide des touristes, était-il précisé. *Elle est là avant tout pour vous fournir des outils de survie !*

Encore une fois, le commentaire attirait l'attention sur les locataires trop près de leurs sous, qui avaient négligé l'avertissement prophétique et bienveillant de « Monsieur Pierrot Cliquet, guide spécialisé » et n'avaient eu qu'à en pâtir.

Jeanne se demanda si la concierge était au courant du petit racket mis sur pied par son fils. Sans doute pas. Combien de visiteurs Pierrot avait-il amusés ou terrorisés avec sa fameuse visite ?

La brochure était froissée, tachée, comme si elle était passée de mains en mains depuis des années.

Nous vous rappelons que, sur quinze personnes disparues, dix seulement ont été retrouvées, énonçait le commentaire. *Cela signifie que cinq cadavres au moins demeurent emmurés quelque part (peut-être dans votre chambre ? ou dans votre salle de bains ? Y avez-vous pensé ?). Notre guide vous indiquera les lieux de sépulture vraisemblables. Il vous fera également voir ceux découverts par la police lors de l'enquête.*

Le café était prêt. Jeanne le sucra abondamment et le dégusta à petites gorgées. Le jour baissait ; elle dut allumer la lumière. Les dernières pages du fascicule étaient agrémentées de dessins approximatifs, censés représenter l'immeuble. Pierrot, emporté par son imagination, lui avait donné l'aspect d'un château gothique. Ne manquaient que les vols de corbeaux dans le ciel, le pont-levis et les hommes d'armes sur le chemin de ronde.

Certaines zones demeurent dangereuses ! insistait le rédacteur. *Ne l'oubliez pas ! Personne ne sait encore, à l'heure actuelle, comment le criminel pénétrait dans les appartements de ses victimes. Peut-être utilisait-il des passages secrets. Et si l'un de ces souterrains débouchait justement dans votre logement ?*

Tout en bas on avait indiqué le prix de la visite. Plusieurs ratures montraient que ce tarif avait été remanié à la hausse. Elle se promit de photocopier la brochure et de la faire figurer dans son livre. C'était l'exemple type de la manière dont une légende pouvait perdurer. Conteur oral, Pierrot transmettait une science faite de ragots, de bribes journalistiques et de fantasmes personnels alors qu'il n'était même pas né au moment du drame.

C'était décidé, elle opterait pour le « grand circuit ». Elle essaierait d'enregistrer les commentaires de l'enfant à son insu pour qu'il ne soit pas tenté de s'autocensurer.

Elle bâilla, se découvrant soudain fatiguée. Elle finit son café et entra dans la salle de bains. On avait posé un savon neuf sur le lavabo et les serviettes de toilette étaient rêches, fleurant bon la lessive sans assouplisseur. Jeanne renifla cette odeur de propreté monacale, austère. Le savon était de Marseille, gros bloc jaunâtre sans coquetterie, conçu pour nettoyer, et rien d'autre. L'armoire de toilette en bois blanc contenait une eau de Cologne toute simple, dont l'ancienne propriétaire n'avait dû user que le dimanche avant de se rendre à la messe. Jeanne éprouva soudain le besoin d'en savoir plus sur cette inconnue. Ouvrant son sac, elle en tira les photocopies qu'on lui avait remises aux archives du journal.

Il s'agissait d'une demoiselle Antoinette Chasselieux, sans parents proches. Elle était morte à l'âge de soixante-cinq ans. On avait retrouvé son corps au sixième étage de la maison Malestrazza, emmuré en position verticale dans la paroi du couloir nord. Elle était nue et présentait des traces de strangulation. La dépouille, précisait le rapport d'autopsie, était en parfait état de conservation, le plâtre qui la recouvrait ayant empêché toute putréfaction.

Jeanne relut attentivement les mots : *emmuré en position verticale*... et essaya de se représenter la scène. Quelqu'un avait donc ouvert une tombe dans le mur du sixième étage pour y tasser cette Antoinette Chasselieux, sans parents proches. Il l'avait ensuite recouverte de plâtre à prise rapide, obturant complètement le sarcophage.

Les éditions du Chat-Hurlant avaient racheté l'appartement pour une bouchée de pain dès la fin de l'enquête. Tout y avait été maintenu en parfait état de propreté, la concierge touchant une allocation pour assurer le ménage et les lessives nécessaires à l'entretien des lieux. Jeanne se représenta Mme Cliquet venant ici une fois par semaine pour laver une vaisselle dont personne ne se servait jamais, pour savonner du linge que personne ne portait. C'était bien là le genre de besogne obsessionnelle et vertueuse qui devait lui plaire. Dix-sept ans à laver les vêtements d'un fantôme. Il faudrait l'interroger elle aussi, bien sûr, mais accepterait-elle de parler ?

Jeanne tourna le robinet d'eau chaude, une goutte brûlante lui éclaboussa la paume. Mme Cliquet n'avait rien oublié.

Il n'y avait pas de douche dans la minuscule salle de bains, seulement une baignoire sabot dans laquelle il fallait s'asseoir, les genoux sous le menton. Jeanne n'aimait pas les bains, qu'elle jugeait amollissants, mais elle se dépouilla tout de même de ses vêtements. Nue, elle alla ouvrir l'armoire de la chambre et parcourut du regard les piles de lingerie. Elle choisit une longue chemise de nuit de coton à l'étoffe très douce, usée par les lavages.

« Une chemise de nonne, pensa-t-elle en la dépliant devant elle. Une chemise chaste. Cette nuit, je vais jouer à la vieille fille, je serai sage, et pieuse, sans pensées perverses. »

Elle réalisa qu'elle forçait la note pour masquer sa gêne et courut dans la salle de bains où la baignoire achevait de se remplir. Elle porta la chemise de nuit à son visage. Le tissu sentait la lessive.

« Allons, décida-t-elle, personne ne l'a enfilée depuis dix-sept ans. Il y a prescription. »

Elle s'assit dans la baignoire, se savonna et se rinça très vite. « Dans un film d'épouvante, la porte s'ouvrirait, pensa-t-elle, quelqu'un s'avancerait à travers la buée, filmé en caméra subjective… bien sûr. »

Elle se sécha avec les serviettes rêches qui lui rappelaient celles de ses grands-parents, dans leur maison du bord de mer. Elle vida la baignoire, enfila la chemise et retourna dans la cuisine pour grignoter quelque chose. L'énorme réfrigérateur à poignée chromée ne contenait que des nourritures indémodables : du beurre, du lait, des œufs. Dans le placard, elle dénicha des biscottes, des pâtes alimentaires, du riz, de la semoule. Rien de très affriolant. Mme Cliquet semblait ignorer les conserves et les surgelés. Jeanne n'avait pas envie de faire la cuisine (en réalité elle détestait cela), elle cassa trois œufs dans un grand verre, ajouta du lait, du sucre, fouetta le tout et avala la mixture en trois gorgées. Elle survivrait bien jusqu'au lendemain. Il serait temps, alors, de faire provision de plats préparés. De toute manière, elle se nourrissait principalement de sandwiches. Sa seule science culinaire consistait à varier les sauces et les lamelles de fromage, mais elle ne s'en plaignait pas. Un bon journaliste doit aimer les sandwiches et la pizza, qui constituent à eux seuls 90 % de son alimentation. Elle réchauffa le reste du café. Elle n'avait pas de scrupules non plus envers le café ; il lui était indifférent de savoir qu'il avait bouilli. Sa philosophie alimentaire se résumait à un seul précepte : « Avec beaucoup de sel, beaucoup de sucre et beaucoup de ketchup, tout est mangeable, absolument tout ! »

Et elle le pensait.

Elle rassembla les photocopies du dossier d'archives, les pages manuscrites de la brochure des *Excursions Pierrot,* et entra dans la chambre.

Le lit était haut sur pattes, placé sous la vigilance d'un crucifix. L'armoire à glace lui faisait face. Sur la table de nuit, on avait posé une bible et un gros roman historique retraçant les aventures d'une grande amoureuse sur fond de capes, d'épées, et de chevauchées nocturnes : *Judith des sept châteaux.*

Jeanne sourit, c'était une histoire qu'elle avait lue petite fille, dans le grenier de ses grands-parents. Le livre était comme un clin d'œil qui l'invitait à user de l'appartement sans gêne aucune. Il semblait dire : « Tu vois bien que tu es chez toi ! »

Elle écarta le couvre-lit. Les draps étaient immaculés, rêches, amidonnés. « Des draps de nonne », pensa-t-elle de nouveau.

Elle s'allongea et tira les couvertures jusqu'à son menton, puis elle examina son image dans le miroir de l'armoire placée juste au pied de la couche.

« Chouette, aurait dit Manuel. Une glace près du pieu ! On va pouvoir se regarder baiser ! »

Jeanne joignit les jambes, étendit les bras de part et d'autre de son corps. La porte de la chambre était demeurée entrebâillée. Cela la gêna. Devait-elle l'ouvrir ou la fermer complètement ? Derrière ce battant, il y avait tout le poids de l'appartement vide, inconnu. Dormir la porte entrouverte, c'était un peu comme de fermer les yeux sur un banc de square, au milieu d'une ville bruyante. C'était abandonner toute intimité. Jeanne baissa les paupières. Non ! ça n'allait pas. Elle s'imaginait, dormant couchée au bord d'une falaise, au ras du vide, surplombant l'abîme. Tout en bas moussait une mer en furie dont les coups de boutoir ébranlaient le roc, cherchant à la faire tomber. Prise de vertige, elle ouvrit les paupières. Elle avait presque senti le lit bouger. C'était stupide. Son regard rencontra à nouveau la porte bâillant sur un rai de ténèbres. « Lève-toi, pensa-t-elle. Va la fermer. » Mais le battant une fois fermé, elle ne disposerait plus d'aucun moyen de surveiller ce qui se passait dans l'appartement. N'importe quelle manigance pourrait se tramer à son insu, et elle n'en saurait rien.

Mais quelles manigances ? De quoi parlait-elle ?

« Tu essaies de te faire peur ? se demanda-t-elle, de te mettre en condition ? »

Non, ce n'était pas cela. Mais la porte entrebâillée la gênait vraiment, comme un insecte inoffensif qu'on découvre sur le mur au moment de s'endormir, une bestiole sans importance, mais dont on se dit qu'elle va venir se promener sur notre visage durant la nuit. Alors, fatalement, il faut se lever, l'écraser pour retrouver la paix…

Ouverte ou fermée ?

Grande ouverte ce serait pire : un rectangle de nuit compacte, un trou dans la muraille, une brèche, une trappe, un gouffre. L'entrée d'un interminable tunnel…

Agacée, elle se leva et alla éclairer dans toutes les autres pièces.

« Idiote ! s'insulta-t-elle, qu'est-ce qui t'arrive ? »

Quand elle eut regagné le lit et pressé la poire de la lampe de chevet pour faire l'obscurité, elle s'aperçut que la lumière du reste de l'appartement lui donnait l'impression que des gens invisibles et silencieux y poursuivaient des tâches tardives, allant et venant dans un bruit feutré de fantômes discrets. Cette fois, elle rugit d'énervement et repoussa les draps d'un coup de pied. Elle transpirait sous la longue chemise de nuit.

« Tu as bu trop de café, décida-t-elle, ça t'apprendra. »

Pour tenter de se distraire, elle reprit le dossier d'archives. La tension nerveuse allumait une petite douleur palpitante autour de son œil, là où s'était étalée la marbrure de l'hématome. C'était à cause de cette tuméfaction qu'elle avait volontairement laissé passer l'interview du *hacker* international. Comment aurait-elle pu se présenter devant Nicky Stanway avec un œil au beurre noir et la bouche enflée d'une putain corrigée par son souteneur ? Elle avait eu honte, elle avait préféré la faute professionnelle à la moquerie apitoyée de son interlocuteur. Elle aurait pu inventer dix mensonges : une manifestation ayant dégénéré, une agression politique… mais elle avait eu la certitude que toutes ces excuses sonneraient faux dans sa bouche, et que l'homme assis en face d'elle continuerait à penser « une putain dérouillée par son mac' ». Pourquoi ? *Parce que c'était vrai ?*

Sa lèvre inférieure était encore boursouflée, d'une teinte violette qu'elle tentait dans la journée de dissimuler sous un rouge foncé. C'était sa faute. Pourquoi avoir laissé s'installer chez elle Manuel, ce demi-voyou qui occupait ses journées à boire de la bière et à faire des trous dans le cuir du canapé avec ses mégots ? Il était plus jeune qu'elle de cinq ans, il était bête, ne savait lire que des bandes dessinées japonaises (celles où il n'y a même plus de bulles !). Oui, pourquoi ? Parce que, nu, il avait des petites fesses dures de cheval sauvage ? (Quelle comparaison idiote !) Parce qu'elle aimait les boules élastiques de ses biceps, de ses abdominaux ?

Et ses mains de boucher… des mains spatulées, rugueuses, aux ongles de corne jaunis par la nicotine ? Oui, ce devait être les mains qui avaient tout emporté, ces battoirs toujours écorchés, toujours maculés de cambouis. Les fesses, elle ne les avait découvertes qu'après, *mais les mains…*

Parfois, elle songeait aux mains de son ex-mari, Marc. Des mains douces, dépourvues de cal, des mains de femme. Oui, c'était cela qui l'avait gênée dans l'amour, cette impression d'être caressée par une femme. Marc écrivait des contes pour enfants, il n'avait d'autre activité physique que de saisir un stylo et d'aligner des mots sur une page blanche. Il vivait dans un monde factice, immature, peuplé de lutins, de fées, de gnomes. Lorsqu'il écrivait, son regard devenait flou, se perdait bien au-delà de la page, comme s'il regardait à travers le bois de la table, poursuivant les déplacements d'un objet tout au fond d'un étang. Marc vivait dans un monde douillet, fait de thé à la bergamote et de macarons à la confiture. Dans l'amour, il était doux. *Trop doux*. Respectueux. *Trop respectueux.* Jeanne l'avait aimé pour cette douceur rassurante, pour sa patience, son humeur égale, ce souci constant qu'il avait de ne pas la blesser. Et puis, un jour que couraient sur son ventre ces mains désagréablement douces, ces mains de femme, elle avait été traversée par une illumination : « Avec de telles mains, il serait incapable de me défendre si j'étais en danger… » Cela s'était imposé à son esprit avec une fulgurance douloureuse. Une faille s'était ouverte en elle. D'un seul coup, elle en avait eu assez du thé à la bergamote, des macarons à la confiture, des lutins farceurs et des princesses victimes d'enchantements compliqués. Pourquoi ne la griffait-il pas ? Pourquoi ne lui faisait-il jamais mal ? Elle aurait aimé qu'il lui impose sa force, qu'il dispose d'elle sans lui demander son avis, qu'il lui impose son plaisir par surprise, par autorité.

« Si j'étais agressée… », avait-elle commencé à se répéter. Elle voyait déjà Marc, tremblant, se protégeant le visage derrière ses bras levés comme un petit garçon qu'on va gifler, incapable de la défendre, elle qu'on molestait pendant ce temps. Elle avait honte pour lui, par avance. Elle savait que si la chose se produisait il ne pourrait se remettre de sa propre lâcheté, que la constatation de son impuissance le détruirait. Elle en vint à refuser de sortir le soir, pour éviter les heures propices aux agressions. Lorsqu'elle se promenait avec Marc, elle faisait des détours pour ne pas emprunter certaines rues crapuleuses où l'on risquait de se faire attaquer. Elle le protégeait à son insu, elle couvait sa lâcheté, son impuissance, son manque d'agressivité. Elle lui permettait de sauvegarder son honneur, et par là même de se croire encore un homme.

Elle ne fut jamais agressée, mais elle passa tant de nuits à remâcher cette éventualité que le fantasme finit par prendre corps dans son esprit. Les variantes, les détails accumulés lui donnèrent peu à peu la consistance et le poids d'un souvenir. Au bout d'un an, ce fut comme si elle avait été réellement attaquée. Quand elle y pensait, il lui semblait sentir les mains des voyous sur son corps. Des mains rugueuses et dures, aux ongles ébréchés.

C'est alors qu'elle commença à mépriser Marc, pour une faute qu'il n'avait commise que dans ses cauchemars. Leur mariage battit de l'aile.

Ensuite… Ensuite elle avait instinctivement cherché la compagnie des hommes forts, aux mains de travailleur. Elle les aimait crevassées et sales, ces mains, caparaçonnées de cals et de durillons, habituées à manier la pioche, la truelle, la masse de carrier. Elle savait que c'étaient là des mains capables de la défendre, *au cas où…* De véritables armes naturelles, nerveuses, inaptes aux manipulations délicates. Des mains de protecteur. Elle avait cédé à cette pente comme on s'abandonne à une drogue.

« Maintenant je peux aller partout, pensait-elle en s'accrochant au bras d'un loubard ramassé dans une boîte minable. Maintenant, je suis protégée… »

Paradoxalement, c'étaient ces mains-là qui l'agressaient souvent, lui distribuant gifles et coups de poing. Il y avait eu Jean-Lou, Paulo, Rodriguez… et d'autres encore. Des maçons, des terrassiers, des dockers. Ils la battaient parce qu'elle était trop indépendante, parce qu'elle était plus riche qu'eux : insolente, insoumise, irrespectueuse face à l'autorité du mâle.

« Tu m'as manqué de respect ! lui disaient-ils toujours en définitive. Tu m'as manqué de respect devant les copains ! ça ne se fait pas, la femme doit filer droit, tu dois apprendre ça ! » Mais elle ne voulait pas apprendre. Alors ils la battaient, cassaient tout dans son appartement et partaient en claquant la porte. De temps à autre, elle décidait d'entreprendre une analyse, mais, au bout de trois séances, le psychiatre lui serrait la main en la raccompagnant, et l'effet de cette paume trop douce, *de cette paume de femme,* avait aussitôt raison de ses résolutions. Elle n'allait pas au rendez-vous suivant et reprenait ses errances dans les bals de quartier, les boîtes de nuit-hangars des banlieues qui sentent la frite et la sueur. C'était sa malédiction, une chose contre laquelle elle ne pouvait rien. Seul Georges, son rédacteur en chef, connaissait son problème. C'est pour cela qu'il ne l'avait pas congédiée après l'histoire du scoop raté.

– Arrête cette vie de dingue ! lui disait-il une fois par mois lorsqu'il avait son quart d'heure de philosophie. Remets-toi avec ton mari, bon sang, c'est un type vraiment bien. Je vais finir par croire que tu es taillée dans la viande dont on fait les putes !

Mais elle restait indifférente aux injures comme aux exhortations. Elle encaissait les coups, étalait de la pommade et recommençait. Depuis deux mois, elle subissait la hargne de Manuel, un chômeur de vingt-cinq ans, ancien para qui la traitait de « connarde friquée », de « bonne à rien snobinarde » et qui la frappait avant de la jeter par terre pour la prendre au moment où elle n'avait précisément pas une minute à consacrer à cela. Son travail en pâtissait. Dans le milieu journalistique, elle n'était plus considérée comme fiable. On la disait submergée de problèmes personnels. Lesdits problèmes n'étant qu'imparfaitement dissimulés par les grosses lunettes noires achetées à cet effet.

Un jour il lui faudrait se décider à entreprendre sérieusement une analyse.

– Le pire, avait-elle avoué à un médecin, c'est qu'enfant je n'ai jamais été frappée. Mes parents étaient adorables avec moi. Je n'ai pas le profil classique des femmes battues. Je n'ai pas une mauvaise image de moi, je ne souffre d'aucun complexe de culpabilité. Je ne désire pas inconsciemment être punie pour une faute que j'aurais commise jadis et dont le souvenir se serait gommé de ma mémoire. C'est… c'est incompréhensible.

Parfois, elle se disait qu'il n'y avait absolument rien de dégradant dans tout cela, et qu'elle devait au contraire préserver cet aspect d'elle-même, ce côté « femelle préhistorique ». Une thérapie n'aurait fait que la normaliser, mutiler ses instincts, l'obliger à rentrer dans le rang. Elle devait avoir le courage de s'assumer. Elle avait souvent l'obscure certitude – même si cela pouvait paraître à première vue paradoxal ! – que cette part primitive d'elle-même lui insufflait une certaine puissance, une force qui lui permettrait de survivre aux pires épreuves lorsque le besoin s'en ferait sentir. Elle aimait savoir qu'il existait en elle un noyau inentamé, une étincelle barbare héritée de la grande horde primitive, du temps des totems.

« Il faudra bien que je m'y fasse, songea-t-elle en poussant un soupir de résignation. J'aime les machos. Je ferais le désespoir de toute féministe bon teint. J'aurais dû naître dans un autre pays, une autre civilisation… ou à une autre époque. »

Pour se consoler, elle mit fin à son quart d'heure philosophique en se répétant les mots de la grande Dorothy Parker : « J'attends trois choses d'un homme : qu'il soit beau, impitoyable et stupide. » Il lui semblait que cette profession de foi, émanant d'un esprit aussi avisé, équivalait à une absolution.

Elle soupira en triturant les feuillets étalés sur son ventre. Pour l'instant, elle était ici, quelque part à l'intérieur de la maison Malestrazza. Elle était là pour remplir une commande, et il n'était pas question qu'elle rate cette perche tendue par Georges car il n'y en aurait pas d'autre. Ce livre racoleur, elle devait l'écrire sous peine de se retrouver au chômage. Elle devait oublier Manuel, l'appartement qu'il avait sans doute saccagé, les copains ou les petites amies qui y dormaient en ce moment, assommés par les vapeurs de la bière et de l'herbe. Elle devait se concentrer sur ce qui l'entourait, essayer de capter les vibrations de ce logement dont la locataire avait été assassinée dans des conditions atroces.

Jeanne se releva une nouvelle fois. Elle avait les mains moites. Elle alla éteindre les lumières, ferma la porte de la chambre et s'allongea sur le lit. La chemise de nuit de coton lui tenant trop chaud, elle l'enleva rageusement, en fit une boule qu'elle jeta au hasard. Elle se regarda dans la glace de l'armoire, nue sous le crucifix. À présent, elle ressemblait à une nonne dévergondée, attendant le passage d'un incube. Elle croisa les mains sur son nombril pour parfaire le tableau et ferma les yeux. Elle allait dormir, les ténèbres pouvaient bien manigancer ce qu'elles voulaient derrière la porte fermée, elle s'en fichait.

Elle sombra presque aussitôt dans un sommeil sans rêves dont elle ne sortit qu'au matin. Alors elle réalisa qu'elle avait oublié de tirer le verrou de la porte palière, et qu'elle avait dormi toute la nuit sans protection, à la merci d'un rôdeur.

« S'il y avait vraiment un assassin dans la maison, il aurait dû en profiter pour me faire mon affaire », pensa-t-elle en bâillant.

Elle ouvrit l'armoire, chercha un peignoir, et tituba jusqu'à la salle de bains.

2

Elle se recroquevilla dans la baignoire et se savonna distraitement en essayant d'imaginer la vie de la précédente locataire, cette Antoinette Chasselieux que le tueur fou avait emmurée au sixième étage, une nuit d'hiver. Rien dans son existence ne l'avait préparée à une fin aussi étrange. Sans doute faisait-elle partie de ces gens qui règlent à l'avance les détails de leur enterrement et souscrivent une assurance-obsèques pour être certains de jouir d'un tombeau douillet ? *Emmurée en position verticale,* précisait le rapport de police, *dans une niche d'un mètre soixante de hauteur sur cinquante centimètres de profondeur*, une sorte de guérite creusée dans l'épaisseur du mur, un alvéole, un sarcophage dont l'emplacement avait été prévu lors de la construction de l'immeuble.

L'assassin avait de toute évidence prémédité son cérémonial, précisait l'enquêteur. *Les niches funéraires n'ont pas été creusées après le crime mais bien avant, lors de l'édification de la maison Malestrazza. On en trouve trace sur les plans. Ces cavités y sont toutefois répertoriées sous la rubrique « Placards à balais ».*

Antoinette Chasselieux avait-elle pensé qu'elle finirait nue, dans un placard à balais, du plâtre dans la bouche ?

Jeanne enjamba la baignoire et se sécha avec l'une des serviettes rêches qui lui irrita la peau. Au moment où elle enfilait son peignoir, quelqu'un sonna à la porte. C'était Pierrot, il se dandinait d'un pied sur l'autre, une baguette de pain sous le bras.

– C'est ma mère qui m'envoie, dit-il. Tenez, le pain est tout chaud. Vous mangez du pain au moins ?

– Oui, s'étonna Jeanne. Pourquoi ?

– Oh ! parce que les femmes ont toujours peur de grossir. Alors, la plupart du temps, elles se nourrissent de yaourts et s'évanouissent dans le métro.

« Oh ! Oh ! pensa Jeanne en étouffant un sourire. Notre ami Pierrot est, en plus, un fin connaisseur de l'âme féminine. »

– Entre, dit-elle. Tu arrives bien, j'avais faim.

Il parut heureux et rassuré. Sans doute avait-il craint d'avoir affaire à une créature fragile, grignotant du bout des dents des fromages de régime ?

– J'vais vous préparer votre déjeuner ! lança-t-il avec un subit enthousiasme. Des tartines de beurre et de confiture, ça vous va ?

Jeanne acquiesça, amusée. Pierrot était maladroit et affecté, comme tous les adolescents qui se déplacent sous le regard d'une femme. Elle le trouva un peu grand pour porter encore des culottes courtes mais sans doute sa mère usait-elle de ce stratagème pour lui signifier qu'il était toujours un petit garçon ? Il s'affairait, faisant tomber les objets, sifflotant pour affirmer une décontraction qu'il était loin de ressentir. Par instants, ses regards coulaient en biais, vers les genoux ronds de Jeanne qui sortaient par la fente du peignoir. Son visage prenait alors une expression chafouine déplaisante, et ses joues se coloraient sous l'afflux du sang. Malgré elle, Jeanne examina les mains de l'enfant. Elles étaient courtes et mal soignées, avec des ongles ébréchés. Peut-être étaient-elles déjà calleuses à l'intérieur ? Elle fut gênée de cette pensée, mais Pierrot lui paraissait soudain un homme déguisé en petit garçon. Un homme mûr se grimant en gosse pour mieux approcher les femmes, pour les surprendre, toutes défenses abaissées.

C'était ce coup d'œil qu'il avait lancé sur ses genoux. Ce coup d'œil si… masculin, déjà appréciateur. Comme beaucoup de femmes, elle avait du mal à voir dans les petits garçons autre chose précisément… que des petits garçons.

– Vous avez lu ma brochure ? demanda Pierrot en posant un grand bol sur la table.

– Oui, dit Jeanne, décidée à jouer le jeu. C'est alléchant. On pourrait faire ça un après-midi.

– Non, trancha-t-il, péremptoire. Faut prévoir un week-end. On dormira dans le refuge, dans des sacs de couchage.

– Dans le refuge ? s'étonna la jeune femme. On dirait que tu parles d'une excursion en montagne.

– C'est presque ça. Il faut faire les étages un à un, prendre son temps, visiter les appartements vides, prendre l'affût…

– Prendre l'affût ?

– Oui. C'est la nuit que circule l'assassin, le Bourreau. Si on veut le surprendre, il faut le guetter. J'ai des duvets dans un cagibi, au cinquième, on peut y dormir, et y manger aussi.

– Mais il n'y a pas d'assassin, protesta maladroitement Jeanne.

– Qu'est-ce que vous en savez ? On ne l'a jamais arrêté. On ne sait même pas où il est passé. Y en a qui pensent qu'il s'était ménagé un appartement caché dans l'immeuble et qu'il s'y est retranché pour échapper aux poulets. Il ne sortirait que la nuit pour se procurer de quoi manger. Les policiers ont sondé les murs pour essayer de localiser cette chambre secrète, mais Malestrazza était bien trop malin pour eux.

Une certaine admiration perçait dans les propos de l'enfant. Jeanne grignotait son pain, songeant à cet assassin fantôme caché depuis dix-sept ans à l'intérieur de l'immeuble. Cela paraissait grotesque.

– Les gens d'ici y croient, insista Pierrot. Certains, pour se faire bien voir, déposent des offrandes sur leur paillasson. Du pain, du lait, des fruits. Des conserves aussi. Mme Morillard, chaque fois qu'elle fait un gâteau, en garde une part pour le fantôme. Elle le dépose le soir devant sa porte, sur une soucoupe.

– Et c'est toi qui le manges ! s'esclaffa Jeanne.

Pierrot se renfrogna.

– Non ! martela-t-il, ça me porterait malheur. Vous ne pouvez pas comprendre. Les offrandes, c'est sacré. J'en fais, moi aussi. C'est une sorte de pacte, comme si on disait : « Vous voyez, je vous aide, alors épargnez-moi, choisissez quelqu'un d'autre ! »

– Mais si les gens ont peur, pourquoi ne partent-ils pas ? interrogea la jeune femme :

– Vous rigolez, ricana Pierrot. C'est rien que des vieux ici, qui vivent sur leur pension, et les loyers sont très bas, ça leur fait de grands appartements pour pas cher. Avec ce qu'ils touchent, ailleurs ils pourraient juste se payer une chambre de bonne.

– Et puis peut-être qu'ils ne croient pas vraiment à l'existence du fantôme, souligna Jeanne.

– Quoi ? explosa Pierrot. Vous pensez qu'ils n'y croient pas ? Là, vous dites n'importe quoi. La vieille Antoinette, celle qui vivait ici, elle y croyait dur comme fer ! Tenez, je vais vous montrer quelque chose.

Il sortit de la cuisine et s'agenouilla dans la salle à manger pour palper le dessous d'un fauteuil.

– Venez ! commanda-t-il. Touchez un peu ça. C'est Antoinette elle-même qui l'a installé, ma mère me l'a dit.

Intriguée, Jeanne obéit. Au moment où elle s'agenouillait, son peignoir s'ouvrit, et elle soupçonna une seconde que toute la manœuvre n'avait d'autre but que de lui faire dévoiler ses cuisses. Hésitante, elle passa la main sous le siège, explorant les ressorts et les planches de l'assise. Ses doigts rencontrèrent quelque chose : un grand couteau de cuisine maintenu en place à l'aide d'un croisillon de ruban adhésif que le temps avait rendu poisseux. Elle retira sa main précipitamment, comme si elle venait de toucher quelque chose de sale.

– Et il y en a un autre par là, sous le matelas, triompha Pierrot en désignant la chambre ! Vous avez dormi dessus sans vous en apercevoir. La mère Antoinette se méfiait. Elle savait que le fantôme rôdait dans les couloirs, elle le sentait autour d'elle.

Jeanne se leva, entra dans la chambre et souleva le matelas. Il y avait effectivement un autre couteau sur le sommier. L'une de ces énormes lames qu'on utilise rarement en cuisine et ne semblent avoir été inventées que pour servir d'accessoires dans les films d'épouvante. La jeune femme laissa retomber la paillasse.

Le gosse l'avait suivie dans la chambre. Elle vit qu'il regardait son soutien-gorge et sa culotte abandonnés sur le sol. Elle eut envie de le saisir aux épaules et de le secouer de toutes ses forces.

« Sale petit mec ! » pensa-t-elle avec colère.

– Pourquoi l'appelez-vous « le Fantôme » ? demanda-t-elle un peu trop sèchement. C'était un homme, un homme bien vivant.

– Oh, çà ! c'est parce qu'il passait à travers les murs. Aucune serrure ne l'arrêtait. On raconte qu'il aurait prévu des passages secrets lui permettant d'accéder à certains appartements.

– Il avait peut-être un double des clés ?

Pierrot haussa les épaules.

– Ouais, admit-il, mais ce serait moins marrant.

Il se dandina un pied sur l'autre, enfonça dans ses poches les mains dont il ne savait que faire, et revint à la charge :

– Alors, pour l'excursion, c'est d'accord ? On part samedi après-midi, on dort là-haut, et on redescend dimanche soir.

Jeanne avait l'impression d'entendre parler un guide de montagne organisant sa prochaine cordée.

– Ta mère te laissera t'absenter ? fit-elle, dubitative.

– Ouais, assura l'enfant. Elle me croit chez les scouts ; et elle, elle va chez une cousine. Elle ne rentrera que dimanche soir, on sera tranquilles.

– OK, lâcha Jeanne. On marche comme ça. Je ferai des photos.

– Pas de problème. Seulement vous devrez m'obéir aveuglément, sans chercher à comprendre. Il peut y avoir danger.

Jeanne se mordit la langue pour ne pas trahir son amusement. Pierrot lui débitait un monologue de série télévisée.

– Votre café va refroidir, observa-t-il avec une nuance de reproche, allez manger maintenant.

Elle se surprit à obéir sans renâcler. Comment serait-il dans dix ans, ce Pierrot si impérieux malgré ses culottes courtes ? Sans doute ressemblerait-il à Manuel. Il aurait la main leste, prompte à la gifle. Le bavardage des femmes l'ennuierait, comme leurs manies ou leurs faiblesses. Il les mépriserait secrètement, ne se marierait pas et changerait de partenaire tous les mois. Comme Manuel.

Elle haussa les épaules et but son café tiède en maintenant les pans de son peignoir entre ses genoux serrés.

– C'est bien, approuva Pierrot. Samedi, c'est demain, vous n'oublierez pas. Je passerai vous prendre à deux heures. Mettez des chaussures silencieuses, c'est important.

Dans le courant de l'après-midi, Jeanne alla au journal retirer au service des fournitures un magnétophone discret et un appareil photo. Ce fut une épreuve désagréable. Dans les couloirs, les hommes la regardaient au visage, scrutant ses pommettes et sa bouche pour détecter de nouvelles traces de coups. Son histoire s'était ébruitée et on parlait dans son dos. On ajoutait probablement qu'elle était vicieuse et qu'elle aimait être battue. Elle flaira l'excitation des mâles allumés par la proximité de cette femelle qui ne pouvait jouir « qu'à la cravache ». Elle aurait voulu leur dire que tout cela était faux, mais elle prit la fuite en rasant les murs. Vers quatre heures, elle s'aventura aux alentours de son domicile, s'attendant presque à découvrir un trou calciné, là où se trouvait son appartement, mais Manuel n'avait pas mis le feu à la maison. Elle supposa qu'il avait dû ficher le camp en emportant la chaîne stéréo, le téléviseur, le magnétoscope et, en règle générale, tout l'électroménager susceptible d'être négocié auprès d'un fourgue compétent. Ce genre de mésaventure était fréquent lorsqu'on se frottait aux zonards, aux marginaux. Bizarrement, elle ne songeait pas à s'en plaindre. Elle trouvait même normal qu'on la « taxât », elle, la privilégiée. Un psychiatre y aurait vu un besoin maladif d'autopunition, mais elle se moquait du verdict des psychanalystes.

Elle consulta sa montre. Il était trop tôt pour rentrer à la maison Malestrazza, mais elle ne savait que faire de son temps libre. Finalement, elle se rendit dans une boutique de sport et acheta une paire de tennis très souple. Pierrot la fascinait. C'était le type même de l'enfant coincé entre l'imaginaire et le réel qui arrivait à se convaincre de ses propres affabulations. Elle se fit la réflexion qu'il avait pu lui-même disposer les couteaux sous le fauteuil et le matelas pour effrayer la nouvelle locataire. « Tu en aurais fait une tête, songea-t-elle, si en te couchant tu avais déniché cette lame dans ton lit. »

Mais c'était sûrement ce qu'avait désiré le gosse : la mettre en condition. Quelque chose lui souffla qu'elle ne devrait pas trop jouer avec lui. De plus, il n'avait aucun humour, c'était ennuyeux.

Le lendemain Pierrot se présenta à deux heures comme il l'avait annoncé, il portait un uniforme d'éclaireur et un sac à dos. Jeanne se rendit compte qu'elle avait eu peur qu'il ne vienne pas. Le gosse l'examina des pieds à la tête, comme un militaire vérifiant l'équipement de ses hommes. Elle avait passé un jean, des tennis, un tee-shirt, le tout acheté la veille dans la même boutique de sport.

– OK, dit Pierrot. à partir de maintenant, c'est moi qui commande. Vous étonnez pas si je vous demande de faire des choses bizarres.

Il avait suspendu un poignard de chasse à sa ceinture comme s'il allait devoir affronter des sangliers dans les couloirs du sixième étage.

Ils se mirent en route. L'immeuble était étrangement silencieux, comme inhabité. Jeanne en fit la remarque.

– La plupart des appartements sont vides, expliqua Pierrot en adoptant le ton d'un présentateur de télévision. Après l'affaire, beaucoup de gens ont déménagé sans parvenir à revendre leur logement. Personne n'avait envie d'habiter ici. Seuls ceux qui n'avaient pas assez d'argent pour aller ailleurs sont restés.

Il se servait de phrases toutes faites et les récitait à la manière d'un guide dans un château de province, d'un ton qui sonnait faux. Il avait dû les recopier dans la presse de l'époque, et leur formulation ampoulée ajoutait à l'atmosphère insolite de la visite.

Ils entamèrent l'ascension de l'escalier qui grimpait jusqu'au faîte de l'immeuble. Pierrot montait à vive allure, parlant sans s'essouffler.

– Le type qui a construit la maison s'appelait Beppo Malestrazza, dit-il. Il était architecte et il avait passé beaucoup de temps aux colonies, comme on disait à l'époque, à bâtir des ponts, des hôpitaux, et même un palais pour un maharadjah, à ce qu'on raconte. C'était un original, mais ce qu'il construisait n'était pas de la camelote. Vous pouvez regarder autour de vous, vous ne verrez pas une fissure, pas une tache d'humidité.

Jeanne l'écoutait débiter son monologue d'une oreille distraite. Les mollets nus du gamin dansaient devant ses yeux. En dépit de leur maigreur, ils étaient très musclés.

– Un jour, des gens ont commencé à disparaître, annonça-t-il d'un ton sépulcral. Trois, quatre, jusqu'à cinq personnes. Des hommes, des femmes, des jeunes, des vieux, il n'y avait pas de points communs entre eux, sinon qu'ils n'avaient pas de famille, ou presque, et que personne ne se souciait de leur départ. Comme ils étaient propriétaires de leur appartement, ils n'avaient pas de loyer à payer, et, dans la plupart des cas, la concierge, la mère Javel, a mis trois ou quatre mois avant de se rendre compte de leur absence.

– Mais le courrier, interrogea Jeanne, il devait s'amonceler dans les boîtes à lettres ?

– Non. Car l'assassin les vidait, on a retrouvé les piles de lettres dans son appartement au sixième, là où il s'était réservé un étage pour lui tout seul. Donc, les gens disparaissaient, abandonnant tout derrière eux. La police est venue sans rien trouver. Il n'y avait pas de sang, pas de traces de lutte. C'est alors qu'on a commencé à parler du fantôme.

Jeanne hocha la tête, un peu agacée de se découvrir sous le charme. Déjà, Pierrot se lançait dans une évocation lyrique des abominations de la place

Verneuve. Arrêté entre deux étages, il prenait des poses, s'enchantait aux échos de sa propre voix.

Oui, c'est alors qu'on avait commencé à parler en chuchotant de ce fantôme furtif se déplaçant dans le labyrinthe de l'immeuble. On raconta qu'il utilisait des murs truqués pour pénétrer chez les gens, que les placards (ces grands placards *trop larges*) étaient à double fond et permettaient d'accéder à de petites galeries serpentant dans les cloisons. On affirma que les miroirs placés au-dessus des cheminées ou des baignoires étaient en réalité des glaces sans tain qui permettaient au fantôme d'observer tout ce qui se passait dans les appartements, et les dames n'osèrent plus se déshabiller en pleine lumière. Certaines même prirent l'habitude de se baigner dans l'obscurité, ce qui n'alla pas sans problème. Quelques-uns prétendaient que le spectre s'était ménagé des sorties, et qu'à maints endroits les cloisons étaient aussi fines que du papier à cigarette. « Oh ! disait-on, il pourrait les enfoncer d'un simple coup d'épaule si l'envie lui en prenait… »

Le soir, on baissait la télévision pour guetter les frôlements qu'on croyait détecter à l'intérieur des murs. « Il est là ! gémissaient les dames, une main pressée sur la bouche. Il est en train de nous regarder ! » Et elles éteignaient aussitôt la lumière pour échapper à cet œil invisible qui glissait sur elles, évaluant les courbes de leur anatomie.

– À la sixième disparition, la police a mis l'immeuble sens dessus dessous, commenta Pierrot, mais sans rien découvrir. On ne savait pas où passaient ces gens, c'était un mystère. Un vrai mystère comme dans les feuilletons. Le bruit s'est répandu que le fantôme les emmenait avec lui dans les murs.

La légende du fantôme, d'abord lancée comme une plaisanterie destinée à provoquer les rires nerveux des femmes, prit corps peu à peu. Personne ne se sentit plus en sécurité. On vécut désormais dans l'obsession de ces murs creux, de ces cloisons truquées délimitant les appartements, de ces galeries cachées dans lesquelles le spectre poursuivait ses rondes, étudiant chaque habitant afin de décider qui serait la prochaine victime. Une jeune femme se réveilla une nuit en hurlant. Elle avait rêvé que l'immeuble tout entier n'était qu'un cimetière à étages, un cimetière où les morts étaient ensevelis debout, au garde-à-vous.

– Des tombes, répéta-t-elle au milieu des spasmes de la crise de nerfs qui s'ensuivit. Des tombes verticales.

La police, ulcérée, fit venir un spécialiste du génie qui sonda les parois.

– Y a pas de passages secrets, conclut-il au terme de son examen. Les murs sont pleins. Ils sont tous dingos dans cette turne. Un véritable asile.

Ce verdict sans appel ne contribua nullement à ramener le calme dans les esprits. Désormais, la psychose avait pris une telle ampleur qu'aucune argumentation logique n'avait prise sur l'esprit terrifié des habitants. Il s'agissait pour la plupart de gens modestes qui s'étaient endettés afin d'acheter un appartement dans la maison Malestrazza, et il n'était pas question pour eux de partir. D'ailleurs, les rares tentatives de mise en vente échouèrent car la réputation de l'immeuble avait franchi les limites du quartier. Très vite, les agences immobilières refusèrent toute transaction avec les copropriétaires malheureux.

– Je ne crois pas aux fantômes, déclara le patron de l'une de ces officines. Mais un truc est sûr, y a du louche, et ça fait fuir le client.

La police, elle, se raccrochait à l'hypothèse d'un phénomène de panique collective : les habitants supposés disparus avaient en réalité pris la fuite pour échapper au redoutable appétit d'un spectre qui n'existait que dans leur imagination. En l'absence de cadavre, on ne prenait guère cette affaire au sérieux.

– Quelle était la fréquence des disparitions ? interrogea Jeanne en posant le pied sur le palier du cinquième.

– C'était variable. Parfois trois mois, ou six, ou sept.

Mais la menace devint intolérable parce que constante. La femme qui avait rêvé d'un immeuble-cimetière aux tombes verticales sombra dans la dépression nerveuse. Chaque nuit, elle se réveillait en hurlant, et affirmait que les yeux des morts la regardaient à travers les murs. Ses obsessions devinrent contagieuses, et l'on ne considéra plus le papier peint des cloisons qu'avec une infinie répugnance.

« Même quand je suis toute seule j'ai l'impression que quelqu'un est là, au fond d'un placard, en train de m'épier. » Cette phrase devint le leitmotiv des conversations entre voisines. On trouvait que les murs avaient en effet quelque chose de répugnant. On hésitait désormais à y planter un clou de peur de crever la tête d'un mort qui saignerait interminablement sur le plâtre.

– On racontait que les cadavres se décomposaient dans les tunnels cachés dans les parois, dit Pierrot.

Les gens affirmaient être submergés par les mauvaises odeurs. Mais c'étaient des inventions. En fait, ils étaient tous en train de devenir dingues.

Il fit coulisser les harnais de son sac à dos, en tira une gourde dont il but une gorgée avant de la tendre à Jeanne.

– Vous en voulez ?

À l'odeur la jeune femme comprit que c'était du vin rouge. Elle refusa. Une pellicule de sueur brillait sur les tempes de l'enfant, elle eut la certitude qu'il respirait plus vite. Avait-il commencé à boire dès le départ de sa mère ? Et dans quel but ? Pour vaincre sa timidité… ou parce qu'en définitive il avait peur de monter au sixième ?

– On arrive chez lui, dit-il dans un souffle. Il occupait tout l'étage, trois appartements reliés entre eux. On se demande pourquoi, d'ailleurs, puisqu'il n'avait pas un seul meuble.

– Pas un seul ?

– Non, il vivait comme un moine. Sur une natte posée sur le plancher. Il dormait en se coinçant une espèce d'oreiller de bois sous la nuque. Il mangeait par terre, avec ses doigts, des fruits secs, des bananes – des tas de bananes. Et puis du riz qu'il laissait fermenter dans une assiette, du riz qui puait la poubelle. Dans les autres pièces, il y avait des livres en vrac et des plans, des centaines de plans, mais il ne reste plus rien. Les flics ont tout embarqué comme pièces à conviction. Il paraît qu'il y avait des annotations dans les marges, et des dessins qui l'accusaient.

Il parlait comme s'il voulait différer le moment où il leur faudrait s'avancer dans le couloir.

Avec un certain agacement Jeanne constata que la nervosité de l'enfant déteignait sur elle. Elle examina les lieux, et n'aperçut qu'un long corridor peint en blanc. Les portes des appartements étaient grandes ouvertes, bâillant sur des pièces vides aux volets clos. Le soleil découpait la pénombre en rais lumineux où dansait la poussière.

– C'était son territoire, chuchota Pierrot. Rien qu'un hangar à bouquins. Dans les placards, on a trouvé un seul costume, une seule chemise, un seul caleçon, une paire de chaussettes et de souliers. Il mettait tous les jours la même chose. Le reste du temps, lorsque personne ne le voyait, il vivait tout nu enveloppé dans un drap, comme les moines du Tibet.

Jeanne éprouva des picotements dans les paumes... Un début d'excitation. *Ainsi c'était là que...*

– Il était vachement fort, commenta Pierrot. Petit, mais taillé en barrique, avec des jambes courtes et de grands bras. Sans doute qu'il jetait les victimes sur son épaule pour les monter ici.

Il fit quelques pas, en crabe, comme un animal méfiant, et désigna le mur.

– C'est là, chuchota-t-il. Il avait prévu des niches dans la paroi, des alvéoles. Il les comblait au fur et à mesure dès qu'il y avait placé un corps. C'était du travail impeccable, parfaitement lisse. Il paraît qu'on ne parvenait pas à distinguer la moindre ligne de démarcation entre le mur plein et le sarcophage bouché. à chaque fois, il repeignait le couloir en totalité. On a trouvé des dizaines de pots de peinture et de sacs de plâtre chez lui.

Jeanne devança Pierrot, qui s'obstinait à pérorer sur place. Elle vit tout de suite les excavations ouvertes à la pioche. Les gravats avaient été repoussés dans les niches.

– Il les tuait avant de les emmurer ? demanda-t-elle.

La documentation qu'on lui avait remise n'était pas claire sur ce point.

– Pas forcément, haleta Pierrot. On a retrouvé trois femmes bâillonnées avec des tampons imbibés de chloroforme comme s'il avait voulu…

– ... les enterrer vivantes, compléta Jeanne, agacée de sentir ses cheveux se hérisser sur sa nuque.

Elle s'irrita de sa réaction mais elle ne parvenait pas à détacher son regard des brèches verticales ouvertes dans le mur. Elle les compta, il y en avait dix.

– La concierge qui était là avant nous, la mère Javel, vendait les gravats à des collectionneurs, commenta l'enfant. C'est pour ça qu'il n'en reste presque plus.

Jeanne grimaça et se pencha vers la première niche. On distinguait des marbrures jaunâtres sur les parois, sans doute laissées par les dépouilles qui s'étaient lentement ratatinées sans pourrir.

– Là, c'était Marie Tremblais, vingt-cinq ans, récita Pierrot. Une orpheline, couturière en chambre. Elle faisait des déguisements pour enfants qu'elle vendait dans des boutiques spécialisées. Quand on l'a dégagée, elle était emmurée depuis deux ans. L'autopsie a prouvé qu'elle s'était étouffée en avalant son bâillon.

– Je t'en prie ! coupa Jeanne, qui regretta aussitôt cet aveu de faiblesse.

Elle était là pour ça, n'est-ce pas ? Pour accumuler les détails les plus pénibles. Ne lui faudrait-il pas écrire des choses comme : *Malgré vingt-quatre mois d'ensevelissement, le corps de Marie demeurait intact, séduisant, à peine bruni par la momification, seules ses lèvres avaient pris la consistance du cuir...*

C'était ce que voudrait l'éditeur, parce que c'était ce que souhaitaient les lecteurs. Un voyeurisme de tombeau. Un petit trou dans le cercueil pour voir ce qui se passait *ensuite,* quand les vers montaient à l'attaque.

Elle avança la main, n'osant effleurer les parois maculées de taches suspectes.

– Oh ! vous pouvez y aller, fanfaronna Pierrot. Y'a plus de microbes depuis longtemps. Une fois, j'ai fait visiter l'étage à un couple, le mari a voulu que sa femme rentre dans l'une des niches pour la photographier. Ils se marraient comme des dingues.

– On n'en a retrouvé que dix ? demanda Jeanne. Et les autres ?

– On ne sait pas où ils sont. Les flics ont sondé partout mais n'ont rien trouvé. De toute manière Malestrazza était trop malin pour eux. On ne sait pas exactement combien de personnes ont disparu. Il y a des cas douteux, des locataires qui ont peut-être déménagé à la cloche de bois.

– Une dizaine, ont dit les journaux.

– Ouais, sans doute plus. Ma mère pense qu'il a dû commencer avec des gens ramassés dans la rue, des clochards ou des putes, histoire de voir si son système fonctionnait. Il a pu en murer partout, dans tous les appartements inoccupés. C'était facile pour lui...

– Mais pourquoi ?

– Hé ! ricana Pierrot, parce qu'il était dingue, c'est tout !

Mais cette explication ne satisfaisait pas la jeune femme. Elle essaya de se représenter la scène : l'assassin torse nu, suant et soufflant, maniant la truelle en prenant garde de faire le moins de bruit possible ; maçon de l'horreur peaufinant la paroi pour ne laisser aucune aspérité suspecte. Et il avait prémédité ces crimes de longue date, allant jusqu'à prévoir les emplacements des futures niches funéraires sur ses plans… Elle aurait voulu connaître son visage. Les photocopies des archives ne reproduisaient qu'un mauvais cliché taché d'ombres où l'on distinguait un petit homme trapu taillé en hercule de foire, et dont la face s'ornait d'une barbe drue et noire qui lui faisait une tête de Landru athlétique. Beppo Malestrazza, quel âge avait-il au moment du scandale ? Cinquante-cinq, cinquante-huit ans ? S'il avait survécu, ce devait être à présent un vieillard.

– Là, ce sont les pièces qu'il habitait, dit Pierrot en désignant la porte la plus proche. Mais il n'y a plus grand-chose à voir.

Jeanne entra. L'appartement lui parut gigantesque dans sa nudité de château abandonné. Elle s'était attendue à trouver de la poussière, des toiles d'araignée, mais tout était rigoureusement propre.

– C'est ta mère qui entretient ?

Pierrot parut gêné.

– Non, avoua-t-il, c'est moi. Personne ne s'arrête plus à cet étage. Mais si le fantôme existe, je me dis qu'il est content de voir qu'on ne laisse pas tout à l'abandon.

Jeanne hocha la tête. Sur une caisse retournée, elle avisa une bouteille de vin, des conserves, du pain, des fruits.

– C'est pour nous ? demanda-t-elle.

Pierrot sursauta comme si elle venait de commettre un sacrilège.

– Non ! Ce sont les offrandes ! C'est pour payer notre passage. C'est le droit de visite.

Il était devenu nerveux et bafouillait. Pour se donner du courage, il déboucha sa gourde et but une nouvelle gorgée de vin. Jeanne songea que s'il continuait à ce rythme elle serait bientôt forcée de le porter sur son dos. Une odeur de poussière chaude régnait dans la salle. La jeune femme fit quelques pas.

– Là il y avait des livres, bégaya Pierrot, des tas et des tas. Assez de livres pour bâtir une maison. Les flics ont eu besoin d'un camion pour tout emmener.

Jeanne traversa la pièce, remontant les chambres en enfilade. Pierrot la suivait en titubant un peu.

– S'il y a une chambre secrète, elle doit donner ici, souffla-t-il. Vous avez vu toutes ces moulures, toutes ces cheminées ? Il y a peut-être un panneau qui pivote, un truc à ressort qui glisse sur des rails. Si ça se trouve, il nous observe en ce moment par un judas dissimulé. Il est là, tout près...

Pierrot était devenu très rouge, et il transpirait. Jeanne regarda autour d'elle. Les parois, couvertes de moulures, auraient facilement pu dissimuler un système optique ou les contours d'une porte dérobée.

« Allons ! s'apostropha-t-elle intérieurement. Tu nages en plein roman gothique. Il n'y a pas de chambre secrète. Beppo Malestrazza s'est tout simplement enfui à l'étranger. À l'heure qu'il est, il coule des jours heureux en Suisse, près d'une charmante infirmière qui lui prend le pouls et lui compte ses pilules. »

– Y'a un portrait là, dit Pierrot en désignant un placard. C'est lui qui l'a peint.

Jeanne tendit la main vers le battant entrebâillé. Une toile trop lourdement encadrée reposait au fond du cagibi. Elle pressa l'interrupteur. La croûte était un autoportrait de Beppo Malestrazza en costume noir, un chapeau melon démodé sur la tête. L'image avait la qualité d'une reproduction photographique, à ce détail près que le criminel y figurait sous l'aspect d'un géant, trônant au milieu d'une ville dont le plus élevé des immeubles ne dépassait pas son épaule. Des lézardes, des réseaux de crevasses fissuraient l'asphalte des trottoirs, craquelant le sol de la cité à la manière d'une coquille d'œuf. En dépit de ces prémices d'Apocalypse, l'architecte fou souriait sereinement, la main gauche posée sur le toit d'un immeuble dans lequel il était facile d'identifier la maison Malestrazza. Son geste avait quelque chose de rassurant et d'affectueux, comme s'il tentait de réconforter la bâtisse à l'approche du sinistre, comme s'il lui murmurait : « Tu n'as pas à avoir peur ; toi, tu ne risques rien. » Jeanne s'agenouilla. La toile, mal vernie, s'écaillait déjà. Il lui faudrait la photographier. Cela pouvait constituer une excellente couverture pour le livre qu'elle devait écrire. Toute la folie du criminel y était contenue, il aurait suffi de savoir la lire, de savoir la déchiffrer pour comprendre d'un coup le pourquoi de ses actes, les raisons d'un cérémonial si laborieusement prémédité. Peut-être pourrait-elle réclamer deux analyses : la première de la main d'un critique d'art, la seconde d'un psychiatre ? La confrontation serait à coup sûr intéressante.

– Faut pas trop traîner, ici, fit Pierrot d'une voix altérée. C'est le cœur de la maison, les flics ont sondé les murs mais ça ne prouve pas grand-chose.

Jouait-il la comédie pour que sa cliente en ait pour son argent ? Non, il suait trop. Jeanne sortit du placard et regarda autour d'elle. Au-dessus des cheminées les miroirs ternis lui parurent des fenêtres impénétrables.

– Il est toujours vivant, insista l'enfant. Quand on fait des offrandes, on s'aperçoit qu'elles disparaissent. La nuit, il sort pour se ravitailler.

Jeanne eut envie de lui faire remarquer qu'étant donné le nombre de retraités à maigre pension habitant l'immeuble, il n'était pas étonnant de voir les provisions s'envoler. Elle se laissa saisir par la main et traîner à travers les pièces. Elle aperçut un vieux futon jeté sur le sol. Sur le mur, au-dessus de la paillasse, on avait griffonné des chiffres et des esquisses.

– À l'heure actuelle, il y a encore des gens qui disparaissent, précisa Pierrot. Mais on ne sait plus si c'est parce qu'ils n'ont pas de quoi payer leur loyer ou parce que le fantôme est venu les prendre.

Jeanne étudia les murs. Ils étaient anormalement épais. « Anormalement *pour notre époque,* corrigea-t-elle aussitôt. Jadis, dans les bonnes constructions, on bâtissait du solide, et les cloisons vous isolaient réellement des voisins. »

Toutefois, le mur de refend faisait près de quatre-vingt-dix centimètres d'épaisseur. C'était assez pour doubler le mur véritable d'un étroit passage dans lequel un homme pouvait circuler de biais, une épaule en avant. Elle frappa du poing sur la cloison, ne provoquant qu'un bruit mat.

– Vous êtes folle ! s'insurgea Pierrot. Il dort à cette heure-ci, vous allez le réveiller.

Jeanne tenta d'imaginer un immeuble truqué, fait de Clicorridors et de puits dissimulés permettant de se déplacer d'étage en étage. Ce n'était pas impossible, mais tout de même un peu rocambolesque.

Cette fois, Pierrot l'avait saisie par le poignet, l'entraînant avec autorité. Elle se laissa faire. Au bout du couloir, ils reprirent l'escalier. L'enfant s'arrêta sur le palier du septième et se débarrassa de son sac à dos.

– On va manger un morceau, décida-t-il. On l'a bien mérité.

Jeanne s'assit sur l'une des marches. Pierrot lui tendit un sandwich roulé dans du papier d'aluminium. Un jambon-beurre qui luisait un peu à cause de la chaleur.

– Vous ne vous rendez pas bien compte, dit-il en mâchonnant, mais y a des gens ici qui sont devenus dingues à la suite de cette histoire. Les vendeurs de portes blindées ont fait fortune à certains étages. Je vous ferai visiter un appartement où chaque pièce possède sa propre porte blindée... C'est comme une espèce de sous-marin, vous savez, avec des sas étanches pour éviter que l'eau n'envahisse tout le navire. Dès qu'on allait dans la cuisine, on s'enfermait pour s'isoler des autres pièces, et ainsi de suite. Il y a même un type qui posait des plaques de zinc le long des murs du sol au plafond, de manière à bloquer les passages secrets, ça paraît incroyable, mais c'est vrai.

Jeanne hocha la tête. Il lui faudrait utiliser ces aberrations dans son livre pour montrer à quel point les habitants de la maison Malestrazza avaient fini par se laisser submerger par leurs fantasmes.

Ils terminèrent leur repas en silence. Pierrot buvait beaucoup, sans qu'elle puisse déterminer s'il agissait ainsi pour se donner du courage ou pour jouer à l'homme devant sa cliente. Quand ils se remirent en marche, l'enfant lui fit visiter plusieurs appartements vides. Dans l'un d'eux, murs et moquettes étaient pourris par l'humidité, et des champignons livides s'enracinaient sur le plâtre des cloisons.

– Le type a crevé dans sa baignoire, expliqua Pierrot. D'une crise cardiaque, peut-être parce qu'il avait cru voir l'ombre de l'assassin à travers la buée remplissant la salle de bains. Je vais vous raconter ça...

Et il se mit à raconter comment le locataire était mort, les robinets grands ouverts. Alors, l'eau avait débordé de la baignoire pour commencer à remplir l'appartement. Cela avait pris un temps fou, mais personne ne s'en était rendu compte, pour la bonne raison que Beppo Malestrazza avait conçu des logements de qualité, parfaitement étanches. Les fenêtres, étant petites et composées de double vitrage, avaient résisté à la pression de l'eau. En deux jours, l'appartement s'était changé en un immense aquarium. Les bourrelets de caoutchouc de la porte d'entrée avaient retenu les suintements, ne trahissant rien de la catastrophe qui était en train de se jouer en secret.

– Le mort..., murmura Pierrot, il était sorti de la baignoire et il flottait à travers les pièces comme un mec qui fait la planche. Les poissons rouges s'étaient échappés de leur bocal et se promenaient entre les meubles.

Jeanne l'écoutait, se gardant d'intervenir. Pourtant elle demeurait sur ses gardes, ne sachant si l'enfant, sous l'influence du vin, succombait à une poussée aiguë de mythomanie dans le seul but de l'éblouir par des récits épiques. Cependant, les images faisaient leur chemin en elle : elle voyait l'homme nu, du savon dans les cheveux, dérivant d'une pièce à l'autre, tandis que lit, canapé, chaises, tables disparaissaient sous l'eau.

– On a mis vachement de temps à le découvrir, marmonna Pierrot, le regard fixe. En fait, un jour, les vitres ont éclaté sous le poids du liquide, et il est tombé dans la rue sur le toit d'une voiture, tout gonflé, le bide plein de gaz. Il paraît qu'il était horrible à voir... et, pendant tout ce temps, la flotte dégringolait du haut de l'immeuble comme une vraie cataracte, entraînant les bouquins, les casseroles, tout ce qui flottait dans l'appartement.

Jeanne se promit de vérifier cette histoire. Les yeux fixes de Pierrot l'effrayaient un peu. Il avait l'air en transe, comme si la catastrophe se déroulait en ce moment même devant lui. Elle n'osa le prendre par l'épaule et le secouer pour le sortir de son rêve éveillé.

« Un gosse un peu désaxé, pensa-t-elle. Il s'est complètement immergé dans cette histoire d'assassin fantôme pour oublier la médiocrité de sa petite existence. »

Psychologie de bazar ? Peut-être, mais la vie ne devait pas être rose tous les jours auprès de Mme Cliquet. Sans doute l'enfant avait-il ressenti le besoin de s'inventer un jardin secret qui l'auréolait de prestige auprès de ses camarades. Ainsi, il n'était plus seulement « le fils de la concierge » mais l'initié qui vivait dans la maison-tombeau où s'étaient perpétrés des crimes effroyables. Il en était arrivé à broder à l'infini, devenant dupe de ses propres contes.

Quand l'enfant eut enfin repris ses esprits, Jeanne constata que le jour baissait. L'après-midi avait passé sans qu'elle ait eu conscience de l'écoulement du temps.

– On va gagner le refuge pour y dormir, décréta Pierrot. J'ai deux sacs de couchage là-bas, et la porte ferme à clef. J'ai moi-même installé les verrous.

Jeanne jugeait ridicule cette histoire de camping en étage, mais elle sentait que l'enfant y tenait beaucoup. Dans son esprit le mot « excursion » rimait sans doute avec celui de « bivouac » ?

– Faut pas traîner dans les couloirs à la nuit tombée, renchérit le gamin. Ce serait de la provocation. Personne ne le fait ici... Et si vous entendez marcher, dites-vous bien que ce n'est pas un locataire. *C'est lui...*

Sa diction devenait pâteuse. Il remballa ses affaires en expliquant qu'ils avaient encore à traverser un long couloir sans électricité qui, à la nuit tombante, se changeait en tunnel opaque. Cette perspective l'effrayait. Jeanne, à son contact, sentait renaître ses terreurs de petite fille. Pierrot avait quelque chose de contagieux. Il était de ces gens qui, sans même ouvrir la bouche, arrivent à communiquer leur angoisse à trente ou quarante personnes.

Ils dévalèrent les marches, bifurquèrent sur un palier pour emprunter un itinéraire compliqué.

– Zut ! siffla le gosse en atteignant le couloir privé d'éclairage, il fait déjà trop sombre.

Il n'avait pas menti, le corridor se cassait à angle droit, formant un tunnel sans ouverture sur l'extérieur. C'était un tube de nuit concentrée qui vous avalait comme une galerie de mine.

– J'ai la torche électrique de ma mère, bredouilla Pierrot, mais elle ne marche pas très bien.

Il tira de son sac une lampe cabossée, au verre fendu, dont le halo tressautait au rythme de ses pas.

« Si j'étais le fantôme, songea Jeanne, c'est ici que je choisirais de faire déboucher mes tunnels. C'est ici que se trouverait l'entrée de ma chambre secrète, là où personne n'ose s'attarder. »

Elle se maudit pour ces extrapolations. À côté d'elle, Pierrot marmonnait des jurons pour se donner du courage. Elle eut envie de lui passer la main dans les cheveux et de lui dire : « Allons, tu n'as pas à avoir peur. Ce sont des bêtises ! » mais mieux valait s'en dispenser, car il ne lui pardonnerait pas ce geste.

Au bout du tunnel, ils se trouvèrent devant un embranchement. Jeanne s'avoua qu'elle était perdue, incapable de se situer par rapport à la géographie de l'immeuble.

– Par là ! ordonna Pierrot, le cagibi n'est plus très loin.

Jeanne s'étonna encore une fois de la rapidité avec laquelle les heures avaient filé. Était-elle donc restée si longtemps en arrêt devant le portrait de Beppo Malestrazza ? Elle se rappelait avoir éprouvé un léger vertige en découvrant la toile, comme une hypnose. Avait-elle interminablement rêvé devant ce paysage fendillé comme un œuf, devant ces lézardes crevassant les trottoirs et les maisons ? L'architecte avait-il voulu symboliser dans cette peinture trop appliquée les fissures de son propre esprit ? Ou y avait-il autre chose, une clef plus importante ?

– On y est ! triompha Pierrot en désignant une étroite porte verte.

Le battant déverrouillé, on débouchait dans un réduit aux angles bizarres qu'éclairait un vasistas constellé de fientes de pigeon. Une vieille malle, des cartons à chapeaux meublaient tout l'endroit. Deux sacs de couchage étaient roulés contre le mur. Pierrot s'empressa de pousser Jeanne dans la pièce et ferma les verrous.

– Maintenant, on est en sécurité, annonça-t-il en soupirant de soulagement. Les murs ne nous réserveront pas de surprise. Je les ai examinés à la loupe, c'est du solide. Aucun passage secret ne débouche ici, c'est un vrai refuge.

Ils s'installèrent sur le sol, en tailleur, tandis que Pierrot fouillait dans les cartons pour en extraire des victuailles. Le repas se composait de saucisson, de fromage, et d'un nombre invraisemblable de gâteaux tirés de paquets entamés. L'enfant ne toucha guère au saucisson, se contentant de gaufrettes « amusantes » qu'il avalait en ricanant. Tous les six gâteaux, il buvait une gorgée de vin, cassant la nuque en arrière, comme un vrai soldat. On étouffait dans le cagibi. Jeanne voulut ouvrir la fenêtre, mais les charnières du vasistas étaient soudées par la rouille, rendant le panneau inamovible.

– Les toilettes sont sur le palier, expliqua Pierrot dont la tête dodelinait. Vaut mieux éviter de s'y rendre en pleine nuit. J'ai un seau hygiénique là, derrière la malle, mais vous ne voudrez sûrement pas l'utiliser. Si vous désirez sortir, réveillez-moi, je vous ouvrirai.

– Il suffit que tu me laisses la clef, observa Jeanne.

– Non ! aboya l'enfant. Si vous vous faites choper dans le couloir avec la clef, le fantôme n'aura aucun mal à entrer ici pour me zigouiller !

La lumière baissait, la nuit s'installait dans le réduit. Jeanne songea que ce rituel relevait de la folie furieuse. Il lui aurait suffi d'emprunter l'escalier pour retrouver son appartement en moins de dix minutes. Au lieu de cela, elle allait passer une nuit blanche dans ce cabinet qui puait le renfermé et la chaussette moite.

Pierrot déroula les sacs de couchage. Actionnant l'interrupteur, il fit jaillir la lumière d'une ampoule jaunâtre pendue au plafond et s'installa dans son duvet. Il avait les joues très rouges.

– J'aurais voulu savoir, dit Jeanne. Malestrazza… comment s'est-il fait prendre ?

Pierrot grogna, rattrapé par le sommeil de l'ivresse, il avait davantage envie de dormir que de parler.

– Oh ! Il a fait une erreur toute bête. L'une de ses victimes avait un petit chien qu'elle cachait chez elle car il était interdit d'avoir des animaux dans l'immeuble. La bonne femme s'appelait Emilie Chalfosse. C'était une postière à la retraite. Malestrazza l'a enlevée puis emmurée comme les précédentes. Ce qu'il ne pouvait pas prévoir, c'est que le petit chien, dont il ignorait l'existence, s'échapperait de l'appartement de sa maîtresse et la suivrait à la trace jusqu'au sarcophage…

– Tu veux dire qu'il a localisé la sépulture ?

– Oui. À travers le plâtre, il a reniflé l'odeur d'Emilie Chalfosse, et il s'est mis à creuser. Malestrazza n'était pas là. Il était parti en voyage d'affaires, ce qui explique que le clébard a disposé de deux jours et de deux nuits pour effriter le plâtre encore frais. Quand la concierge de l'époque, la mère Javel, est grimpée au sixième pour encaustiquer le parquet, elle a découvert le chien, les pattes en sang, et un trou dans le mur, au ras du sol. En se baissant, elle a aperçu des orteils qui dépassaient du plâtre. Des orteils aux ongles vernis en rouge.

– Elle a prévenu la police ?

– Bien sûr. Les flics ont dégagé le cadavre, puis ils ont décidé de tendre une souricière pour intercepter Malestrazza à son retour. C'est là qu'on ne sait pas très bien ce qui s'est passé. Certains prétendent que Beppo n'est jamais rentré. D'autres qu'il est bien revenu, mais qu'entre le rez-de-chaussée et le sixième il a éventé le piège et s'est caché dans sa chambre secrète, s'évaporant au nez et à la barbe des policiers.

– Il est probable qu'il n'est jamais revenu, observa Jeanne.

– Pas sûr, coupa Pierrot. Il y a cinq ou six ans, on pouvait encore voir un vieux flic retraité dans les cafés du coin, le père Mathurieux. Il avait participé à la souricière. Quand il était bourré, il disait toujours : « Et, pourtant, il était là, on l'a vu entrer… Entre le rez-de-chaussée et le sixième, il s'est évaporé. On s'est fait avoir comme des bleus. Il aurait fallu l'alpaguer dans le hall, sans attendre. »

– On peut encore le rencontrer, ce Mathurieux ?

– Non, il est mort d'une cirrhose, comme beaucoup de flics du quartier.

– Allez, bâilla Pierrot, mettant fin à la conversation. Maintenant il faut dormir.

Mais Jeanne n'avait pas sommeil. La disparition mystérieuse de Beppo Malestrazza l'électrisait. Elle accréditait l'hypothèse d'une chambre bâtie en secret par l'architecte dans le cas où les choses tourneraient mal. Le romantisme outrancier de la chose ne devait pas pousser l'enquêteur à écarter cette éventualité. Beppo Malestrazza était fou, il raisonnait avec la logique toute particulière d'un fou, rien ne s'opposait donc à ce qu'il ait pris ce genre de précaution. Elle fut troublée dans ses réflexions par les ronflements de l'enfant qui avait coulé à pic dans le sommeil. Il dormait la bouche ouverte, les traits crispés, comme si cette activité monopolisait toute son énergie. Jeanne l'observa. L'inconscience le vieillissait, plaquant sur son visage un masque chafouin d'adulte en colère. « Il sera comme ça dans dix ans, pensa la jeune femme. Un jeune homme renfermé et colérique. Violent. Cruel avec les animaux et avec les femmes. Les enfants l'exaspéreront et il passera plus de temps avec sa moto qu'avec sa petite amie. »

Elle s'arrêta, réalisant qu'elle était en train de brosser le portrait de Manuel. Elle ne devait plus penser à lui, c'était fini. Mais quelle était la vie de Pierrot ? Elle se la représentait difficile, sans tendresse. Avait-il un père ? Il n'en parlait jamais, et sa mère semblait lui faire peur. À douze ans, il avait déjà pris goût au vin et vivait dans l'ombre d'un fantôme assassin dont les crimes le ravissaient secrètement.

Jeanne s'agita. Elle avait trop chaud. Elle aurait voulu se déshabiller avant de se glisser dans le sac de couchage, mais elle n'osait pas. Pierrot dormait-il vraiment ? N'était-il pas en train de guetter entre ses paupières mi-closes le moment où elle émergerait de son jean moite, en petite culotte et socquettes blanches ? Il était bien capable de ce style de fourberie, elle le devinait. C'était un sale petit mec, comme beaucoup d'adolescents. Un frimeur de cour de récréation, qui ne savait parler des femmes qu'avec des mots sales et sans la moindre tendresse.

On étouffait dans le cagibi. Jeanne avait soif... et envie de faire pipi. Pour se distraire, elle alluma la torche et ouvrit la malle défoncée qui occupait un angle du réduit. Elle contenait des journaux de bandes dessinées. Des histoires d'épouvante et de guerre. Ces dernières étant plus nombreuses que les autres. Jeanne prit au hasard une demi-douzaine de brochures qu'elle feuilleta. Les dessins rudimentaires ne devenaient précis que lorsqu'il s'agissait de reproduire une arme. On avait alors droit à une débauche de détails : vis, numéro de série, éraflures… Les revolvers faisaient *Kaa-bram !* les mitraillettes *Ta-Kam-Ta-Kam-Ta-Kam*…

Les fusils-mitrailleurs rugissaient, les colts aboyaient. Les onomatopées, s'étirant en grosses lettres, semblaient plus efficaces que les armes elles-mêmes. Jeanne lut en diagonale une aventure du sergent Nell Shrap et rejeta le tout dans la malle. Au fond du bagage, elle découvrit un vieux pistolet taché de rouille, à la culasse manquante. Un automatique belge, comme en utilisaient les forces de police au lendemain de la première guerre. La crosse vide ne contenait aucun chargeur. C'était un trophée, un fétiche. Peut-être un cadeau de ce Mathurieux dont Pierrot avait parlé un instant plus tôt.

Jeanne se décida à enlever son jean sous lequel elle transpirait. Elle éteignit la lumière et défit sa fermeture éclair. À travers la mince porte elle entendait goutter le robinet du palier. Ce bruit d'eau avivait son envie d'uriner. Elle s'étendit sur le sac de couchage dans l'obscurité, pieds nus, en slip. Elle avait moins chaud. Dieu ! que cette équipée était bête ! Elle n'avait qu'à ouvrir la porte, descendre l'escalier et rentrer chez elle. Pourquoi hésitait-elle ? Pour ne pas vexer le gosse ? Allons, ce n'était pas l'unique raison. Il y avait en elle une réticence, une angoisse diffuse qu'elle s'expliquait mal. La perspective d'avoir à traverser le couloir ténébreux en tâtonnant à la recherche d'une minuterie lui hérissait le duvet sur la chair des bras. Pierrot l'avait intoxiquée avec ses histoires de fantôme et de chambre secrète. Mais n'était-ce pas ce qu'elle avait voulu après tout ? Se mettre dans l'ambiance…

Son envie d'uriner devenait intolérable. Elle saisit la torche et tourna la molette du verrou. Elle ne refermerait pas derrière elle, c'était idiot, elle n'avait pas besoin de réveiller le gosse pour qu'il se barricade en son absence. Elle n'allait tout de même pas sombrer dans la paranoïa ! La torche éclairait mal et ne fonctionnait que par à-coups. Jeanne jura et prit la direction des toilettes sur ses pieds nus. En passant devant la fontaine, elle en profita pour s'asperger le visage et les cuisses. Elle se sentait sale. Elle aurait donné n'importe quoi pour une douche. Au moment où elle atteignait les cabinets, elle entendit craquer le parquet au-dessus de sa tête, au sixième, à l'étage de Beppo Malestrazza. Quelqu'un marchait dans la nuit, un pas lourd et irrégulier, un peu claudicant, comme celui d'un homme corpulent qui se donne beaucoup de mal pour se déplacer sans bruit. Elle se figea contre la porte des W-C, éteignit la lampe. Sa gorge s'était rétrécie, elle ne respirait plus qu'avec difficulté.

« Reprends-toi ! se dit-elle. C'est trop énorme… C'est juste un voisin qui rentre chez lui et… »

Mais personne n'habitait au sixième et Pierrot avait précisé que *personne* ne s'y arrêtait jamais.

« IL est sorti, pensa la jeune femme. IL est sorti pour récupérer les offrandes. IL crevait de faim. IL n'a pas pu attendre. »

Elle n'était plus que chair de poule. Malgré la peur, elle dut entrer dans les cabinets et se soulager sous peine de se voir trahie par ses sphincters. Au-dessus d'elle, le plancher continuait à craquer. Malestrazza était sorti de son antre, il allait rafler les provisions déposées par Pierrot et se rabattre vers l'entrée de la chambre secrète, quelque part dans ce tronçon de couloir sans fenêtre. C'était le moment ou jamais de le surprendre, de faire un scoop !

Elle hésita, les doigts crispés sur le cylindre métallique de la torche. Un tel coup d'éclat pouvait la remettre en selle, effacer l'ardoise, la propulser au premier plan. Elle sortit des W-C et se mit à longer le mur sur ses pieds nus. Elle suait et songea que l'odeur de sa peur devait la précéder de plusieurs mètres, trahissant sa progression. « Bon sang, s'insurgea-t-elle, tu ne vas pas affronter un loup ! ce Malestrazza est un homme, un vieil homme, arrête donc de te faire du cinéma ! »

Mais ces exhortations demeuraient sans effet sur le tremblement qui agitait ses genoux. Elle était à présent au pied d'un escalier. Aurait-elle le courage de grimper à l'étage supérieur ? Et si elle se trouvait soudain face à lui, en petite culotte, armée d'une vieille lampe rétive ? Aurait-elle seulement le temps de pousser un cri ? Il avait tué au moins dix personnes avec un remarquable sang-froid, c'était un dément. Un psychopathe dépourvu de nerfs…

Mais ses pieds avaient déjà escaladé trois marches. Lentement, elle commença son ascension vers le sixième étage. Elle n'avait pas le plan de l'immeuble dans la tête et ne savait pas très bien où elle allait déboucher. Elle avait noté qu'il y avait deux escaliers, un à chaque bout de l'interminable corridor.

Pendant qu'elle montait, les images échappées des récits de Pierrot l'assaillaient : le mort dont la baignoire débordait, et qui se mettait à flotter dans son appartement… Le chien creusant la paroi de plâtre frais pour dégager le pied de sa maîtresse assassinée... Elle lutta pour ne pas être submergée, pour les tenir à distance. Elle eut envie de crier *Kaa-bram !* comme les pistolets automatiques des bandes dessinées dénichées dans le cagibi. Cette onomatopée lui paraissait receler un pouvoir magique susceptible de faire reculer les monstres de la nuit. Elle se mit à la murmurer, telle une prière d'exorcisme : « Kaa-bram ! » Déjà, elle se sentait plus forte. Elle avait atteint le palier du sixième, le long couloir desservant les trois appartements s'étirait dans la lumière bleutée de la lune. Jeanne s'arrêta, courbée, ramassée sur elle-même, presque recroquevillée dans l'attente d'un coup. Le parquet craqua loin devant elle, à l'autre bout du corridor. Le souffle court, elle crut discerner une silhouette trapue qui s'éloignait en rasant les murs, mais ce pouvait être n'importe quoi, un nuage masquant la lune et projetant son ombre par la fenêtre… (Un nuage qui faisait craquer le parquet ? Vraiment ?)

Jeanne bondit vers la porte du premier logement, entra. Elle ne voulait pas se trouver dans le couloir au moment où l'homme déciderait de descendre. Quel escalier emprunterait-il ? Celui du nord, celui du sud ? Elle brandit sa torche éteinte comme une massue, prête à l'abattre de toutes ses forces, mais le bruit de pas décrut. Le fantôme descendait par l'escalier nord. Elle aspira une goulée d'air. Elle ruisselait de sueur, et une rigole souillait son tee-shirt entre ses seins. Les mains tremblantes, elle alluma la lampe, cherchant à isoler dans le halo vacillant l'autel rustique improvisé par Pierrot. La caisse était là mais les vivres avaient disparu. La bouteille de vin et le pain, les fruits…

« IL est venu, pensa-t-elle. IL est venu se restaurer. Pierrot avait raison. Il fallait payer notre passage. » Elle fut prise d'une crise de frissons et ses dents claquèrent. Sans se soucier du bruit qu'elle produisait, elle battit en retraite et manqua de dégringoler dans l'escalier. Soudain, elle n'avait plus qu'une envie : retrouver l'asile du cagibi. Son propre appartement lui semblait perdu à des années-lumière, hors d'atteinte. Elle se cogna à l'angle d'un mur et se rua dans le réduit, à demi assommée. Pierrot dormait toujours la bouche ouverte, un air de bêtise sur le visage.

3

Allongée sur son sac de couchage, elle écouta longtemps les bruits de la maison, sans pouvoir trouver le sommeil. Elle suffoquait dans l'atmosphère surchauffée du cagibi, incapable d'interpréter ce qu'elle venait de vivre. Elle finit par tomber dans une torpeur entrecoupée de réveils haletants et de rêves stupides.

À l'aube, elle ouvrit les yeux, le crâne taraudé par une migraine due à la mauvaise oxygénation du réduit. Pierrot était déjà réveillé. Faisant semblant de lire une bande dessinée, il lorgnait les cuisses nues de sa cliente et la bosse renflée du pubis qui dessinait une tache sombre sous le tissu transparent du slip. Jeanne grogna et se saisit de son jean. Elle était de mauvaise humeur, avait mal partout et se sentait crasseuse. Sans un mot pour l'enfant, elle ouvrit la porte du cagibi et alla se passer la tête sous le jet du robinet, à la fontaine du palier. Quand elle revint, dégoulinante, Pierrot avait étalé sur le sol les ingrédients d'un petit déjeuner hétéroclite : bananes tavelées, limonade tiède, biscuits au chocolat, pain d'épice écrasé. Sans attendre, il reprit son monologue au sujet de la maison, mais Jeanne était lasse et peu disposée à en écouter davantage. D'autre part, elle finissait par se demander si son interlocuteur n'inventait pas au fur et à mesure, dans le désir pervers de la mystifier. Lorsqu'il parla d'entreprendre la visite des appartements déserts du quatrième, elle lui signifia son intention de rentrer chez elle.

– C'est bête, dit-il, déçu. Je voulais vous faire voir le logement blindé, avec les plaques de zinc sur les murs. Vous auriez pu faire des photos.

Elle demeura inflexible, avec toutefois une certaine mauvaise conscience devant la moue de petit garçon vexé de Pierrot. Elle voulut lui payer le double de ce qu'il réclamait pour le prix de l'excursion, mais il refusa en se drapant dans sa dignité. Elle n'insista pas. Ils descendirent en silence jusqu'au troisième et se séparèrent un peu froidement. Pierrot boudait. Jeanne rentra chez elle, avala trois aspirines et se fit couler un bain dans lequel elle s'immergea une demi-heure. Elle ne savait pas trop pourquoi elle avait tenu à abréger la visite. Le désir de s'éloigner du sixième étage le plus vite possible ? Depuis la veille, elle avait les mains moites et son cœur s'emballait au moindre bruit. « Je n'ai pas peur, tout de même ? » s'interrogea-t-elle.

Agacée, elle sortit de la baignoire, se sécha, passa son peignoir et tira de sa housse la petite machine à écrire. Engageant une feuille dans le chariot, elle entreprit de transcrire ses premières impressions et de prendre en note les légendes racontées par Pierrot. Cela constituait un pudding informe, mais, pour l'heure, elle se contentait d'amasser des matériaux.

Au bout d'un moment, elle eut l'impression que le cliquetis de la machine résonnait étrangement dans l'appartement. C'était inexplicable, car le plafond bas, les gros meubles occupant l'espace auraient dû interdire ce phénomène. Et, pourtant, il y avait un écho… comme si elle tapait au centre d'une cathédrale, ou tout au moins d'une salle dominée par une voûte.

Elle s'arrêta, gênée. Recommença. L'écho était toujours là. Bizarrerie acoustique qui finissait par lui faire croire que quelqu'un tapait dans une autre pièce, avec une légère désynchronisation, s'arrêtant quand elle s'arrêtait, reprenant quand elle reprenait…

« Ce sont les passages secrets, pensa-t-elle... les souterrains qui creusent les murs. Ils amplifient les sons comme une caisse de résonance. »

C'était une explication stupide, mais elle ne parvenait pas à en formuler une autre.

« Les passages secrets, lui répétait une voix intérieure... les passages secrets... »

Elle avait perdu sa concentration. Ses idées s'embrouillaient. Elle avait la sensation d'être observée par mille œilletons dissimulés dans les motifs de la tapisserie. « Idiote ! s'injuria-t-elle. Il y a sûrement une autre explication. » Elle resta un long moment sur sa chaise, examinant les angles bizarres des murs, les pièces aux formes irrégulières, incongrues, et l'ombre d'une hypothèse se dégagea soudain de la confusion qui régnait dans son esprit. Fouillant dans son sac, elle y pêcha le petit magnétophone sur lequel elle avait enregistré les commentaires de Pierrot, rembobina le ruban et enclencha la touche de lecture. La voix du gosse s'échappa en nasillant du minuscule haut-parleur. Jeanne déposa l'appareil sur la table, près de la machine à écrire, traversa l'appartement dans toute sa longueur, sortit sur le palier, ferma la porte et colla son oreille contre le battant. Elle entendait tout. *Distinctement*. L'acoustique de l'appartement était si parfaite que le murmure de Pierrot se transmettait de pièce en pièce sans rien perdre de sa netteté. Il suffisait de s'embusquer sur le palier pour ne pas perdre un mot des conversations qui se tenaient derrière la porte ! C'était Beppo Malestrazza qui avait imaginé cela, elle en était certaine. Il avait conçu chaque appartement selon les lois d'acoustique qui régissent l'architecture des salles de spectacle. Jeanne se rappelait avoir visité, en Italie, un cloître où la circulation des sons était si parfaite qu'un murmure pouvait résonner à plus de trente mètres et demeurer compréhensible. Un système d'espionnage naturel, sans micro, sans quincaillerie électronique. Un simple jeu d'angles, de voûtes, de pentes et de surfaces. Un prodige de rouerie. Ainsi, Beppo n'avait qu'à avancer sur la pointe des pieds, coller son oreille à la porte pour savoir tout ce qui se disait chez ses futures victimes.

Jeanne rentra. Elle avait perçu l'écho parce qu'elle était « nouvelle » dans les lieux. Au bout d'un certain temps, on s'habituait, et l'oreille n'y prenait plus garde. D'ailleurs, sans le crépitement métallique de la machine, elle ne l'aurait peut-être pas remarqué. Elle se mit à faire les cent pas. À la fois furieuse et excitée d'une telle découverte. Il y avait donc eu préméditation dans chaque croquis exécuté par Malestrazza ? Penché sur sa planche à dessin, il avait conçu l'immeuble comme un temple voué aux cérémonies sacrificielles. Il avait tout étudié en conséquence, et de manière à se faciliter la tâche.

Elle transpirait sous l'épais peignoir. Elle décida de s'habiller et de monter au sixième pour photographier le tableau dans le placard. Elle aurait pu tout simplement le descendre chez elle, mais une réticence qu'elle ne s'expliquait pas l'en empêchait. Elle rassembla son matériel, s'habilla et sortit. Il faisait jour, elle ne risquait donc rien, *n'est-ce pas ?* Elle devrait tout au plus éviter de se faire voir de Pierrot, qui n'apprécierait guère qu'elle se passe de ses services pour explorer le territoire interdit du sixième étage. Au moment où elle fermait sa porte, elle songea : « Tu devrais emporter un peu de nourriture, en offrande, pour payer ton passage. »

Mais elle haussa les épaules, irritée de sa crédulité. L'appareil battant sa hanche, elle s'engagea dans l'escalier. Elle s'avoua qu'elle était beaucoup moins à l'aise que lors de la première visite. Désormais, elle ne parvenait plus à s'amuser au rappel des exploits de Beppo Malestrazza. Elle réalisait qu'en bâtissant la maison il avait concrétisé un projet de longue haleine. Il s'était en quelque sorte construit un abattoir personnel, répondant à des critères à la fois précis et très particuliers. Et elle vivait, elle, Jeanne, à l'intérieur de cet abattoir, ignorante des astuces et des perfectionnements imaginés par le dément. Au fur et à mesure qu'elle montait, son allure ralentissait. Pierrot n'était pas totalement mythomane, elle venait d'en avoir la preuve. N'avait-elle pas découvert l'astuce de la chambre d'écho qu'il ignorait ? Mais l'ignorait-il vraiment ou avait-il préféré passer sous silence un tour de passe-passe qu'il comptait utiliser à des fins personnelles ?

Jeanne s'arrêta un moment pour reprendre son souffle. Pourquoi se précipitait-elle ? Après tout, elle n'avait pas un besoin si urgent de cette photo !

Alors qu'elle hésitait sur la conduite à tenir, une ombre qui lui parut énorme lui barra le chemin. C'était une silhouette trapue, au torse en barrique occupant tout le passage. Elle avait surgi de manière si soudaine que la jeune femme laissa échapper un cri de terreur. Son ventre se contracta sous l'effet de la peur, et elle crut qu'elle allait uriner debout. L'ombre avait un crâne piriforme, déformé, qui évoquait celui du Yéti, et cette particularité physique acheva de convaincre Jeanne qu'elle avait basculé en plein cauchemar. Quand la silhouette entra dans un rai de lumière, elle comprit qu'il s'agissait d'un homme d'un certain âge, coiffé d'un bonnet de laine comme en portent les pêcheurs. Taillé en hercule, il avait le visage ridé et recuit des gens de mer. Des touffes de cheveux gris s'échappaient de son couvre-chef. Ses yeux délavés cillèrent, trahissant sa gêne, et il se passa la main sur le menton, faisant crisser sa barbe de trois jours.

– Oh ! dit-il sur un ton d'excuse, je vous ai fait peur, excusez-moi. Il y a si peu de monde dans cette baraque qu'on a l'habitude de dévaler les escaliers sans penser qu'on risque d'emboutir quelqu'un.

Comme Jeanne, cherchant son souffle, ne répondait pas, il ajouta :

– Je suis Mathias Flegenhorn, j'habite au cinquième. Vous êtes la visiteuse qui se promenait hier avec le gosse de la concierge ? Je vous ai entendus passer tous les deux. Faut pas m'en vouloir, je ne cherchais pas à vous espionner mais les commentaires de ce môme me font mourir de rire. Il s'y croit vraiment. Je ne suis même pas sûr qu'il joue la comédie pour ses clients. J'espère que vous n'avez pas pris au sérieux tout ce qu'il vous a raconté ?

Jeanne se remettait lentement de sa frayeur. Mathias Flegenhorn n'avait rien d'inquiétant, elle s'en rendait maintenant compte. C'était un homme de soixante et quelques années, à la peau tannée comme du cuir. Il avait de grosses mains rugueuses, couvertes de poils gris. De très grosses mains.

– Allons chez moi, dit-il avec un geste large. La concierge raconte que vous écrivez un livre sur la maison. Vous pouvez m'interroger. J'habitais déjà ici quand les choses se sont produites. Je suis un meilleur témoin que le petit Pierrot qui n'était pas né !

– OK, lâcha Jeanne en espérant que sa voix sonnait normalement à présent. Ça m'intéresse.

– Oh ! Ne vous méprenez pas, fit Mathias. Ce n'est pas pour être dans le livre. Mais je vis comme un sauvage ici et j'aime bien avoir un peu de compagnie.

Il la guida vers un appartement encombré d'un invraisemblable fouillis dans lequel Jeanne nota, pêle-mêle, la présence d'une tenue de scaphandrier avec son lourd casque à hublots, de bouteilles de plongée piquetées de rouille, de palmes, de fusils harpons, de gueuses de fonte et de machines dont elle ignorait l'utilité.

– Des souvenirs, soupira Mathias. Les fétiches d'une vie antérieure. J'étais scaphandrier, un métier de fossile. Aujourd'hui, on fait figure de dinosaure quand on exhibe ces trucs-là.

Il désignait le scaphandre et la boule cuivrée du casque avec ses boulons, ses soupapes.

– Vous descendiez dans les épaves ? interrogea Jeanne.

– Oui, mais pas pour y chercher des trésors, fit Mathias avec un rire triste. Les trésors, c'est dans les romans. Moi, j'étais une sorte de plombier sous-marin, je soudais dans la vase, je raccommodais des tuyaux, des pipe-lines, mais au lieu de faire ça sous un lavabo je le faisais avec des poissons au-dessus de la tête. Les poissons aiment bien picorer les bulles d'oxygène, c'est une vraie gourmandise pour eux.

Jeanne s'immobilisa au milieu du capharnaüm, ne sachant où s'asseoir. Le lieu tenait davantage du hangar et de l'atelier que de l'appartement. On s'attendait presque à trouver du sable sur le sol, et des débris de varech. Sur une caisse retournée trônaient une bouteille, des fruits, une boîte de conserve ouverte que Jeanne identifia immédiatement. C'étaient les « offrandes » déposées par Pierrot au sixième étage.

– Oh ! gloussa-t-elle, les pas, l'ombre… c'était vous.

Mathias prit un air faussement penaud.

– J'ai pas trop d'argent, avoua-t-il. Une pension d'invalidité, c'est pas grand-chose, alors je me sers sans beaucoup de scrupules. Et puis, je me dis que le gosse est content de voir la nourriture disparaître. Il se raconte des trucs, ça l'aide à vivre.

Jeanne hocha la tête. Elle ne savait pas si elle était déçue ou soulagée. Ainsi c'était Mathias qui dévalisait les « autels », entretenant la légende du fantôme affamé.

– Vous m'avez fait peur cette nuit, souffla-t-elle.

– Oh ! rigola l'ancien scaphandrier. Vous avez cru que … ? C'est vrai qu'il chauffe sacrement ses clients, le loupiot. Il se raconte tellement d'histoires qu'il finit par s'en convaincre lui-même.

– Parce que tout est faux ? interrogea la jeune femme.

– Non, non, dit Mathias en baissant la voix. Les crimes sont réels. On a bien retiré dix cadavres du mur. J'étais là quand les flics ont sorti les corps sur des civières. C'étaient des momies, jaunes, mais parfaitement conservées. Je n'aurais jamais cru que Beppo puisse faire ça, jamais.

En faisant réchauffer du café, il raconta comment il avait rencontré Malestrazza, à trois ou quatre reprises, et même dîné avec lui. Il en fit le portrait d'un homme affable, gai, le calembour facile, tout le contraire d'un bourreau revêche confit en macérations.

– Après, on a dit qu'il menait une vie de moine, qu'il se nourrissait de pépins de courge, grogna-t-il. Mais moi, je l'ai vu vider une soupière de spaghetti et boire du chianti à la régalade. C'était un homme seul, ça oui, mais pas morose pour un sou. Il me demandait tout le temps de lui parler du fond des mers. Il était obsédé par les failles sous-marines, les tremblements de terre. De temps en temps, il essayait de savoir si j'avais de la famille. Après, j'ai compris qu'il cherchait à se renseigner. Probable qu'il m'avait mis sur la liste des futures victimes. Dame ! Si j'avais disparu, personne n'aurait réclamé après moi. En quelque sorte, je suis un survivant.

Il éclata d'un gros rire pour masquer sa gêne, et versa un mauvais café bouillant dans des quarts de métal.

– Il me louait l'appartement une misère, reprit-il. C'était une aubaine pour moi après mon accident. Si j'avais du retard dans les loyers, il ne râlait jamais. Ça oui, il était sacrement arrangeant.

Jeanne souffla sur son gobelet qui lui brûlait les doigts. Le gros scaphandre de caoutchouc jaune l'hypnotisait. Et les tuyaux, la pompe à air manuelle…

– Je ne sais pas comment il a eu les autres, rêva Mathias. Fausse clef ? Passe-partout ? Couloir secret ? Le fait est qu'il leur est tombé dessus et qu'il les a emmurés avant qu'ils aient le temps de dire ouf.

– Vous lui auriez donné du fil à retordre, non ? avança Jeanne. Vous n'avez rien d'une institutrice à la retraite.

Mathias eut un sourire douloureux et ôta son bonnet de marin. Une vilaine entaille profonde d'un demi-centimètre lui partageait le crâne en deux,

– Une poutrelle, commenta-t-il, elle m'est tombée dessus alors que je travaillais sur la pile d'un pont. Elle a broyé mon casque. Quand on m'a remonté, il a fallu le découper au chalumeau avant de m'expédier à l'hôpital. Ma tête avait à peu près l'allure d'une ration de *corned-beef* dans une boîte qu'on aurait écrasée à coups de talon. Depuis, j'ai des courts-circuits dans la cervelle. Des absences. Je deviens sourd, muet, aveugle durant une minute, puis ça revient, je me réveille. C'est comme si on me débranchait, comme si je mourais par épisodes. Alors vous savez, le Beppo, il n'aurait eu qu'à attendre le bon moment pour m'avoir, ç'aurait été facile.

Jeanne but une gorgée de café amer. Par égard pour son hôte, elle se retint de grimacer.

– Le gosse, Pierrot, murmura Mathias, j'ai essayé de lui raconter la mer, les plongées, mais il s'en fiche, il me prend pour un vieux con. Ce qui l'intéresse, c'est les meurtres, les cadavres momifiés. Il veut toujours m'interroger sur Malestrazza. Et quand je lui dis « Malestrazza, il bouffait des pâtes à la tomate et il rotait en sifflant du chianti », il se met à trépigner comme un môme qui va faire une colère. « C'est pas vrai, qu'il couine, c'est pas vrai ! » Si on l'écoute, Beppo vivait comme un fakir, allongé sur une planche à clous, charmait des serpents pour se distraire et se nourrissait de cafards vivants. Il se fait des idées, ce gosse. Dans la vie de tous les jours, le bourreau, il était comme vous et moi.

Et il tapa sur son genou pour souligner son affirmation. Jeanne était en train de se demander si tout cela n'était pas en fait plus compliqué. Malestrazza n'était-il pas un excellent comédien capable de changer de personnalité à chaque interlocuteur ? un homme doué pour établir le contact, chaleureux, nanti d'une bonne écoute… et intérieurement froid, vicieux ? C'était ainsi qu'elle commençait à se le représenter.

– Le petit Pierrot, continua Mathias, il me fait mal au cœur avec ses histoires de croquemitaine. Un jour, ça lui montera au cerveau et il fera une bêtise. Mais je le comprends, sa mère ne le dorlote pas vraiment, si vous voyez ce que je veux dire. C'est une hystérique qui a la gifle facile.

– Elle est arrivée après le drame ?

– Non, c'est plus compliqué. L'ancienne concierge avait la trouille des fantômes. Quand elle a vu les cadavres qu'on sortait des murs, elle a failli perdre la tête. Elle a rendu son tablier. Le syndic a alors engagé la fille d'une des victimes, une gamine sans le sou qui descendait de sa province. C'était une manière de faire une bonne action.

Jeanne sursauta.

– Vous voulez dire que Mme Cliquet est la fille de l'une des … emmurées ?

– Oui, mais Cliquet c'est un surnom. Elle avait vingt-cinq ans à l'époque. Elle héritait de l'appartement et des dettes de sa mère. Elle était paumée, alors l'un des flics qui enquêtaient sur l'affaire a entrepris de la consoler. Mathurieux, un vieux lascar. Il l'a si bien consolée qu'elle s'est retrouvée avec un polichinelle nommé Pierrot dans le tiroir, et il l'a laissée choir aussitôt.

– La fille de l'une des victimes ? répéta Jeanne à mi-voix. Quelle drôle d'idée de lui donner à garder le tombeau de sa mère.

– Oh ! probable que Mathurieux a fait pression sur le syndic, histoire de garder la gamine sous la main. Elle avait peur du fantôme, elle tremblait toute seule dans son appartement. Elle pensait que Malestrazza allait venir la chercher. Mathurieux venait après ses heures de service, pour la protéger avec son grand revolver.

Jeanne se rappela que Pierrot avait raconté quelque chose à propos d'un vieux flic alcoolique. Il y avait aussi le pistolet rouillé, hors d'usage, dans la malle du cagibi.

– Elle n'est pas très épanouie, cette femme, observa Mathias. Il paraît qu'elle fait des cauchemars et hurle toutes les nuits. Elle ressasse ses vieilles histoires. Comme vous dites, ça doit faire drôle de cirer les parquets de l'endroit où sa propre mère s'est fait assassiner.

Jeanne avala une nouvelle gorgée de café noir. Elle prenait soudain conscience du réseau invisible qui unissait les derniers locataires de la maison. Elle s'expliquait mieux l'attitude étrange de Pierrot, le monde fantasmatique dans lequel il avait choisi de vivre.

– Malestrazza n'avait pas de femme, de maîtresse ? demanda-t-elle. D'où venait-il ? Quelle avait été son enfance ? Il vous en a parlé ?

– Non, ce qui l'intéressait, c'étaient les séismes, les failles de l'écorce terrestre. Il travaillait sur des armatures mobiles destinées à renforcer les immeubles en cas de tremblement de terre. Il avait fabriqué une maquette chez lui, une maquette de grande ville qu'un moteur faisait vibrer selon les différentes intensités de l'échelle de Richter.

– Vous l'avez vue ?

– Oui, c'était un plateau de six mètres sur trois avec de petites maisons très fignolées, toutes mignonnes. De vraies maisons de poupées. Dessous se tenait la machinerie, avec des pistons, des trucs et des bidules. Quand il la mettait en route, toutes les jolies maisons s'effondraient les unes après les autres. C'était une vraie pitié de voir tout ce travail foutu en l'air.

– Il avait un projet précis ? de nouvelles normes ? des fondations sur coussins d'air, sur vérins ?

– Je ne sais pas, mais après chaque écroulement il soupirait : « Je n'arriverai à rien avec la science. La science est impuissante. » Alors il entassait les débris des petites maisons dans une poubelle et les descendait sur le trottoir. Au bout d'un moment, je me suis rendu compte qu'il reproduisait les rues des alentours avec une espèce d'obsession scrupuleuse. Une maniaquerie un peu inquiétante.

– Il ne vous parlait jamais de ses années à l'étranger ?

– Rarement. Il disait qu'il avait construit un palais pour un maharadjah, et que ça avait failli lui coûter la vie, mais je ne sais pas pourquoi. Souvent, il s'exprimait par énigmes, comme s'il réfléchissait tout haut. Une ou deux fois, il m'a traîné dans un restaurant du quartier, au bord des quais. En sortant, il voulait *marcher le long de l'eau*. Il disait : « Savez-vous qu'ici les éléphants préhistoriques venaient jadis s'abreuver ? On a trouvé les traces de leurs pas dans de l'argile fossile quand on a creusé la rue au début du siècle. Il y avait aussi des hippopotames… là, et là. » Il désignait les péniches amarrées comme s'il voyait ces foutus hippopotames entre les coques. C'était un drôle de bonhomme, mais plutôt sympathique dans l'ensemble. Truculent.

Mathias se tut. À sa mimique Jeanne comprit qu'il se creusait la tête pour chercher une nouvelle anecdote. Il s'ennuyait tant dans sa retraite solitaire qu'il était visiblement prêt à tout, même à inventer, pour retenir son interlocutrice une minute de plus. Jeanne se leva, lui assura qu'elle reviendrait avec un magnétophone pour recueillir ses souvenirs. Il parut rassuré. Alors qu'elle s'avançait vers la porte, elle lui fit face et demanda :

– Est-ce que vous croyez qu'il se cache dans l'immeuble ?

Mathias haussa les épaules et tritura son bonnet entre ses grosses mains.

– C'est dur de répondre, souffla-t-il. Parfois oui, parfois non. Le jour ça paraît idiot, bien sûr, mais la nuit, quand je vais voler les offrandes laissées par le petit ou par les autres locataires, je me dis « Tu ne devrais pas faire ça. Il en a sûrement davantage besoin que toi. Un de ces jours, il se vengera. » C'est idiot, mais ce sont des choses qui me traversent l'esprit. Et, pendant un moment, je me sens forcé de regarder par-dessus mon épaule. Et puis, il y a les nuits d'insomnie. Quand j'écoute craquer cette grande baraque, je me dis qu'il y a des échos bizarres, des bruits, des gémissements, et je m'attends presque à voir s'ouvrir les murs. Cette maison, c'est comme un théâtre truqué, une scène avec des trappes, des décors qui s'effacent, des acteurs qui s'envolent. Vous savez qu'il y a eu des disparitions douteuses ? Pourquoi Malestrazza aurait-il rangé tout son petit monde dans un seul et unique couloir ? Il a pu en caser ailleurs… ici par exemple… ou ici ?

Il distribuait des claques sur les murs qui l'entouraient. À chaque coup Jeanne sursautait.

– Certains appartements sont restés très longtemps inoccupés entre deux locations, reprit l'ancien plongeur. Malestrazza y faisait des travaux interminables. « Je répare tout moi-même, disait-il. Les entrepreneurs me volent et salopent le boulot. » C'est peut-être vrai qu'il était radin au point de faire le maçon, lui, un architecte qui avait construit un palais aux Indes. Mais c'est peut-être vrai aussi qu'il en profitait pour autre chose… vous voyez ? Une petite paumée qu'on ramasse dans la rue et qu'on héberge pour une nuit. Un étudiant avec qui on a trinqué dans un café… ou un chômeur. La rue est pleine de proies faciles.

– Mais justement, pourquoi ne s'est-il pas toujours contenté de ces proies faciles, sans liens avec l'immeuble ? Pourquoi s'en prendre à des locataires ?

– Parce que sa folie lui soufflait sans doute que les locataires, c'était mieux que les sans-abri ! La logique des fous, vous savez !

Jeanne essuya ses paumes moites sur son jean et prit congé en promettant de revenir. Sur le palier, elle se rappela qu'elle était montée, à l'origine, pour photographier le tableau énigmatique peint par l'architecte. Aspirant une bouffée d'air, elle se jeta à l'assaut de l'escalier. Au sixième étage, elle s'arrêta au seuil du long couloir, ne pouvant détacher son regard des niches ouvertes dans l'épaisseur du mur. Sa propre nervosité l'agaçait, pourquoi devenait-elle si perméable aux fantasmes des locataires ?

Elle entra dans l'appartement d'un pas qu'elle voulait assuré et marcha droit vers le placard. Le tableau était toujours là. Jeanne s'agenouilla, ouvrit son sac pour prendre son matériel photographique… et renonça, prise d'une impulsion soudaine. Non ! Elle n'allait pas se contenter de photographier la toile, elle allait la voler, tout simplement. Elle allait la sortir du « musée » Malestrazza et l'emmener chez elle, en bas… et tant pis si le fantôme n'était pas content.

Saisissant le cadre poussiéreux à pleines mains, elle souleva le tableau qui était lourd. Titubante, elle émergea du placard, un air de défi enfantin plaqué sur le visage. Mais ses fanfaronnades ne pouvaient empêcher son cœur de battre trop fort sous son sein gauche. Une voix lui murmurait qu'elle était en train de donner un coup de pied dans la fourmilière, de commettre un crime de lèse-majesté qu'on ne tarderait pas à lui faire payer. Elle virevolta dans le grand appartement vide, le tableau entre les bras, s'attendant presque à voir s'ouvrir à la volée une porte secrète astucieusement dissimulée.

« Ne reste pas là ! disait encore la voix, fiche le camp, c'est trop dangereux, retourne chez toi ! Tu es folle d'avoir fait ça. »

Elle n'était pas loin de le croire. Avoir porté la main sur la croûte pompeusement encadrée lui paraissait soudain aussi impie que d'avoir arraché le nez d'un saint momifié dans quelque sanctuaire des pères de l'Église. Elle se mit à courir, en même temps qu'une flambée de provocation lui donnait envie de crier « Et maintenant, attrape-moi si tu peux ! »

Elle dévala l'escalier à grand bruit et d'une seule traite. Lorsqu'elle arriva chez elle, elle était hors d'haleine et ses genoux ne la soutenaient plus. Elle alla poser la toile sur la table de la salle à manger et courut boire au robinet de la cuisine.

« Le compte à rebours est commencé ! chantonnait l'irritante petite voix au fond de sa tête. Prépare-toi au pire ! »

Elle s'aspergea le visage, puis se laissa tomber sur une chaise. Derrière la fenêtre, le jour baissait. Dans quelques heures la nuit serait là, changeant les règles, ouvrant la porte aux maléfices. Malgré la sottise de cette dernière pensée, elle prit la peine de pousser les verrous et arpenta la salle à manger, les poings enfoncés dans les poches, décrivant des cercles autour de la table où était posé le tableau poussiéreux. Quand elle eut retrouvé son calme, elle s'installa devant la machine à écrire, mit quelques notes au propre, puis se plongea dans la liste des victimes.

La première était Odette Huilard, soixante-dix ans.

La seconde Antoinette Chasselieux, soixante-cinq ans.

La troisième Josette Madurier, quarante-cinq ans.

La quatrième Gisèle Plancheux, trente-huit ans.

Les autopsies, en permettant de dater les décès, avaient autorisé un classement qui prenait l'allure d'une distribution des prix. Il était également évident que Malestrazza, au fur et à mesure qu'il s'entêtait à récidiver, avait choisi des victimes de plus en plus jeunes. Dans les derniers temps il avait aussi sélectionné des hommes… Pourquoi ? Elle eut l'intuition qu'il y avait, derrière ces errements, l'ombre d'une logique « scientifique ». Comme si les sacrifiées avaient été choisies en fonction de la vigueur de leur sang. Les vieilles d'abord, parce que c'était un moindre crime de les tuer, puis les jeunes parce qu'on avait l'espoir que leur chair, plus riche, conviendrait mieux au cérémonial.

« Des sacrifices, songea Jeanne. Des sacrifices offerts à un démon qui se plaint de la mauvaise qualité de la nourriture, qui ne cesse de réclamer une viande plus juteuse, plus fraîche ! »

Oh Dieu ! que c'était bête ! Elle n'allait tout de même pas donner dans le style Halloween ? Mais pourtant la progression arithmétique décroissante : 70, 65, 45, 38… et les suivantes encore : 36, 34… Les plus jeunes n'appartenaient pas au vivier des locataires. Il était probable que Malestrazza les avait recrutées dans la rue. Ensuite on retombait dans des hécatombes sexagénaires, avec à nouveau des locataires âgées de 66 ou 67 ans. Pourquoi ce retour en arrière ? Pourquoi ce parti pris risqué ?

« Pour se faire prendre, bien sûr, auraient claironné les psychiatres. Tous les psychopathes désirent secrètement se faire arrêter. » Mais Jeanne ne croyait guère en ces paradoxes sophistiqués… trop astucieux. Si Malestrazza était retourné à ses anciennes habitudes, c'est parce que la chair des inconnues avait été jugée inefficace, impropre à la consommation. Il ne pouvait y avoir de bon sacrifice que si l'on immolait un locataire. Jeanne devinait qu'elle avait mis le doigt sur un point essentiel du processus.

Des locataires avant tout. Le lien avec l'immeuble était important, capital. Signer un bail de location avec Malestrazza, c'était en quelque sorte signer un pacte diabolique, accepter de donner son corps au démon en échange d'un appartement spacieux au loyer dérisoire. Des locataires... mais sans famille, afin de retarder au maximum la mise en marche des recherches. Le bourreau avait dû louvoyer entre toutes ces difficultés pour essayer de concilier les exigences de son cérémonial et les réalités matérielles.

Jeanne transpirait. À présent, ses mains cloquaient les feuilles de papier. Elle voyait avec une acuité de plus en plus terrible se profiler l'ombre d'une bête fantasmagorique cachée au cœur de la maison, une bête imaginaire que Malestrazza devait coûte que coûte nourrir de chair humaine, une bête qui chipotait, renversait son écuelle en grognant quand la pâtée ne convenait pas à ses goûts, mais en réalité la bête, la seule bête de la maison, c'était Malestrazza.

Elle se leva trop vite, fit tomber sa chaise. Le fracas la fit grincer des dents tant elle avait les nerfs à vif. Chez elle, elle aurait tout de suite avalé un calmant ; ici, elle n'avait rien sous la main. Elle devrait affronter son angoisse.

L'odeur de sueur qui montait de ses vêtements l'incommodait. Elle se dévêtit, jetant en vrac sur le sol jean, tee-shirt, culotte. Nue, elle courut dans la salle de bains, s'aspergea à l'aide d'une eau de Cologne bon marché qu'elle aurait refusé d'utiliser d'ordinaire. Elle n'avait pas de vêtements de rechange. Si elle ne voulait pas rester les fesses à l'air, il lui fallait se résoudre à piocher dans le linge de la locataire assassinée, et cette perspective éveillait en elle un vague dégoût. Elle allait vieillir prématurément à porter ces vêtements de sexagénaire. Les rides, la décrépitude de leur propriétaire allaient déteindre sur elle ; elle se réveillerait les chairs flasques, les cheveux gris, victime d'un maléfice contre lequel elle ne pourrait rien. Elle ouvrit l'armoire, se saisit d'une chemise de nuit qu'elle déplia. Elle ne comprenait pas pourquoi tous ces vêtements – qui lui avaient semblé si anodins le premier jour – lui faisaient presque peur ce soir.

Elle fit un effort pour passer la chemise, mais elle continuait à penser à ce germe de vieillesse contagieuse qui s'accrochait peut-être au tissu. Un germe que dix-sept ans de lessive n'avaient pas réussi à tuer.

Elle n'avait pas mangé, mais son estomac contracté n'aurait rien accepté. Elle se força à retourner dans la cuisine boire un verre de lait. Au passage, elle vérifia une fois de plus que la porte d'entrée était fermée. Elle s'allongea sur le lit, la tête calée par l'oreiller. Sous son omoplate droite elle sentait la bosse dure du couteau de cuisine que Pierrot lui avait montré la veille. Se redressant sur un coude elle glissa la main entre le matelas et le sommier pour récupérer la grande lame brillante qu'elle posa sur les draps, contre sa cuisse.

En se voyant dans la glace de l'armoire, elle pensa qu'elle avait l'air de faire de la figuration dans un film d'épouvante. Tout y était : la chemise vieillotte, le crucifix sur le mur vide, le grand couteau dont le manche touchait sa hanche.

Il faisait lourd dans la pièce mal aérée mais elle répugnait à ouvrir la fenêtre. Chacune de ses jambes pesait une tonne, et elle avait les pieds douloureux. Elle ferma les yeux, crispant les paupières comme si le sommeil allait se laisser prendre à ce subterfuge et venir aussitôt. Mais une gêne l'empêchait de se détendre, l'impression d'être regardée à son insu, épiée… « C'est ton reflet dans le miroir, lui souffla sa voix intérieure. Il n'a pas fermé les yeux en même temps que toi. *Il continue à te regarder !* »

L'idée était si atroce que Jeanne rouvrit aussitôt les yeux pour s'assurer que son reflet n'était pas effectivement doué d'une vie propre. Mais le miroir se contenta de lui renvoyer le reflet de son visage hagard, aux pupilles dilatées. L'image et le modèle paraissaient synchrones. Jeanne fit toutefois quelques gestes pour s'assurer que son double bougeait bien en même temps qu'elle.

« Mon Dieu ! songea-t-elle, voilà que j'ai des terreurs nocturnes, comme une gamine de cinq ans… »

Elle laissa retomber ses bras sur le lit. Sa paume rencontra le manche du couteau.

Derrière la porte de la chambre, l'appartement béait tel un abîme, se distordant aux approches de la nuit. À présent, il était plus vaste qu'une cathédrale ; c'était une caverne pleine d'ombres inidentifiables, une fosse, une brèche disloquant l'écorce terrestre, une lézarde tellurique entrebâillée sur des rougeoiements lointains. Il suffisait que l'on pousse l'étroite porte de la chambre pour tomber dans ces abîmes, dans le trou noir de cet espace distordu.

La jeune femme fixa le bouton de la porte, gros œuf de porcelaine blanche, seul verrou la séparant des enfers. Les autres pièces profitaient de son absence pour se dilater, arracher leur masque de papier peint, dévoiler *enfin* leur véritable apparence… La main de Jeanne étreignait le manche du couteau. Son cœur s'emballait, sa respiration s'accélérait. Elle comprit qu'elle était en train de succomber à une crise d'angoisse et ferma les yeux pour se masser les globes oculaires. Elle se comprima ensuite le plexus avec le poing en expirant. Quand elle rouvrit les yeux, son souffle avait repris un rythme normal.

Alors elle vit bouger le cadre sur le mur.

Il s'agissait d'un tableau naïf, un chromo où deux vaches contemplaient une montagne, une illustration bébête pour boîte de chocolat… mais qui bougeait toute seule, de haut en bas, puis de droite à gauche. Jeanne se dressa, tous les muscles crispés par la terreur. Le tableau frémissait toujours, produisant un faible crissement chaque fois que son cadre râpait la peinture. La jeune femme serra le couteau à s'en faire mal et posa un pied sur le sol. Dans la glace de l'armoire elle pouvait aussi voir remuer le crucifix suspendu au-dessus du lit.

Elle voulut appeler au secours, mais aucun son ne sortit de sa bouche. Ses cordes vocales étaient paralysées.

Elle fit un pas sur le parquet trop ciré… puis un second, et enfin un troisième, se rapprochant du tableau qui gigotait en tous sens. Quand elle fut devant la toile, elle saisit le bord inférieur du cadre et le souleva. Elle sentit qu'on tirait sur la cordelette retenant le portrait au crochet fixé dans le mur. En fait, le piton lui-même paraissait en pleine danse de Saint-Guy ; il s'agitait, se dépliait, se recourbait….

Cette fois, c'en était trop. Jeanne arracha la peinture à la volée, démasquant un crochet rose à la gesticulation absurde… Elle eut un hoquet. *Il ne s'agissait pas d'un crochet mais d'un doigt.* D'un doigt humain qui sortait du mur. Un index. Un index jusqu'alors sagement plié à angle droit par la rigidité cadavérique, et auquel on avait suspendu la cordelette du tableau. Jeanne bondit en arrière, le couteau levé à hauteur de poitrine. Un coup d'œil en direction du lit lui confirma que le crucifix lui aussi était suspendu à un piton de chair pris de folie. Les index s'agitaient, se recourbant pour gratter le plâtre tout autour d'eux. Jeanne devina qu'ils essayaient de ménager un passage pour les mains auxquelles ils étaient rattachés. Si elle les laissait faire, elle verrait bientôt un bras crever la cloison, puis une épaule, un torse, une tête… Elle devait réagir tout de suite, avant que les morts ne parviennent à se libérer.

Sur le mur, l'index s'était dressé à l'horizontale, la désignant. Ce geste ne lui laissait plus aucun doute : c'est à elle qu'on en voulait ; c'était elle qu'on venait chercher. Elle et personne d'autre. Sans qu'elle en ait conscience, son bras qui brandissait toujours le couteau se détendit. La lame racla le mur, tranchant l'index accusateur. Bondissant sur le lit, elle coupa au ras du plâtre l'autre doigt, celui qui retenait le crucifix. La croix tomba sur l'oreiller. Jeanne haletait. Son cœur heurtait ses côtes à les briser. Elle avait si peur, qu'elle se demanda si elle n'allait pas mourir d'une crise cardiaque.

Elle n'osait bouger, convulsée de dégoût à la simple idée que ses pieds nus pourraient se poser sur les index tranchés qui avaient roulé sur le sol.

Elle avait envie de vomir. Elle se jeta sur la porte de la chambre. Le battant s'ouvrit sur les ténèbres de l'appartement. Cette obscurité était pleine de crissements, de grattements qui évoquaient le grouillement d'une nuée d'insectes aux élytres d'acier.

La jeune femme tâtonna le long du chambranle, à la recherche de l'interrupteur. La lumière jaillit, éclairant l'étendue des murs sur lesquels se balançaient maintenant les tableaux, les gravures. Dans la salle de bains, les serviettes gigotaient au bout de leurs crochets. Dans la cuisine, les casseroles menaient un tintamarre infernal. Tous les clous fichés dans les cloisons étaient devenus vivants. Ils se tordaient dans leur gangue de plâtre, griffaient, grattaient…

Jeanne titubait entre les meubles, cible tremblante que désignaient les index raidis. Il y en avait partout… Chaque crochet, chaque clou, c'était un doigt, mince ou gras, à l'ongle pointu ou ébréché. Des doigts d'homme, de femme… On ne savait lesquels semblaient les plus menaçants. Jeanne courait. Elle courait, se cognant aux meubles. Et, soudain, sa tête heurta l'angle de la table de chevet ; le gros roman historique tomba sur le plancher… elle se réveilla, la bouche sèche, béante, laissant filtrer un cri dérisoire.

Elle saignait. En serrant le couteau dans son sommeil, elle s'était entaillé l'index, et un filet écarlate serpentait dans sa paume, pour s'enrouler autour de son poignet. Elle s'assit, la tête douloureuse, suçant sa blessure. Sur le mur, le chromo était immobile. Inerte.

Elle avait rêvé…

Elle se leva, marcha jusqu'à la salle de bains pour se faire un pansement. Sur les murs, les tableaux pendaient sagement, inoffensifs rectangles de toile et de bois.

Elle lava sa coupure, l'entortilla dans du papier hygiénique. Malgré le retour à la réalité, son cœur ne cessait de battre la chamade.

Pour la première fois de sa vie, elle comprenait pleinement la signification du mot « cauchemar ». Jamais jusqu'à présent elle n'avait été persécutée par des images aussi délirantes. Ses peurs nocturnes s'étaient toujours cantonnées à des trains qu'on rate, des chiens qui jaillissent des placards pour vous mordre, des inconnus qui entrent soudain dans votre lit, la tête masquée d'une cagoule… Le cauchemar qui venait de la terrasser avait, lui, quelque chose de prémonitoire. Elle y voyait l'un de ces épisodes oniriques qui annoncent les épidémies, les fièvres fatales ou les grandes catastrophes.

Elle se rendit à petits pas dans la cuisine, se versa un nouveau verre de lait qu'elle additionna de sucre. Du coin de l'œil, elle ne cessait de surveiller les casseroles pendues à leurs crochets, le calendrier, les torchons. Rien ne bougeait.

« Ils attendent, pensa-t-elle. Ils attendent que tu sois retournée dans la chambre. »

Elle serra les poings, réveillant la douleur de sa coupure. Elle aurait pu s'habiller, partir en quête d'un hôtel, mais ç'aurait été capituler, et elle ne voulait pas s'avouer vaincue. Pas encore.

Laissant les lumières allumées, elle regagna la chambre et s'étendit sur le lit, le drap et la couverture ramenés sous le menton. Elle sentait les pulsations de son cœur dans la blessure de son doigt. Elle ferma les yeux et se mit à compter les battements de ce minuscule métronome.

Et tout de suite le cauchemar revint. Cette fois, elle était nue, les mains liées dans le dos. On l'avait jetée au fond de l'une des niches verticales du sixième étage, et quelqu'un entassait sur son corps de grosses pelletées d'un plâtre lourd, collant et froid. Elle voulait hurler mais un paquet de plâtre s'écrasait sur son visage, l'aveuglant, lui emplissant la bouche. C'était comme une boue blanche qui durcissait déjà sur ses jambes, verrouillant ses genoux dans un socle pesant, inamovible. Elle ne pouvait plus s'enfuir, elle n'était qu'une statue, une statue à demi vivante qui luttait contre l'immobilité définitive. Elle avait du plâtre dans la gorge, dans les poumons, et pourtant elle n'arrivait pas à mourir. Seule sa tête dépassait encore du magma ; bientôt elle rejoindrait les rangs des sentinelles momifiées, dressées en une garde éternelle à l'intérieur des murs. Elle se débattait, la chape collante se solidifiait, pesant sur ses épaules telle une armure trop lourde. Alors que la pelle se retirait, Jeanne put entrevoir le visage du fossoyeur, c'était celui de Manuel. Avec les bosses dures de ses pommettes, son nez un peu aplati d'apprenti boxeur, et sa bouche veule aux lèvres épaisses qui embrassaient durement.

– Tu l'as voulu ! cria-t-il. Tu la voulais, ta correction ! Tu la voulais.

Derrière lui, agenouillé dans le couloir, se tenait Mathias Flegenhorn, l'ancien scaphandrier, qui préparait du plâtre, penché sur une énorme bassine.

Le choc de cette découverte ramena Jeanne à la conscience. Elle vit qu'en se débattant elle avait projeté son oreiller sur sa poitrine, et que cette masse molle, pesant sur ses seins, l'oppressait. Le cauchemar s'était alimenté de cette gêne physique, l'utilisant pour structurer son imagerie d'épouvante.

Elle s'assit, aspirant l'air à grosses goulées. Bien décidée cette fois à ne plus fermer l'œil avant l'aube.

« Il y a quelque chose de vicié, ici, pensa-t-elle avec une fureur qui l'étonnait elle-même. L'air est pourri. Il faudrait tout désinfecter, faire brûler de l'eucalyptus pour se débarrasser de ces miasmes. »

Pendant qu'elle vitupérait ainsi, la méchante petite voix murmura dans sa tête : « Bien sûr que tout est pourri, ma belle. C'est à cause des cadavres à l'intérieur des murs… Tous ces disparus que personne n'a jamais retrouvés. Ils sont là, ils t'entourent. Ils forment une garde d'honneur autour de ta chambre. Là, à droite, il y a Colette, une petite paumée, une demi-putain que Malestrazza a ramassée dans un café de routiers. Là, à la tête du lit, il y a Nagib, un maçon que le bourreau a eu par traîtrise avec un litre de vin drogué, et là encore… Ils sont parfaitement conservés, sans aucun symptôme de pourriture. Le plâtre les a préservés de la corruption. Leur peau s'est simplement ratatinée en séchant, ils ressemblent à de grandes poupées de cuir. Ils te veillent, debout, au garde-à-vous. Ils te regardent de leurs yeux morts. »

Jeanne se boucha les oreilles pour faire taire la voix. Agenouillée au milieu du lit comme une naufragée sur un radeau de fortune, elle attendit en grelottant les premières lueurs de l'aube.

4

Le lendemain, elle décida qu'il était hors de question qu'elle s'habille avec les vêtements de la morte. Ne portaient-ils pas dans leurs plis les germes des cauchemars qui l'avaient assaillie toute la nuit ? Il fallait qu'elle sorte, qu'elle passe chez elle pour bourrer une valise. De plus elle avait besoin de son nécessaire de toilette, de ses sous-vêtements… de ses calmants. Avec réticence elle se résolut à endosser son tee-shirt et son jean de la veille qui empestaient la sueur. Le tailleur qu'elle portait lors de son arrivée n'était plus qu'un chiffon. Dans les placards d'Antoinette Chasselieux, elle n'avait déniché que des fers à repasser en fonte, qu'on mettait à chauffer sur le gaz, et dont elle n'avait pas osé se servir.

Elle n'était pas dupe de ces justifications pseudo-rationnelles mais elle avait besoin d'échapper pour quelques heures au climat empoisonné de l'immeuble. Chez elle, cependant, elle risquait de se retrouver face à face avec Manuel, et comme elle voulait à tout prix éviter un nouvel affrontement elle décida de se faire accompagner par Mathias. Elle grimpa chez l'ancien scaphandrier et lui exposa à demi-mot l'objet de sa requête : quelqu'un s'était installé dans son appartement, un indésirable qu'on ne pouvait raisonner et qui...

Mathias l'interrompit d'un geste, signifiant qu'il n'avait pas besoin de connaître tous ces détails. Il ne se rengorgea ni ne fit rouler ses pectoraux sous la laine de son tricot noir comme l'auraient fait beaucoup d'hommes à sa place, fiers d'avoir été élus pour jouer le rôle idéal du protecteur. Non, il se contenta de poser son bonnet sur sa tête pour cacher sa vilaine cicatrice et enfonça ses grosses mains dans ses poches en marin habitué aux bagarres de bistrot, aux rixes de dockers, et que la violence n'effraie ni n'excite plus depuis longtemps.

– Vous habitez où, en vrai ? demanda-t-il.

Quand Jeanne eut donné son adresse, il siffla entre ses dents et hocha la tête d'un mouvement appréciateur.

– Beau quartier, dit-il, ça doit vous faire drôle d'être ici. C'est pas exactement le même standing.

Dans le taxi, il eut l'air un peu gêné. Il expliqua qu'il n'avait guère employé ce moyen de locomotion qu'en Asie ou aux Indes, où les courses sont bon marché. L'idée que Jeanne règle en totalité le prix du trajet le mettait mal à l'aise. Ayant partagé la banquette, il estimait de son devoir de participer aux frais. La jeune femme eut beaucoup de mal à l'en dissuader.

Au pied de la tour ultramoderne, il se campa, solide et pesant sur ses courtes jambes, la tête renversée, nullement impressionné par cette architecture sophistiquée de verre, de béton et d'acier.

– On dirait une usine, dit-il. Ou un immeuble de bureaux américain. Toutes ces vitres, ça me gênerait, j'aurais l'impression que tout le monde peut regarder chez moi.

Il traversa le hall, sous l'œil du gardien, avec un naturel désarmant. Lorsqu'il l'aida à grimper dans l'ascenseur, la jeune femme sentit sur son poignet les doigts durs, rêches et secs de Mathias. Elle se fit la réflexion qu'il n'avait pas peur d'une éventuelle confrontation avec un squatter indésirable, qu'il n'était même pas inquiet à l'idée d'avoir peut-être à se battre. Tout autre que lui aurait eu les mains moites, Jeanne en était certaine. Tandis que s'élevait la cabine, elle fut assaillie par une étrange pensée qui lui mit le feu aux joues : elle n'avait jamais fait l'amour avec un vieux. Car c'était bien ce qu'était le scaphandrier, non ? *Un vieux.* Un retraité, un mutilé du travail à la profession anachronique. Elle le regarda à la dérobée. Il l'attirait, non pas à cause de sa stature d'athlète de foire, de ses rides et de sa peau rougeaude, recuite par le soleil de toutes les mers du monde, mais à cause de ses mains, grosses bêtes tranquilles à la force évidente et couvertes de poils gris. Il était fort, pourtant il n'avait pas l'air méchant. Ce paradoxe la troublait, dérangeait ses certitudes. Jusqu'à présent, elle avait toujours associé l'idée de force à celle de prédation. Manuel et ses précédents amants avaient des têtes de fauve, de gouape, de gibier de potence, comme on disait dans les feuilletons du XIXe siècle. Leurs visages dégageaient une aura de danger qui faisait le vide autour d'eux. Mathias n'était pas comme cela. Avec sa tête de bon grand-père mal ajustée sur un torse de catcheur, il offrait un étrange tableau de puissance bonasse. Mais peut-on vraiment être fort quand on n'est pas méchant ? Jeanne s'était toujours posé la question. Il lui semblait qu'un homme bon devait retenir ses coups dans la lutte, par crainte d'infliger un trop grand préjudice à son adversaire, alors que celui-là, au contraire, était animé par le seul désir de détruire, de tuer dans un élan de joie sauvage.

Faire l'amour avec un vieux... L'idée revint, gênante, alors que la cabine s'immobilisait. Jeanne baissa les yeux, de crainte que Mathias puisse lire dans son regard.

« Mais il est malade, se força-t-elle à penser. N'oublie pas qu'il a des crises qui le plongent dans l'inconscience. Imagine-le sur toi, le regard éteint, mort, la mâchoire pendante, sourd, muet, aveugle, en plein coma… ce serait comme d'être possédée par un… cadavre. »

Elle essayait de faire naître en elle une réaction de dégoût, de combattre son attirance.

« Et puis, il est trop âgé, décida-t-elle. Il doit avoir cette odeur de vieux, de rance, qu'aucune lotion ne parvient jamais à masquer. »

Elle chercha ses clefs, hésita devant le battant fermé, silencieux. Et si Manuel était là, de l'autre côté, fin soûl ? Elle le savait capable d'une cruauté extrême. Une fois, pendant l'amour, il lui avait brûlé le sein avec une cigarette allumée. Dans les derniers temps, c'était devenu l'une de ses manies. Il la prenait sans un mot, la cigarette fichée au coin de la bouche, et ses coups de reins émiettaient la cendre du mégot qui tombait sur le visage de Jeanne. Sans doute espérait-il ainsi l'humilier davantage.

« T'as beau avoir fait des études, grognait-il, t'as beau signer des papiers dans les journaux, t'es qu'une bonne femme. Au bout du compte, t'es bien forcée de t'allonger sur le dos et d'écarter les pattes pour te laisser enfiler. Et c'est moi qui suis dessus. »

Elle ouvrit la porte. L'appartement était dans un désordre indescriptible. Comme elle s'y attendait, Manuel avait vidé les tiroirs et renversé les meubles. Il avait emporté tous les objets susceptibles d'être revendus : téléviseur, chaîne hi-fi, four à micro-ondes. Jeanne traversa les pièces saccagées sans s'émouvoir. Ce genre de découverte était devenu banal depuis son divorce. Chacune de ses courtes aventures se terminait de la même façon, et elle en était quitte pour passer une nouvelle commande au magasin d'électroménager du coin où, du reste, les vendeurs commençaient à la regarder bizarrement.

Mathias avait pris l'initiative de redresser les meubles, un à un. Il procédait sans efforts excessifs, sans souffler ni haleter. Ses grosses mains ramassaient les objets avec une infinie douceur, comme s'il s'était agi de bêtes blessées.

– C'était quelqu'un à qui vous teniez beaucoup ? demanda-t-il au bout d'un moment.

– Non, fit Jeanne. Une histoire bête qui n'en valait pas la peine.

Elle eut envie d'ajouter : « Vous les hommes vous diriez une histoire de fesses. Nous les femmes nous disons pudiquement une aventure… »

Elle retourna dans la chambre pour essayer de dénicher quelques vêtements intacts, mais Manuel avait tout lacéré. Avec une bêtise toute masculine, il s'était acharné sur ses petites culottes, y voyant probablement un outrage suprême. Elle dut fouiller au fond des armoires pour parvenir à rassembler de quoi remplir un sac de voyage. Elle eut un soupir de soulagement en constatant que Manuel s'était dispensé d'écrire sur les murs. Sans doute n'était-il pas assez sûr de son orthographe pour se lancer dans les graffiti vengeurs. Cette carence aurait au moins le mérite de ne pas l'obliger à faire repeindre l'appartement comme cela lui était arrivé par deux fois dans le passé.

Elle mit un moment à réaliser que le répondeur téléphonique était saturé. Elle pressa la touche « lecture » et baissa le volume, persuadée qu'elle allait être submergée de messages d'injures. Elle ne fut pas surprise. La bande se dévida, restituant les obscénités déversées par Manuel depuis une quelconque cabine téléphonique. Les ordures étaient tantôt égrenées sur le mode du chuchotement intime, tantôt hurlées, ce qui les rendait incompréhensibles. Au milieu de ce torrent, la voix de Georges, le rédacteur en chef de Jeanne, surgit comme une dissonance.

« C'est moi, disait-il. Écoute, j'ai été idiot. J'ai voulu me venger, m'amuser à tes dépens. Laisse tomber cette histoire de maison hantée, c'est ridicule et ça n'intéresse personne. Je passe l'éponge, reviens au journal, j'ai du boulot pour toi. »

Deux minutes plus tard, sa voix résonnait de nouveau sur la bande : « C'est toujours moi. Écoute, ne boude pas. C'est vrai que j'ai été odieux mais tu méritais une leçon. Oublie ce bouquin, donne la clef à la concierge et ramène-toi le plus vite possible. »

Jeanne éteignit l'appareil. Ainsi, la punition était levée et pourtant elle n'en éprouvait aucun soulagement. Pis, elle était agacée, presque déçue.

– Qu'est-ce que vous allez faire ? demanda Mathias qui se tenait immobile sur le seuil de la chambre. Si je comprends bien, vous n'êtes plus en disgrâce ?

Jeanne s'assit sur le lit. Deux jours plus tôt, elle aurait sauté de joie ; aujourd'hui, elle était frustrée comme un spectateur qui voit un film casser au beau milieu d'un suspense palpitant. En quarante-huit heures à peine, la maison Malestrazza l'avait happée dans son champ d'attraction. Elle avait été satellisée, mise en orbite.

– Vous allez nous quitter ? répéta Mathias.

– Je… je ne sais pas, avoua Jeanne. J'ai fait des cauchemars cette nuit. Des cauchemars comme jamais je n'en avais fait ailleurs. C'étaient comme des hallucinations, trop réelles. J'ai eu l'impression d'avoir attrapé une maladie… C'est bête, n'est-ce pas ?

Mathias ôta nerveusement son bonnet, et la grosse cicatrice qui partageait son crâne en deux se mit à luire.

« On dirait une bouche, pensa Jeanne. Deux lèvres fines, serrées, et humides de salive. »

– Moi aussi je rêve, dit l'ancien scaphandrier. Des terreurs de gosse comme on en a à six ans. À mon âge, vous vous rendez compte ? En réalité je ne sais pas pourquoi je m'obstine à rester. Le loyer est très bas, c'est vrai… Mais, au fond de moi, je sais bien que ce n'est pas l'unique raison. Je voudrais…

– Vous voudriez savoir s'IL est bien là... compléta la jeune femme, LE surprendre un jour, une nuit...

– Oui, je crois que c'est ça… Quand j'étais gosse, je lisais des histoires d'aventure. Des explorateurs partaient à la recherche d'une bête fabuleuse : un gorille blanc, un rhinocéros blanc… une bestiole quelconque, toujours blanche de préférence. Malestrazza est un peu ça pour moi : une bête blanche que je voudrais surprendre. Car enfin, s'il est là depuis dix-sept ans, s'il se promène à notre nez, à notre barbe, c'est tout de même prodigieux, non ?

Jeanne hocha la tête. Abandonner l'enquête, c'était renoncer à connaître la fin de l'histoire, la solution de l'énigme. Pourquoi ces corps emmurés ? Pourquoi cet immeuble transformé en cimetière vertical ?

– C'est vrai qu'il y a une espèce de virus, soliloquait Mathias. Un germe pervers qui nous oblige à rester sur place. Il me semble parfois que, ailleurs, dans une maison normale, je vieillirais plus vite, je me ratatinerais devant la télévision comme tant d'autres. Ici, il y a quelque chose qui me maintient en vie. La peur, peut-être ? Une certaine forme de peur délicieuse ? Je dois vous paraître dingue.

– Non, dit, Jeanne. Je comprends ce que vous voulez dire. C'est un territoire d'où l'ennui est absent. Je pense qu'on ne doit jamais parvenir à s'habituer aux craquements du bois, aux portes qui claquent. On ne se dit jamais : « C'est le parquet qui travaille, ce sont les courants d'air. » Non, on pense à autre chose. *On pense à lui.* On se dit qu'il est peut-être là, derrière nous, dans l'ombre, brusquement surgi d'un mur par la magie d'un passage secret.

– C'est ça ! haleta Mathias. C'est exactement ça. Une espèce d'excitation qui nous maintient en état de vigilance… qui nous maintient en vie.

Il sourit, gêné de s'être laissé aller.

– Venez, dit-il en se levant, faites votre sac et allons déjeuner. Je vous invite dans un bistrot du port. Vos fringues pueront le graillon et l'oignon lorsque vous en sortirez mais vous y mangerez les meilleures frites du monde.

Jeanne rit, éteignit le répondeur et acheva son bagage sans fignoler, à la manière masculine, entassant les vêtements à coups de poing.

Un taxi les déposa dans une rue tortueuse, aux pavés inégaux. Mathias poussa Jeanne dans une taverne aux vitres enfumées où des dockers braillaient en avalant des nourritures qui baignaient dans l'huile. On ne pouvait déterminer s'ils plaisantaient ou s'insultaient tant leurs voix se chevauchaient en un brouhaha informe. Jeanne se retrouva coincée au fond d'une salle mal éclairée, derrière une table de Formica gluant. Tout de suite, une matrone déposa devant elle un énorme plat de frites croustillantes et une marmite de moules. Ils se mirent à manger sans chercher à entretenir une conversation polie. La jeune femme se surprit à bâfrer, victime de la saveur des frites très salées. Elle mangeait avec les mains, comme tous ceux qui l'entouraient, dédaignant couteau et fourchette. Mathias fit apporter de la bière dans de grandes chopes de grès, et Jeanne but sans protester, heureuse de n'être plus qu'une bouche, qu'un estomac. Les frites étaient inépuisables, la marmite de moules sans fond. La jeune femme crut un instant qu'elle n'en viendrait jamais à bout.

Quand ils eurent terminé, Mathias parla. Il soliloquait, les yeux dans le vague, n'attendant aucun commentaire, aucune approbation. Jeanne était bien – engourdie, pleine, incapable de bouger. La bière lui chauffait les oreilles, les joues ; et la voix du scaphandrier la berçait. Il parlait de choses exotiques sans importance, sans originalité, d'escales lointaines, d'îles au nom de carte postale. Jeanne avait envie de fermer les yeux et de ronronner.

Les grosses mains de Mathias étaient posées à plat sur la table, telles deux bêtes familières, rassurantes.

– Au fond de la mer, confia-t-il, j'avais parfois de drôles d'idées. Des espèces d'étouffements qui me saisissaient dans le brouillard de vase. Je me disais tout à coup : *qu'est-ce qui va sortir de la nuit ? les bras d'un noyé, les tentacules d'une pieuvre ?* Je n'entendais que le bruit de ma respiration dans le casque… et, tout autour de moi, il y avait cette eau trouble qui m'enveloppait. Je me répétais : *quelque chose va sortir... ça ne sera pas humain et ça sectionnera ton tuyau d'un coup de dent*. Au fil des années, ces élucubrations me venaient de plus en plus souvent.

Jeanne retint une grimace. Par son récit morbide, Mathias venait de gâcher son bonheur. Elle lui en voulut d'avoir saboté l'ambiance bon enfant de la gargote, d'avoir rompu l'enchantement des frites.

– Je transpirais dans mon scaphandre, continua-t-il, imperturbable. La sueur me dégoulinait sur la figure. C'est comme ça que j'ai compris que je commençais à devenir vieux. À cause de la vase et de ce qui s'y cachait…

Un verre tomba, se brisant, et ce bruit suffit à le tirer de son hypnose. Mais c'était trop tard, Jeanne avait envie de partir. Mécontente, elle allait laisser échapper une réflexion aigre quand le visage de Pierrot Cliquet se colla au carreau sale de la devanture. L'enfant avait une expression malveillante. La vitre contre laquelle il s'écrasait lui aplatissait le nez, les joues, l'enlaidissant de manière extravagante. Soudain, ce n'était plus un enfant qui épiait les consommateurs échauffés par la bière, mais un gnome, un troll du folklore teuton. Le gosse plaqua ses mains de part et d'autre de ses tempes pour mieux observer les profondeurs de la salle. On eût dit qu'il scrutait les eaux troubles d'un aquarium, traquant quelque prédateur aquatique endormi sous les algues.

– *Pierrot,* dit Jeanne en posant la main sur le bras de Mathias.

– Quoi ? fit le scaphandrier.

– Pierrot, répéta Jeanne, il est là, il nous observe.

Mais l'enfant, surprenant son geste, avait déjà disparu. La jeune femme s'en voulut d'avoir si mal réagi. Pourquoi s'était-elle sentie coupable sous le regard du gamin, comme si elle venait d'être surprise dans une posture équivoque ?

– Il a dû nous voir entrer, marmonna Mathias d'une voix engourdie. C'est un môme, méfiez-vous. Il est probablement déjà amoureux de vous. À cet âge-là, on meurt d'extase chaque fois qu'on frôle la main d'une dame.

Ils quittèrent la gargote en silence. Mathias semblait ne plus penser qu'à la sieste qu'il allait faire sitôt regagné son appartement-capharnaüm. Il bâillait déjà, endormi par la digestion. « C'est un vieux, songea Jeanne. Qu'est-ce que tu croyais ? qu'il allait t'enlever dans ses bras ? te faire l'amour sur sa paillasse entre son casque de scaphandrier et la pompe à air ? Non, il a des plaisirs de son âge : un bon repas, une sieste, une oreille complaisante où il peut déverser ses souvenirs… Un vieux. »

Elle était déçue et irritée contre elle-même d'avoir nourri une vague attirance pour cet homme taillé en barrique, à la peau plus épaisse qu'un vieux cuir.

Elle avait été disponible et consentante durant une heure, il n'avait pas su en profiter. Plutôt que d'agir, il l'avait soûlée avec ses histoires de fantômes des grands fonds. La prenait-il pour une gamine ?

Elle le quitta sur le palier, sans remerciements excessifs. Après tout, c'était elle, en définitive, qui avait réglé l'addition.

Dans la semaine qui suivit, elle se lança dans une véritable quête de témoignages, faisant du porte-à-porte à travers le labyrinthe de l'immeuble. Elle fut rarement éconduite. Sa carte de presse suffisait à faire tomber les barrières. Les verrous sautaient, on la priait d'entrer, des bouteilles d'apéritifs sirupeux jaillissaient des bahuts. Elle posait le petit magnétophone sur la table et enclenchait la touche d'enregistrement. Hélas ! tous les témoignages se ressemblaient. La plupart des gens n'avaient fait qu'entrevoir Beppo Malestrazza. Très peu d'entre eux avaient personnellement connu les victimes. Souvent, les monologues se perdaient en digressions nombrilistes. On sortait des albums de photographies, et il fallait alors passer en revue des légions de petits enfants aux sourires béats, s'extasier sur des moutards entortillés dans leurs couches, se pencher avec attendrissement sur des clichés de mariage où de jeunes couples regardaient l'avenir avec cette innocence tranquille des bovins qui montent à l'abattoir. Jeanne gâchait beaucoup de bande magnétique. Au fur et à mesure qu'elle rayait les noms sur la liste des locataires, la silhouette de l'ogre de la place Verneuve devenait plus floue, se dissolvait dans un brouillard d'impressions subjectives, de ragots. Personne ne l'avait réellement connu, et chacun esquissait de lui un portrait fantasmé qui semblait tout droit sorti d'un roman populaire. Jeanne avait parfois mal à ne pas pouffer devant tant de naïveté. Les enregistrements regorgeaient de « Je m'en suis douté au premier regard, il avait l'œil fixe des chiens enragés… » ou encore de « Il se tenait toujours dans les coins sombres à préparer ses mauvais coups ». De telles absurdités n'étaient guère utilisables. Répétitives, elles engendraient la lassitude.

Au sixième jour de son enquête, la jeune femme rencontra enfin une certaine demoiselle Agnello, retraitée de l'enseignement privé, qui pratiquait la poésie et avait publié à compte d'auteur quelques plaquettes de vers. C'était une sexagénaire mince aux yeux intelligents et doux, qui souriait timidement en penchant la tête de côté quand on l'interrogeait. Elle vivait entourée de fleurs séchées et d'un bon millier de livres recouverts de papier cristal.

– C'est pour eux que je reste ici, avoua-t-elle. Nulle part ailleurs je ne pourrais disposer d'assez de place pour entasser ma bibliothèque, et je ne veux m'en séparer à aucun prix. Ce sont mes seuls amis.

Elle s'appelait Denise. Lorsqu'on lui parlait de Beppo Malestrazza, elle souriait comme à une bonne plaisanterie.

– Oh ! disait-elle, il ne faut pas prendre cette histoire au sérieux. Je pense que les gens se sont monté la tête. Je n'ai jamais eu peur, même à l'époque des disparitions. Je ne sais pas pourquoi. J'écrivais mes poèmes, j'étais très loin de ces choses. Je vivais un grand amour avec un jeune archéologue. Ces histoires d'emmurés me paraissaient sortir d'une aventure de Fantomas.

Tandis que le magnétophone tournait, elle faisait du thé. Des théières et des théières de *lapsang souchong* éventé que Jeanne ingurgitait stoïquement.

– Il y a eu des phobies assez surprenantes, expliqua Denise Agnello de sa voix égale. Juste audessus de moi habitait un douanier à la retraite, un certain Sauveur Costelli. Il était terrorisé par l'éventualité d'un passage secret débouchant dans son appartement. Pour se préserver des mauvaises surprises, il s'était mis dans la tête de construire une sorte de bunker au milieu de sa salle de séjour. Une casemate sans aucune ouverture dans laquelle il pourrait se boucler pour la nuit.

– Vous voulez dire une maison à l'intérieur de son logement ?

– Oui, c'est fou, n'est-ce pas ? Il montait des briques en secret, sac par sac, et du ciment. Il a bâti une casemate de deux mètres sur trois, très laide, sans aucune ouverture sauf une porte en fer munie de gros loquets intérieurs. Il s'y retirait la nuit pour dormir en paix.

Jeanne essaya d'imaginer ce fortin artisanal, se dressant au beau milieu du living-room, cube rébarbatif pour l'érection duquel il avait fallu repousser les meubles dans un coin. Une pensée incongrue lui vint, celle du petit cochon des contes qui se construit une maison de brique pour échapper au grand méchant loup.

– Je n'invente rien, vous savez, insista Denise. Tenez, vous voyez ces lézardes au plafond ? C'est le poids du bunker qui les a ouvertes. Si je n'avais pas protesté, cette espèce de forteresse aurait fini par me tomber sur la tête. Les maçons ont eu beaucoup de mal à la démolir. Et par la suite Sauveur Costelli ne m'a plus jamais adressé la parole.

Elle versa une nouvelle rasade de thé en éclatant d'un rire perlé.

– Oh ! dit-elle, vous n'allez pas écrire de telles bêtises, n'est-ce pas ? Il se passe des choses tellement plus intéressantes autour de nous. Mais c'est votre travail. Bien sûr, je suppose qu'on ne vous demande pas votre avis. Et puis, à notre époque, il n'y a que le mauvais goût qui se vende bien. Le kitsch fait la loi.

Jeanne, torturée par une envie d'uriner grandissante, trempa ses lèvres dans le breuvage asiatique au curieux goût de saucisse fumée.

– Il y avait aussi Auguste Belloir, lança Denise Agnello. Lui, il avait acheté une cage, une énorme cage aux barreaux d'acier, pour les fauves, et il avait installé son lit à l'intérieur. Le soir, il s'enfermait au cadenas et suspendait la clef à son cou… Je pourrais multiplier les anecdotes, mais ce serait sans intérêt. Les gens se conduisaient comme des enfants ; moi, je n'avais pas peur, pas peur du tout, et il ne m'est jamais rien arrivé. Faut-il en tirer une leçon ?

Jeanne aurait aimé photographier la casemate de brique ou la cage de protection mais il ne restait plus rien de ces aberrations de bricoleur angoissé. Pendant tout le temps que durèrent ses pérégrinations, elle évita de rencontrer Mathias. En revanche, elle croisa Pierrot à plusieurs reprises. L'enfant commença par bouder comme un amoureux trahi puis, sur le ton de l'avertissement détaché, lui glissa :

– Méfiez-vous du scaphandrier, il a bien connu le bourreau ; c'était même son meilleur copain. Si ça se trouve, il a été mêlé aux crimes du sixième étage.

La perfidie était si grossière que Jeanne n'y prêta pas attention. Un peu plus tard, ce fut la concierge elle-même qui vint sonner à sa porte pour solliciter un entretien.

– Je sais que vous écrivez un livre, attaqua-t-elle. Et je ne tiens pas à ce qu'on vous raconte des bobards sur mon compte. Quand le bouquin sortira, je n'aurai pas les moyens de vous faire un procès, alors je préfère contrôler vos informations à la source.

Mme Cliquet allait et venait dans l'appartement comme si elle était chez elle. Elle fit chauffer de l'eau, sortit le paquet de café, mit deux tasses sur la table.

– Ma mère a été assassinée, dit-elle au bout d'un moment, vous le savez sûrement. J'étais institutrice auxiliaire en province et je faisais la navette au rythme des remplacements. Un mois ici, deux mois dans une campagne perdue, quinze jours à nouveau ici, et puis un mois à l'autre bout de la France. Un bouche-trou, voilà ce que j'étais, et il fallait dire merci à l'académie en se prosternant bien bas comme une mendiante à qui on fait l'aumône.

Elle évoqua ensuite sa mère, une veuve trop confiante, tricotant pour les bonnes œuvres, préparant des soupes et des casse-croûte à l'intention des clochards, cela sans autre financement que sa maigre pension.

– Elle entassait des gamelles dans un sac et parcourait les rues pour distribuer ses rations aux déshérités. Elle leur achetait aussi du vin qu'elle coupait d'eau « pour que ça ne leur fasse pas trop de mal ». Parfois elle s'aventurait dans les bas-fonds, persuadée que sa bonne étoile la protégeait en permanence. Elle faisait partie de ces gens qui croient que l'homme est bon. Quand elle a disparu, j'ai tout de suite pensé qu'elle avait été agressée au cours de l'une de ses tournées, et la police a cru la même chose. On m'a sermonnée, on m'a accusée de n'avoir pas su lui interdire ces drôles de manies. Malestrazza n'était pas bête, je suppose qu'il a tablé sur les habitudes de ma mère, sachant que la responsabilité de sa disparition serait attribuée aux épaves qu'elle avait l'habitude de dorloter. Oh ! il a bien calculé son coup. Moi-même je n'ai eu aucun soupçon. J'accusais ces sales clochards, j'avais envie de les tuer, de les abattre à coup de fusil.

Tandis qu'elle parlait, son visage s'animait étrangement, traversé de spasmes qui le défiguraient l'espace d'une seconde.

– Quand on a découvert le corps, là-haut dans le mur du sixième étage, j'ai cru perdre la tête. Les policiers nous ont expliqué qu'ils allaient tendre une souricière pour cueillir Malestrazza dès son entrée dans l'immeuble, lorsqu'il reviendrait de voyage, et que tout le monde devait s'enfermer à double tour. Moi, j'avais sorti le fusil de chasse de mon père du fond de l'armoire, je n'avais pu mettre la main que sur deux cartouches humides, mais j'étais bien décidée à les utiliser. Je me disais que j'attendrais qu'on passe les menottes à Malestrazza… et qu'ensuite je bondirais dans le couloir pour lui vider mes deux canons dans le ventre. Je me moquais d'aller en prison. Je ne voulais surtout pas qu'on l'enferme chez les fous et qu'on le relâche cinq ans après en le déclarant guéri. Je voulais qu'il paie l'addition… Le jour de l'embuscade, je suis restée debout contre ma porte, l'arme à la main, l'oreille tendue. J'ai reconnu le pas de Malestrazza dans le hall, dans l'escalier, et puis… et puis plus rien.

– Il s'est évaporé ?

– Il a flairé le piège, c'est sûr. Il a dû se cacher dans un endroit connu de lui seul. Un placard à double fond. Plus tard, quand les flics ont levé le siège, il a filé à l'anglaise.

– Vous ne pensez pas qu'il est resté caché dans l'immeuble ?

– Mon Dieu, non ! Ce serait idiot. En dix-sept ans il a eu tout le temps d'organiser sa fuite. Peut-être l'avait-il déjà préparée avant même que la police ait essayé de le prendre.

– Pourquoi êtes-vous restée ? N'est-ce pas un peu pénible pour vous ?

Mme Cliquet eut une nouvelle grimace.

– Oui, sans doute, avoua-t-elle. Mais je n'ai jamais réussi à m'en aller. Et puis, ici, je ne suis pas une vulgaire concierge, je suis presque une gardienne de musée.

Elle souligna ses propos d'un rire caquetant, contrefait. Le reste de la conversation s'égara en généralités dont Jeanne n'avait aucun usage.

La semaine suivante, la jeune femme sillonna la ville en tous sens, déambulant à travers les archives de plusieurs administrations. Elle respira des kilos de poussière et se salit les mains à feuilleter des dizaines de dossiers oubliés. Elle dut sourire à des fonctionnaires maussades, user de son charme pour les décider à fouiller dans leurs fiches ou lui donner accès à certaines nomenclatures jaunies. Le soir, elle rentrait plus sale qu'un brocanteur qui aurait passé sa journée à écumer les greniers.

Elle comprit qu'il lui serait difficile de reconstituer la biographie de Beppo Malestrazza. Ses traces se réduisaient à des inscriptions au registre du commerce. Personne ne semblait l'avoir connu. Sans femme, sans amis, sans enfants, il avait traversé la vie comme un fantôme. Après bien des recherches, elle parvint à découvrir un architecte chez qui Malestrazza avait travaillé comme assistant à la fin de ses études. C'était un vieux bonhomme assiégé par la goutte, aux articulations déformées et qui, tout au long de la journée, sirotait du cognac additionné de verveine pour endormir ses douleurs. Spécialisé dans le monument funéraire grandiose, il avait passé sa vie à dessiner des tombeaux lourdement ornementés, des pièces montées funèbres assorties d'anges aux ailes déployées et de pleureuses de marbre. Malestrazza lui avait servi de « nègre » à une époque où il était en mal d'inspiration. Pour séduire Jeanne, le vieillard impotent sonna une gouvernante à qui il ordonna d'apporter un carton exilé au grenier. La boîte, gluante de toiles d'araignée, contenait des plans et des aquarelles exécutés par Beppo. Jeanne fut surprise de découvrir de véritables forteresses en réduction, profondément enracinées dans le sol, des bunkers trop austères pour séduire de riches commerçants soucieux de se faire bâtir un caveau de prince russe.

– Hé ! grommela le vieux, je lui disais toujours : « Nous faisons des tombeaux, pas des abris antiatomiques ! Pourquoi descendre si profond sous terre ? » Vous avez vu ces espèces de prolongements, on dirait les racines d'un baobab.

Il avait raison, les caveaux dessinés par Beppo avaient tout de l'iceberg. Leur partie visible ne représentait guère que le dixième de la masse totale. Malestrazza avait été congédié au bout d'un an, il avait ensuite survécu en faisant le commis pour diverses entreprises. Fouinant à droite et à gauche, Jeanne finit par apprendre qu'il n'avait construit qu'une seule maison durant cette période, et que cette commande s'était achevée par un scandale. L'homme qui avait engagé Beppo désirait restaurer une grande villa située au sommet d'une falaise minée par les marées. On lui avait assuré que ses efforts ne serviraient à rien et que la maison s'écroulerait tôt ou tard, victime des glissements de terrain qui disloquaient le sous-sol des environs. Malestrazza s'était présenté à lui comme un spécialiste des constructions antisismiques et lui avait juré qu'il sauverait la bâtisse de la destruction pourvu qu'on lui laisse les mains libres. L'homme, un négociant en vin du nom de Joseph Morteaux, s'enflamma dès que Jeanne le pria d'évoquer ce souvenir.

– C'était un dingue ! hurla-t-il en crispant les doigts sur la nappe du restaurant trop chic où il avait tenu à emmener la jeune femme... avec sans doute quelque arrière-pensée. Je croyais qu'il allait consolider la maison au moyen de poutrelles, de tiges d'acier ; bref, de tout un attirail qui l'enracinerait dans la falaise et la rendrait invulnérable aux mouvements du terrain... C'était une bâtisse vieillotte, mais à laquelle je tenais beaucoup pour des raisons sentimentales. Malestrazza l'a visitée, auscultant chaque fissure, puis il m'a fait un devis. Un devis ridiculement bas, qui aurait dû me mettre la puce à l'oreille !

– Il prétendait avoir mis au point un procédé original, c'est ça ? interrogea Jeanne.

– Oui, mais il voulait garder le secret à cause des risques d'espionnage industriel. Il prétendait vouloir protéger son brevet. Moi, je me fichais des détails, je voulais juste que la maison tienne debout au lieu de s'en aller morceau par morceau à chaque grande marée.

– Il s'est mis au travail ?

– Oui. Tout seul, sans un ouvrier. Juste avec une truelle, une pioche et un sac de plâtre. Il a comblé les fissures les unes après les autres, et il a dit : « Voilà, j'ai fait ce qu'il fallait, vous ne risquez plus rien. » À première vue, ça paraissait insensé, mais je me suis dit qu'il avait sûrement utilisé un ciment miraculeux, ou je ne sais quoi… et puis, comme ça ne m'avait pas coûté grand-chose, j'ai haussé les épaules. Ce n'est qu'à la marée suivante, quand les crevasses se sont rouvertes, que j'ai compris la vérité. Il y avait des animaux morts dans chaque lézarde ! Des chats, des chiens… emmurés et recouverts de plâtre : un abyssin primé qui appartenait à une romancière anglaise du voisinage, les deux chiens de garde du domaine d'à côté. Il avait fait de notre maison une sorte de fosse commune. Ma femme a cru devenir folle, elle a fait une dépression nerveuse. À chaque nouvelle lézarde, quelque chose d'horrible sortait des murs : une tête de chaton, une patte de chien. J'ai porté plainte mais Malestrazza avait déjà fichu le camp. Plus tard, il a eu le culot de m'appeler, il voulait se justifier, il disait : « Si les animaux vous avaient appartenu ça aurait marché. Ce qui compte, c'est le lien affectif. J'ai eu tort d'avoir recours à des bêtes qui vous étaient inconnues. » Et le plus beau, c'est qu'il m'a retourné mon chèque ! Vous réalisez ? Ce n'était même pas un escroc, c'était un dingue, un dingue de la pire espèce. À cause de lui, j'ai dû laisser la maison s'écrouler, et mon épouse n'a jamais voulu y remettre les pieds. Elle voyait toujours ces têtes de chats sortant des murs, au milieu d'un nuage de plâtre. Je reconnais que ce sont des choses qui marquent une femme.

Ce récit alluma en Jeanne une excitation qui l'empêcha de dormir. Ainsi, Beppo avait procédé à des essais, très tôt, bien avant de partir aux colonies. Mais pourquoi des chats, des chiens ? Une sorte de sacrifice, peut-être ? de tribut payé aux puissances du chaos ?

Trois mois après cette mésaventure, Malestrazza avait hérité une somme assez coquette d'une tante de province. Il avait aussitôt englouti cette petite fortune dans la construction d'un prototype d'habitation antisismique d'un type révolutionnaire. Jeanne put mettre la main sur une coupure de presse goguenarde décrivant la présentation de cette maison nouvelle au public.

M. Malestrazza, disait le chroniqueur, *ferait à coup sûr un malheur dans la conception des attractions pour fête foraine. Sa maison élastique en est la preuve flagrante. Voilà une bâtisse où tout est monté sur ressorts et joints de caoutchouc. La moindre vibration la fait trembler de haut en bas comme ces puddings anglais qu'on nomme cristal jelly, et on a l'impression d'être juché sur la bosse d'un dromadaire. S'il est certain qu'aucun séisme ne la jettera à terre, il est tout aussi indéniable que personne ne pourra y passer plus d'un quart d'heure sans aussitôt succomber au mal de mer !*

La maison prototype n'avait bénéficié d'aucune subvention. Ruiné, Beppo avait dû la céder à un forain qui la reconvertit en un manège où les filles roulaient cul-par-dessus-tête, la jupe troussée, dévoilant d'appétissantes petites culottes. Couvert de dettes, Malestrazza s'était embarqué pour les colonies où il avait disparu pendant dix longues années. À son retour, riche, affable, il avait payé tous ses créanciers rubis sur l'ongle et entrepris la construction de l'immeuble où il devait s'illustrer par la suite.

– C'était un mauvais placement, expliqua un fonctionnaire du cadastre à la jeune femme. Le terrain était situé sur une carrière poreuse, friable. On l'avait interdit à la construction à cause des risques possibles d'éboulement, et il y avait un arrêté de péril sur la zone. Mais Malestrazza était riche, il a versé des pots-de-vin. Il y a eu des magouilles. Il a réussi à obtenir son permis de construire. Le plus incroyable, c'est qu'il aurait pu avoir dix autres emplacements parfaitement sûrs sans débourser un seul dessous de table. Mais il voulait sa zone à hauts risques, celle-là et pas une autre. C'était de la folie pure, on aurait dit qu'il avait envie de mettre volontairement sa construction en danger.

Jeanne accumulait les notes. Toute sa vie durant, Malestrazza paraissait avoir été mené par une seule obsession : vaincre les tremblements de terre. Scientifique sans envergure, inventeur maladroit, il s'était rabattu sur d'étranges pratiques magiques, sur des rites obscurantistes remontant au Moyen Âge, comme l'avait confirmé un universitaire que la jeune femme était allée consulter.

– Des chats à l'intérieur des murs ? avait reniflé le rat de bibliothèque en costume râpé. Bien sûr, c'était une coutume moyenâgeuse, une sorte de sacrifice païen qui devait protéger la maison des incendies ou des catastrophes naturelles. Ce rite a été longtemps perpétué par les maçons, à la grande colère de l'Église. Aujourd'hui encore, lorsqu'on restaure un monument classé, un château, il n'est pas rare d'y découvrir un animal emmuré vif. À Combourg, par exemple, le castel où vécut Chateaubriand, on trouva un chat momifié dans l'épaisseur du mur de la chambre à coucher qu'occupait l'écrivain lorsqu'il était enfant.

Ainsi, Beppo Malestrazza avait renoué avec la coutume. Il avait commencé par des chats, des chiens… pour finir par des hommes.

« Le plus drôle, songea Jeanne en regagnant l'immeuble de brique, c'est qu'en dépit des carrières poreuses la maison ne s'est jamais effondrée… »

Cette pensée la fusilla au moment même où elle posait le pied dans le hall, lui communiquant un léger vertige.

« Comme si, pensa-t-elle encore, comme si… en définitive, il avait eu raison de s'obstiner. »

Elle leva le nez vers la voûte. Sanctifié… L'immeuble avait été sanctifié, il ne craignait plus les caprices de la terre. Désormais, il était indestructible.

Elle eut un frisson, et une vague de chair de poule fit lever le duvet sur ses bras nus.

5

Après avoir parcouru l'immeuble de la cave au dernier étage, Jeanne réalisa qu'elle avait tout visité, sauf… le toit. Cette idée la réveilla en pleine nuit comme une évidence demeurée cachée et qui se dévoile à la faveur d'un obscur travail de l'inconscient. Grimper sur le toit, c'était se hisser sur le dos de la bête, chevaucher le pachyderme de brique enraciné au milieu de la place Verneuve, tel un cornac s'installant sur l'échine d'un éléphant.

Au matin, elle s'habilla en vue de cette expédition, et monta au huitième étage. Là, elle dressa contre un vasistas la traditionnelle échelle réservée aux ramoneurs et, escaladant les échelons un à un, jaillit à l'air libre au ras des pentes de zinc et d'ardoises. Elle fut surprise par la force du vent qui soufflait à cette hauteur et dut se courber pour conserver son équilibre. Appuyée à une cheminée, elle pivota lentement sur elle-même pour découvrir le paysage qui l'entourait. La bâtisse lui offrait un relief tourmenté de crêtes et de pignons, une cordillère de tuiles, de gouttières aux imbrications compliquées qui finissaient par constituer une chaîne montagneuse où les vitres des vasistas brillaient telles des plaques de givre sur un versant abrupt. Les couleurs y étaient minérales, bleutées. L'écoulement des eaux avait dessiné des irisations sur les pentes de zinc. Par endroits, dans le creux des cheminées, se développaient des mousses verdâtres, des lichens qui apportaient une note végétale dans cet environnement aride.

Elle fit quelques pas, veillant à se tenir éloignée du bord. Le vent la transperçait, boursouflant son tee-shirt, lui gelant la peau des joues et du ventre. Elle regretta de ne pas s'être habillée plus chaudement comme pour une excursion en montagne. Elle se déplaçait gauchement, enviant l'habileté et la décontraction des ramoneurs qu'elle avait souvent vus danser avec désinvolture entre les antennes de télévision.

Elle se recroquevilla contre une grande cheminée encroûtée de suie. Elle se sentait soudain minuscule, perdue sur l'immensité du toit qui dessinait un grand carré où béaient les abîmes des deux cours intérieures. Ces cours, mal éclairées, semblaient les parois internes d'un volcan. Très vite, la lumière cessait d'y pénétrer alors que, tout en bas, stagnait une flaque de ténèbres résiduelles. Malgré sa vigueur, le vent ne parvenait pas à dissiper l'odeur minérale de l'ardoise, et celle de la tôle des tuyaux d'écoulement. Jeanne se découvrait soudain à mille lieues de la ville, des hommes. Elle était perdue en pleine nature, promeneuse égarée dans le dédale tourmenté des aiguilles rocheuses. Elle dut rassembler son courage pour continuer sa progression. « Si tu regardes en bas, tu tombes… », lui soufflait sa méchante petite voix intérieure. « Si tu regardes en bas... » Elle s'approcha d'un vasistas, y jeta un coup d'œil mais ne vit qu'un trou sombre. Petite fille, elle avait rêvé d'être rat d'hôtel, de courir le long des gouttières seulement vêtue d'un collant, le visage masqué d'un loup noir. Aujourd'hui, elle mesurait la distance qui sépare le fantasme de la réalité. Peu à peu, pourtant, elle prenait de l'assurance. Elle grimpa au sommet d'un pignon pour embrasser la ville dans un vaste regard circulaire. Elle fut frappée de constater à quel point les immeubles environnants étaient décrépis, lézardés, dans un état proche de la ruine. Nombre d'entre eux avaient été consolidés au moyen de gros étais. Quelques-uns, dont les toits s'étaient en partie effondrés, avaient été depuis longtemps évacués.

« Ce sont des glissements de terrain, pensa-t-elle. Les carrières poreuses dont parlait le type du cadastre. Tous ceux qui ont voulu bâtir autour de la maison Malestrazza ont été victimes des faiblesses du sous-sol. »

Tous, oui... sauf précisément la maison Malestrazza. Partout ce n'était que crevasses, échafaudages, palissades, fenêtres murées par les décrets d'expropriation, les arrêtés de péril imminent de la préfecture, mais la maison du fou, elle, demeurait intacte, inentamée. Au cours de ses pérégrinations, Jeanne avait ausculté les murs sans relever la moindre trace de fissure. La bâtisse était saine en dépit du terrain mouvant qui disloquait les constructions voisines. Située au pire endroit, elle se dressait comme un défi à la logique, bousculant tous les théorèmes sur la résistance des matériaux.

« C'est drôle, pensa la jeune femme, on pourrait presque croire que les théories de Beppo étaient justes, qu'il suffisait d'emmurer quelques victimes offertes en sacrifice pour s'assurer une solidité architecturale à toute épreuve. »

L'idée était idiote, mais dérangeante. En grimpant au sommet de l'immeuble, elle avait espéré découvrir les points faibles de la maison : de grosses crevasses, des toitures effondrées, des cheminées plus bancales que la tour de Pise. Au lieu de cela, elle touchait du doigt une masse plus solide qu'un château fort, une sorte de citadelle urbaine dont tout le monde ignorait la véritable nature.

Elle se frictionna les épaules et éternua. Son glapissement fit s'envoler une nuée de pigeons qui la frôlèrent par surprise, manquant de la déséquilibrer. Le cœur battant, elle s'assit, tira un papier de sa poche et entreprit de tracer un croquis de l'immeuble.

D'en bas, la banalité de la construction, l'absence d'ornementation, ne laissaient pas soupçonner une telle puissance. On voyait une HLM là où se cachait une forteresse. Assise entre deux cheminées, elle attendit que s'épuise la bourrasque. Quand le vent tomba, le soleil devint brûlant et commença à lui cuire la peau des cuisses à travers la toile du pantalon. Elle se rappela en souriant qu'un été, alors qu'elle était étudiante, elle était restée à Paris pour travailler sur un mémoire de maîtrise. L'immeuble des quartiers chic où elle louait une chambre de bonne s'était vidé avec la venue des vacances, et elle s'était retrouvée seule habitante d'une maison fantôme. Pour chercher un peu de fraîcheur, elle avait commencé à sortir sur le toit, à la nuit tombée, puis, ayant découvert un angle mort, elle avait imaginé d'y venir bronzer nue tous les après-midi, entre deux cheminées, un paratonnerre et une antenne de télévision. Elle étalait une serviette sur les ardoises chauffées à blanc, s'enduisait de lotion solaire, et se laissait cuire, les fesses à l'air, sachant que personne ne pouvait l'apercevoir depuis les immeubles voisins. Elle avait pris beaucoup de plaisir à ce pied de nez quotidien, s'exhibant à l'insu de la bourgeoisie puritaine maîtresse des lieux. Le jeu avait pris fin un après-midi où, assommée par la chaleur, elle s'était endormie et avait failli rouler le long de la pente d'ardoise sans même en avoir conscience. Une peur rétrospective l'avait alors saisie et elle avait renoncé à poursuivre ses provocations.

Elle dessina les deux cours. Entre les toits, on distinguait de curieux petits puits dépourvus de fenêtres, et où disparaissaient des tuyaux d'évacuation. Elle décida de surnommer ces trous des « oubliettes ». Dresser une carte détaillée se révélait compliqué ; il fallait tenir compte de tout, des courettes intérieures sur lesquelles n'ouvraient que les minuscules aérations des W-C, des murs aveugles dressés comme des obstacles cyclopéens. Elle ne savait pas ce qu'elle cherchait, mais la vue de la petite baraque dressée entre deux pans de maçonnerie destinés à soutenir une cheminée la figea sur place. Un instant elle crut avoir découvert le repaire du bourreau. L'antre où il se terrait depuis dix-sept ans. Le souffle court, elle s'agenouilla en essayant de ne pas perdre pied.

La cabane se composait de quelques grosses planches et d'un pan de tôle ondulée. Elle faisait penser à ces caches rudimentaires que les enfants aiment confectionner à la fourche d'une maîtresse branche, dans un arbre de préférence séculaire. Son premier mouvement de panique réprimé, Jeanne fut certaine qu'il s'agissait là d'une construction clandestine due aux soins de Pierrot. Privé de jardin, le fils de la concierge avait improvisé une cabane sur le toit même de l'immeuble, là où personne ne pouvait l'atteindre. La chose était attendrissante, et la jeune femme comprit qu'elle ne devrait jamais évoquer ce territoire secret devant lui.

Elle voulut reprendre sa progression, mais la curiosité faisait déjà son œuvre, se répandant comme un poison. Il fallait qu'elle aille voir… qu'elle pénètre dans la casemate… Elle savait que c'était mal et qu'elle avait tort, mais on la payait pour cultiver ce vice, n'est-ce pas ? Elle avança à quatre pattes pour se garantir des rafales. Ici, la pente était vive et, au moindre faux pas, elle basculerait dans la cour pour terminer son voyage sur le pavé après une chute de huit étages. Pierrot avait probablement construit sa cabane au point le plus dangereux du toit pour décourager les curieux éventuels. Sans doute connaissait-il par cœur les pièges du versant d'ardoise, au point de pouvoir s'y risquer les yeux fermés. Mais Jeanne ne faisait pas partie des initiés, et c'est les dents serrées qu'elle pénétra dans le réduit. La guérite, tout en longueur, ne permettait pas de se tenir autrement qu'assis. C'était une caisse fortement charpentée et attachée aux cheminées par un jeu de câbles qui faisaient d'elle une sorte de nacelle suspendue. Elle bougeait lorsqu'on s'y déplaçait et Jeanne fut assaillie par une désagréable impression de vertige. N'était-elle pas trop lourde pour s'y attarder plus longtemps ? Dans un coin du réduit, il y avait un plaid rapiécé, un coussin et une caisse. La caisse contenait un flacon de cognac bon marché entamé, des bandes dessinées d'aventure aux dessins rudimentaires, une paire de jumelles et un cahier auquel on avait accroché un stylo-bille au moyen d'une ficelle. Sur la couverture cartonnée on pouvait lire :

Journal de bord et d'observation

Jeanne identifia sans peine la calligraphie maladroite de Pierrot. Elle sourit. Elle imaginait déjà l'enfant, retranché sur les toits pour échapper à la mauvaise humeur chronique de sa mère, et jouant au pilote de chasse. Sans doute se voyait-il aux commandes d'un bombardier… ou encore passager de la nacelle d'un ballon dirigeable ? Il passait la tête par l'ouverture de la cabane et croyait apercevoir des terres inconnues. Les cours noyées d'ombre devenaient des fosses marines, la crête des toits se changeait en une interminable cordillère enneigée. Il écrivait des choses comme : *Sixième jour de l'expédition. Je suis le seul survivant à bord de l'Indomptable. L'équipage a pris la fuite, terrorisé par les épreuves qui nous attendent. Mais je continuerai jusqu'au bout. Aujourd'hui j'ai survolé le gouffre sans fond des eaux noires…*

Oui, et ses mains devenaient moites au fur et à mesure que s'enfiévrait son imagination. Oui, c'était bien ainsi que voyageait Pierrot Cliquet, explorateur des toits. Sans doute mimait-il les piqués de l'appareil en produisant entre ses dents serrées un bourdonnement censé imiter le bruit d'un rotor imaginaire. Jeanne se répéta qu'elle n'avait pas le droit d'ouvrir le cahier, de s'immiscer dans ces rêves naïfs. Mais la curiosité, la sale curiosité, installait des démangeaisons dans ses doigts. Elle tourna la première page, distingua des dates, des heures soulignées en rouge, et suivies de la mention *Rapports d'observation.* Ses yeux se mirent à déchiffrer la grosse écriture enfantine, constellée de ratures et de surcharges. Son sourire se figea aussitôt.

Quart nord-ouest, disait le cahier. *J'ai regardé avec les jumelles chez cette conne de Denise Agnello. De dix heures à midi, elle est restée devant son secrétaire à écrire ses idioties de poèmes. Elle comptait les syllabes sur ses doigts. Et, des fois, elle prenait la feuille dans sa main et se promenait dans l'appartement en déclamant ce qu'elle venait d'écrire. Avec ses bigoudis sur la tête, elle avait l'air fin, ouais, la poétesse ! Je sais maintenant où elle cache le fric de sa pension, dans une petite cassette de fer qu'elle glisse à l'intérieur de sa cheminée. Je pourrais le lui piquer si je voulais, ce serait facile, je n'aurais qu'à prendre le passe-partout de ma mère. Et puis, tant que j'y serais, je déchirerais ses poèmes con-con ou j'écrirais en guise de rime : « poil à la bite » ! Elle en ferait une tête, sûr que les bigoudis lui sauteraient tout seuls du crâne !*

Quart ouest. La mère Morau a encore posé la cage de ses serins sur l'appui de la fenêtre. J'ai pris ma carabine à air comprimé avec la lunette de visée que j'ai bricolée, mais il y a encore un peu de dérive à droite. Au lieu de zigouiller le serin, j'ai fait éclater le pot de géraniums. C'est bête, mais j'y arriverai avec de la patience, le tout est de ne pas casser un carreau. Ce qu'il faut, c'est qu'elle découvre ses trois canaris raides morts, les pattes en l'air, en rentrant la cage le soir ! Mais il y a du vent, c'est dur d'avoir un bon tir, les plombs dévient. Pour me venger, j'ai dégommé trois pigeons sur le toit. J'ai chopé l'un d'eux en plein dans l'œil, un chouette beau tir.

Pendant que je visais, je me disais que c'était la tête d'un ministre, ou même d'un président. Avec un vrai fusil je suis sûr que je ferais des merveilles. Plus tard, à l'armée, j'essaierai de devenir tireur d'élite, ça c'est un vrai métier.

Jeanne se mordait les lèvres, interdite. Le cahier était rempli d'annotations analogues. Il y en avait des pages et des pages. Toutes écrites avec le même fiel.

Quart sud-ouest, disait Pierrot. *Chez la mère Lemoreux. 17 heures. Elle a feuilleté pendant deux heures plein de vieux albums de photos. Quand elle avait fini, elle recommençait. On voyait ses lèvres bouger et je crois qu'elle devait parler tout bas. C'est bête que je puisse pas entendre. Faudrait poser des micros comme dans les films, comme ça j'aurais l'image et le son en même temps. Après, elle a mis un disque sur son vieux phono à manivelle. Maman dit qu'un truc comme ça, avec son grand pavillon, ça vaudrait une fortune chez un antiquaire. Faudrait pouvoir le piquer.*

Quand le disque a commencé à tourner, elle s'est mise à danser toute seule au milieu de son salon. Une vieille de soixante-dix ans ! Elle arrondissait les bras comme si elle dansait avec un homme invisible. Au bout d'un moment, elle est partie chercher un polochon qu'elle a tenu contre elle pour danser. J'ai failli pisser de rire tellement c'était dingue de voir cette vieille chouette gigoter comme une folle. Les vieux, ils ont tous le cerveau fondu, faudrait les mettre chez les cinglés, ça ferait de la place pour les jeunes. Après encore, elle s'est mise à pleurer en serrant son polochon contre sa figure. Elle avait le nez tout rouge et gonflé. Berk !

J'ai aussi regardé chez Mathias Flegenhorn, le scaphandrier, mais il n'est pas marrant. Il reste allongé toute la journée sur son lit, à fumer en regardant le plafond. Il fume comme une cheminée, clope sur clope. J'ai quand même regardé en espérant qu'il allait s'endormir. Ma mère m'a raconté que les gens qui fument au lit finissent toujours brûlés vif. J'ai pensé que ce serait marrant de voir ça. Mais le scaphandrier ne s'est pas endormi. Il fumait, c'est tout. Et de temps en temps il attrapait une bouteille posée par terre, et en sifflait un coup. Il a l'air de s'emmerder sacrement. Quand je le vois j'ai pas envie d'être vieux. Je préfère finir une balle dans la tête dans une chouette bagarre. C'est sûrement ce qui m'arrivera, si je deviens tireur d'élite.

Souvent, je surprends les vieux en train de dormir devant leur télévision, je voudrais pouvoir arriver derrière eux et pousser un hurlement pour leur foutre la trouille, C'est pour ça que je cherche les souterrains du père Malestrazza pour entrer chez les autres sans être vu. En fait, j'aimerais bien assister à leur mort, comme ça, pour voir l'effet que ça fait, si c'est aussi bien que dans les films... ou si au contraire c'est cloche et pas intéressant. À force de guetter, j'arriverai bien un jour à en surprendre un en train de passer l'arme à gauche. Si ça se produit, je le dirai à personne, comme ça on le laissera pourrir chez lui des semaines et des semaines, comme dans les films d'horreur.

J'ai jamais vu non plus de mec pourri. J'aimerais bien que le scaphandrier casse sa pipe. Je ne l'aime pas. Il tourne autour de la journaliste et elle le laisse faire. Ils mangent même ensemble. Je les ai vus dans un restaurant crasseux du côté du port fluvial. Elle est jolie mais c'est une conne. Elle parle en prononçant toutes les syllabes comme les speakerines, et puis elle fait les liaisons entre les mots. C'est snob. C'est con. Je suis sûr qu'elle dit jamais merde, con, chiotte, et qu'elle ferme la porte quand elle va aux W-C.

Les doigts de Jeanne devinrent moites. Elle aurait voulu fermer le cahier, mais la curiosité l'en empêchait.

Quart sud-est, notait Pierrot. *La vieille Géraldine. Encore en train de pleurer sur la photo de son mari et de ses gosses qui sont morts dans un accident de voiture. Elle m'énerve, à toujours renifler dans son mouchoir. Un jour, j'entrerai chez elle pendant qu'elle sera pas là et je dessinerai des moustaches sur la photo… et des zobs aussi, des zobs de cheval ! Ouah ! la crise quand elle rentrera.*

Quart sud. Chez la journaliste, c'est chez elle que je regarde le plus longtemps maintenant. J'ai nettoyé les vitres pour bien voir. Les rideaux sont transparents et on aperçoit tout dès qu'elle allume la lumière. Comme elle n'a pas de vis-à-vis elle pense que personne ne peut la reluquer. Je l'ai vue s'habiller et se déshabiller, trois fois. Elle n'a pas de gros nichons mais elle a la touffe bien fournie. Une fois qu'elle se taillait les ongles des pieds j'ai aperçu sa fente, parce qu'elle était assise sur le lit, les jambes relevées. Elle se rase aussi les dessous de bras, ça m'excite et ça me dégoûte en même temps, je sais pas trop.

C'est bien d'avoir une jeune nana à se mettre sous la dent ; dans cet immeuble c'est plutôt hospice de vieux et compagnie. Jeanne (elle s'appelle Jeanne). Au début, j'ai espéré qu'elle ferait venir un mec. Un mec que je connaîtrais pas, et que je pourrais les voir faire le truc. Mais personne ne vient jamais. Elle vit comme une bonne sœur, c'est agaçant. Quand on était dans le cagibi, là-haut, après la visite, je faisais semblant de dormir, je l'entendais gigoter. Elle est sortie pour faire pipi au risque de se faire choper par le Bourreau. C'est bien une bonne femme ! Après toutes mes mises en garde, je suis sûr qu'elle ne m'a pas cru. Elle m'écoutait en souriant comme si j'étais un gosse. C'est une connasse. Elle aurait bien mérité que Malestrazza lui fasse son affaire, j'aurais pas levé le petit doigt. Quand elle est revenue, elle s'est allongée par-dessus le sac de couchage parce qu'elle avait trop chaud. Elle a encore gigoté puis elle a fini par s'endormir. J'ai entendu sa respiration ralentir. Quand j'ai été sûr qu'elle dormit, je me suis approché d'elle et j'ai mis mon nez entre ses jambes, pour la renifler. Elle n'a pas bougé. J'aurais pu poser ma bouche sur sa chatte si j'avais voulu, je suis certain qu'elle s'en serait même pas rendu compte. Oui, j'aurais dû le faire.

Jeanne referma le cahier avec colère. Elle était humiliée, bernée. Elle aurait voulu tenir Pierrot par les cheveux pour le gifler à la volée.

Elle se mordit la lèvre inférieure et sentit le goût du sang sur sa langue.

Soudain la cabane lui était plus odieuse que le terrier d'un putois. Elle n'avait pas envie d'y rester une seconde de plus. Il l'avait espionnée jusque dans ses ablutions, il l'avait épiée des heures durant pendant qu'elle se lavait, s'habillait. C'était une fouine, un petit animal nuisible et puant, de la graine de détraqué, de…

Elle s'extirpa de la cabane en hâte. À l'extérieur, le vent glacé la cueillit de plein fouet au moment où elle se redressait, la faisant suffoquer.

Des larmes plein les yeux, elle avança droit devant elle, les mains tendues pour s'éloigner au plus vite de la tanière de la fouine. Elle avait à peine fait cinq mètres qu'elle sentit son tibia heurter quelque chose, un câble, un fil tranchant tendu entre deux cheminées. L'acier cisailla la toile de son pantalon et lui entra dans la chair, la déséquilibrant. Elle hurla, battit des bras, et dévala la pente du toit.

Elle se crut perdue. Les ardoises défilaient sous son ventre sans qu'elle puisse se raccrocher à quelque chose, leurs arêtes lacéraient ses vêtements et sa peau tandis qu'elle continuait à glisser vers la gouttière, vers le vide. Au bout du toit, c'était la chute, huit étages à pic et l'écrasement sur les pavés de la cour. Elle lança les bras au hasard, se retournant les ongles sur les ardoises qui se détachaient ou cassaient…

Elle s'immobilisa à trente centimètres de la gouttière, parce que sa veste s'était prise dans les crochets maintenant les ardoises en place. Suspendue au bord du vide, elle n'osait plus bouger. Elle appela au secours mais le vent étouffait ses cris au sortir de sa bouche.

« Je vais rester là, songea-t-elle avec terreur, jusqu'à ce que ma veste craque… et je tomberai, je tomberai... »

Elle percevait encore la morsure de la corde à piano sur ses tibias. Elle avait été victime d'un piège, elle en était certaine. Elle ne s'était pas pris les pieds dans un banal fil de fer, non… on avait tendu ce câble en travers du passage pour liquider les curieux. À présent, elle saignait par mille coupures. Ses doigts entaillés ne lui permettaient pas de chercher un appui. De plus, elle n'osait esquisser le moindre geste de peur de reprendre sa glissade mortelle.

Elle hurla de nouveau, la joue collée à la pente du toit. Mais sa voix ne descendait pas dans la cour, elle s'envolait accompagnant les pigeons que cet épouvantail humain effrayait.

Elle ne savait que faire, jamais elle ne s'était sentie si lourde. Des craquements montaient de ses vêtements déchirés. Les esquilles d'ardoise lui entraient dans le ventre mais elle ne tentait rien pour échapper à leur morsure.

« Tu vas tomber, ne cessait-elle de penser. Tu vas tomber. »

Alors qu'elle fermait les yeux, se préparant à la chute, une grosse main calleuse se referma sur son poignet. C'était Mathias. S'aidant d'une corde qu'il avait passée autour d'une cheminée, il s'était laissé glisser jusqu'à la jeune femme.

– Ça va, souffla-t-il en l'empoignant. Je vous tiens, vous ne risquez plus rien. Redressez-vous lentement, c'est tout.

Jeanne eut l'impression d'être un chat qu'on attrape par la peau du cou et qu'on sort du baquet où il vient de choir. Elle ne pesait rien entre les bras de Mathias. Il la soutint durant tout le trajet qui les séparait du vasistas d'où émergeait l'échelle des ramoneurs.

– Je vous ai vue de chez moi, expliqua le scaphandrier. J'étais allongé sur mon lit et soudain je vous ai aperçue en train de gambader sur les toits. Mais qu'est-ce qui vous a pris ?

Jeanne ne put répondre tant elle claquait des dents. Elle se laissa porter, se cramponnant au cou de l'homme dont le pull marin empestait le tabac. Il la ramena chez lui et la déposa sur le matelas. C'est à ce moment qu'elle vit ses vêtements lacérés, son ventre, ses seins, ses cuisses, tailladés par les arêtes des ardoises. Déjà, Mathias s'était emparé d'une cuvette, d'un gant de toilette, d'une serviette éponge. Sans aucune gêne, comme s'il venait au secours d'un camarade blessé, il la déshabilla.

– Ferme la fenêtre, balbutia Jeanne en songeant que Pierrot les observait peut-être, embusqué quelque part dans la trouée d'une lucarne.

Alors qu'elle prononçait ces mots, elle s'aperçut qu'elle venait de le tutoyer et cela la fit sourire.

Mathias avait entrepris de la laver doucement, comme s'il s'agissait d'une enfant à la peau fragile que les savons trop décapants irritent. Elle s'abandonna, reprise par des sensations anciennes, presque oubliées. Elle était à nouveau petite fille au centre de la grande baignoire familiale, et son père…

Elle était nue entre les mains énormes d'un homme qu'elle connaissait à peine mais cette situation ne l'excitait pas, au sens sexuel du terme. Elle se laissait faire, grande poupée de chair molle qu'on retourne, qu'on essuie, qu'on tamponne. Elle se sentait… en sécurité. Oui, c'était cela. Comme une femme qui vient d'échapper à la noyade entre les bras de son sauveteur.

– Ça va un peu piquer, prévint Mathias en exhibant une bouteille de désinfectant.

Elle apprécia qu'il lui parle comme à une enfant. Maintenant qu'il avait fermé les volets, le regard de Pierrot ne pouvait plus lui faire de mal.

– Il y a beaucoup d'entailles, dit Mathias, mais elles sont superficielles. Demain elles seront refermées.

– Merci, dit bêtement Jeanne.

Nue, barbouillée de mercurochrome, elle n'éprouvait pas le besoin de serrer les jambes pour défendre sa pudeur. Les grosses mains la redressèrent pour lui permettre d'enfiler un peignoir rouge, plutôt râpé, sur le dos duquel s'étalait un nom aux arabesques pailletées, clinquantes : *Ramon Fiero Galdozos*.

– C'est un peignoir de boxeur, expliqua Mathias. Un looser d'Amérique latine. Un soir de raclée, il l'a oublié dans un vestiaire, je l'ai volé.

Jeanne se rallongea. Les coupures flambaient à la surface de sa peau, comme si on l'avait battue avec des orties. Elle se mit à parler à voix basse mais très vite, sans reprendre respiration. Elle raconta tout : la cabane sur le toit, le cahier de Pierrot, les notations graveleuses.

– C'est un gosse mal dans sa peau, fit Mathias en haussant les épaules. Il est un peu voyeur, comme tous les puceaux. Faut pas s'alarmer pour si peu. Probable qu'il se joue la comédie du petit dur. Les journaux intimes c'est toujours du chiqué.

Jeanne voulut protester mais retomba sur l'oreiller. Après tout, cela n'avait plus tellement d'importance. L'important, c'était ce qui allait se passer dans deux minutes, quand il se pencherait sur elle et que… Car c'était ainsi que cela allait se passer ; elle l'avait su au moment même où il l'avait saisie par la peau du cou, là-haut, au bord du vide. Elle n'était pas sexuellement excitée, et pourtant elle avait besoin que cela se fasse, maintenant, sans plus attendre. Il enleva son pull noir qui empestait le tabac et se pencha sur elle. Elle rit parce que sa peau, elle aussi, sentait la cigarette.

Ce fut très doux, sans nervosité, comme un enchaînement de gestes longtemps répétés et qu'on accomplit presque par inadvertance. Pour la première fois depuis longtemps, elle n'y vit aucun rapport de force, aucune cérémonie de soumission. Il la rassurait en lui communiquant sa chaleur. Elle n'éprouva pas vraiment de plaisir mais un bien-être immense qui la laissa amollie et pelotonnée dans le méli-mélo des draps pas très propres.

Ensuite, ils ne parlèrent pas. Ils demeurèrent longtemps l'un contre l'autre. L'acte ne l'avait pas dégradée et elle en fut déconcertée, presque embêtée.

C'était nouveau pour elle, dérangeant. Paradoxalement, elle se sentait à présent embarrassée de sa nudité, intimidée. D'ordinaire, elle était impudique dans l'amour, et encore davantage après. Elle prenait un malin plaisir à en rajouter, comme toutes les femmes qui viennent de se soumettre à un amant plus jeune qu'elle. Sans doute était-ce là une manière de reprendre l'avantage ? Elle se plaisait à choquer Manuel par des gestes ou des expressions de corps de garde qui mettaient le jeune homme mal à l'aise et lui faisaient froncer les sourcils. Elle savait comme les hommes – si grossiers pendant l'amour – peuvent devenir pudibonds dès qu'ils ont pris leur plaisir. Un rien leur est alors outrage, et ils se transforment vite en de redoutables Pères la Pudeur, répétant : « Une femme ne doit pas dire des choses comme ça ! »

Jeanne chercha le peignoir du boxeur à tâtons. Elle n'avait pas envie de provoquer Mathias, de l'humilier, de reprendre l'avantage, car il ne l'avait pas soumise. Elle était troublée et agacée. Elle savait maintenant que leurs rapports allaient se dégrader, qu'il y aurait une gêne entre eux, et qu'ils ne recommenceraient jamais. Elle se redressa sur un coude. Le large corps du scaphandrier pesait sur le matelas. En le découvrant si imposant, elle fut étonnée de n'avoir pas été écrasée sous sa masse. À la différence des autres hommes, il ne s'était pas abattu sur elle au moment de la jouissance, lui comprimant la cage thoracique jusqu'à l'étouffement. Il avait pris soin de ne pas effleurer ses coupures et s'était retiré sans la brusquer. Cela aussi c'était gênant. Elle le regarda. Il avait caché son sexe sous un pan du peignoir. Les poils de sa poitrine étaient blanc argenté.

« C'est vrai qu'il est vieux, pensa-t-elle. Il m'a fait l'amour comme à une pucelle. »

Elle décida qu'elle ne dirait rien, qu'elle n'emploierait aucune des expressions passe-partout du genre « c'était bon, et toi tu étais bien ? » les politesses un peu bêtes qu'on se sent toujours forcé de proférer pour se différencier des animaux qui, bien sûr, ne parlent jamais après l'amour. « Ils ne fument pas, non plus », songea Jeanne en voyant la main de Mathias ramper à la recherche du paquet de cigarettes. Non, elle ne dirait rien. C'était un accident qu'il valait mieux oublier, une réaction nerveuse due à la frayeur qu'elle avait éprouvée en croyant tomber dans le vide. Elle tourna la tête pour ne pas découvrir Mathias nu.

« Il m'aura prise et je n'aurai jamais vu son sexe », songea-t-elle, et cette bizarrerie lui convint, la rassura même.

– C'était un piège, dit-elle en se rallongeant. Il y avait un câble tendu en travers du passage.

– Un câble qui retenait une antenne de télévision ou une cheminée ? hasarda Mathias.

– Non, s'entêta-t-elle. Un fil de fer installé pour qu'on s'y prenne les pieds. Si tu n'étais pas arrivé, je me serais tuée. C'était un piège.

– Pierrot ? interrogea Mathias. Tu crois qu'il voulait protéger son domaine ?

– Oui, il est méchant. Il a peur qu'on lise les horreurs qu'il écrit en secret, alors il tend des pièges.

Elle eut conscience qu'elle parlait trop fort, avec une véhémence proche de l'hystérie.

– Non, coupa le scaphandrier. Le journal, c'est une soupape imaginaire, c'est tout. Un petit théâtre personnel où il se venge de ses humiliations quotidiennes, de sa vie de fils de concierge. Tu as vu sa mère ? Pudibonde, fille d'une veuve assassinée qui nourrissait les clochards, engrossée puis abandonnée par un vieux flic roublard proche de la retraite. Ça ne doit pas être rose tous les jours pour le pauvre môme.

Jeanne fit la moue. Elle ne partageait pas l'indulgence de Mathias envers l'enfant. Elle avait lu le cahier, elle, avec ses mots sales, dégoûtants, ses pensées tordues, ses désirs vicieux.

– Si ce n'est pas Pierrot, *qui* a tendu le fil, attaqua-t-elle, *qui* alors ? Malestrazza, le fantôme ?

Mathias s'agita, mal à l'aise. Avec des précautions un peu ridicules, il s'enveloppa dans le drap avant de se relever. Elle remarqua qu'il cachait surtout son ventre relâché, mou, moins bien conservé que le reste de son corps. Cette coquetterie l'attendrit. En face de la chair jeune et souple de sa maîtresse, il se sentait pris en faute. Laid.

« Et d'abord suis-je sa maîtresse ? » se demanda Jeanne. L'acte avait été si bref, si étrange, si doux (trop doux ?) qu'elle n'avait pas la sensation d'avoir été prise.

« D'habitude, j'ai toujours mal au ventre, après », constata-t-elle en posant la main sous son nombril.

– Tu ne dois pas retourner là-haut, fit Mathias d'une voix empruntée en se dirigeant vers la salle de bains. Il y a peut-être d'autres pièges.

– S'il y a des pièges, c'est que je suis sur la bonne piste, répliqua-t-elle, on ne tue pas quelqu'un qui fait fausse route.

Mathias revint vers elle, enveloppé dans son drap comme un vieux sénateur romain.

– Laisse tomber, murmura-t-il. Tu ne comprends pas que c'est mauvais tout ça. Qu'il y a peut-être quelque chose, en définitive !

– Tu veux dire un mystère ?

– Oui…

– L'entrée de la chambre secrète ?

Mathias se dandina, de plus en plus gêné.

– C'est dangereux, souffla-t-il. Faut pas fouiller dans l'obscurité. Avec Malestrazza, tout est possible.

Elle faillit lui dire : « Tu as la trouille ! » mais ç'aurait été stupide. Elle avait la trouille, elle aussi.

– J'ai fait un plan « vu d'avion », dit-elle en cherchant dans ses vêtements en loques. Il y a beaucoup de puits, de courettes intérieures sans utilité apparente.

– C'est pareil dans tous les vieux immeubles. On modifie un couloir. On perce un mur, on bouche un passage, une fenêtre, et hop ! on se retrouve avec un *no man's land* auquel personne ne peut plus accéder, une sorte de sanctuaire inaccessible, ça n'a rien de mystérieux. Il faut voir une maison d'en haut pour réaliser à quel point son architecture est compliquée. De la rue on croit toujours avoir affaire à un bloc compact d'une seule pièce.

Jeanne replia le plan avec irritation. Elle n'obtiendrait rien de Mathias. Elle le devinait rétracté, presque hostile, paralysé par la peur. « La solution est sur le toit, se répéta-t-elle. Il faut que je l'explore dans sa totalité, que je me procure une corde et des jumelles. »

– Tu vas y retourner ? s'inquiéta-t-il.

– Tu ne m'aideras pas ? rétorqua-t-elle.

– Je suis trop vieux, avoua-t-il. Je n'ai pas envie d'abréger le peu de temps qui me reste. Crois-moi, laisse tomber. Un livre, ça ne vaut pas une chute de huit étages, la tête en bas.

Jeanne rassembla ses vêtements déchirés et se rhabilla. Elle avait choisi de sortir sur ce semblant de désaccord, de brouille ; c'était plus facile, cela évitait les tendresses godiches, les mots qu'on croit drôles ou affectueux sur le moment et dont on rougit ensuite. Et puis, il n'avait pas d'ordre à lui donner. Elle était payée pour prendre des risques... Qu'est-ce qu'il s'imaginait ? qu'une journaliste écoutait la radio en se vernissant les ongles huit heures par jour ? Elle grimaça en se redressant et certaines de ses coupures laissèrent filer une goutte de sang. Est-ce qu'elle en conserverait des cicatrices ? C'était un coup à ne plus pouvoir se mettre en maillot de bain. Elle marcha vers la porte, s'arrêta sur le seuil, se retourna et dit :

– Merci. (Avec un peu de méchanceté elle ajouta :) Je veux dire pour le toit, tout à l'heure.

Dans le couloir, elle se maudit d'avoir été aussi garce. Mais dans cette peur de Mathias, qui l'avait déçue... et effrayée, elle avait lu la confirmation de tout ce qu'elle redoutait plus ou moins obscurément. Elle prit l'escalier en espérant que personne ne la verrait dans ses loques ensanglantées.

Lorsqu'elle déverrouilla la porte de son appartement, elle poussa malgré elle un cri de surprise. Ses vêtements gisaient sur le sol, en loques, ses culottes avaient été clouées sur le mur avec des couteaux de cuisine. Sa machine à écrire avait été propulsée à travers la pièce si violemment qu'elle avait rebondi sur le mur, arrachant de gros éclats de plâtre ; elle reposait à présent sur le flanc, le capot tordu, le ruban encreur dévidé en un long serpentin funèbre.

Jeanne s'immobilisa contre le chambranle, ne sachant si elle devait s'avancer ou s'enfuir. Elle tenait encore à la main la clef avec laquelle elle venait d'ouvrir la serrure. Bien sûr, cela ne prouvait rien, il avait suffi d'un bon passe-partout pour forcer le passage. Mais qui ? qui ?

Elle se décida enfin à entrer. Les culottes clouées sur le mur lui faisaient peur. Elle y voyait la marque d'un esprit déréglé. Les couteaux avaient été enfoncés dans la cloison avec une force incroyable, et certaines lames étaient tordues. Elle fit quelques pas prudents, cherchant instinctivement un objet qui pourrait lui servir d'arme. Elle se saisit d'une grosse lampe au pied de cuivre. Le jour baissait, et les pièces dont elle avait négligé d'ouvrir les volets se changeaient déjà en trous noirs. Le visiteur malveillant s'y tenait-il dissimulé, attendant qu'elle soit assez proche pour bondir sur elle ? Elle renifla, essayant de détecter sa sueur, son odeur… On ne se livrait pas à un tel saccage sans transpirer. Normalement elle aurait dû percevoir ses effluves corporels.

On avait déchiré ses notes, ses photos, ses dossiers d'archives. Tout avait été réduit en miettes. Le magnétophone piétiné vomissait des entrailles électroniques multicolores ; les cassettes brisées n'étaient plus que des buissons de bande magnétique chiffonnée. Son travail des dernières semaines se trouvait réduit à néant. Elle tourna un interrupteur, puis un autre, pour chasser l'obscurité qui s'installait. Elle se déplaça de pièce en pièce, par bonds successifs, s'attendant chaque fois à ce qu'une main surgie des ténèbres la saisisse à la gorge, lui broyant les cartilages, mais rien de semblable ne se produisit. On n'avait pas ouvert les armoires, renversé les tiroirs, on ne s'en était pris qu'à ses affaires personnelles, qu'à ce qu'elle avait apporté dans l'appartement. Même son sac et ses souliers avaient été lacérés.

Elle s'aperçut qu'elle tremblait, et que ses mains avaient le plus grand mal à soutenir la lampe de cuivre.

C'est au milieu de la salle à manger qu'elle repéra les traces de pas. Des marques de semelles poudreuses, comme peut en laisser un maçon qui piétine dans le plâtre. Le contour des semelles était imprimé sur le parquet, en blanc. En séchant, les traces d'abord humides avaient formé une sorte de croûte, de pellicule friable mais néanmoins matérielle. Jeanne s'agenouilla, effleurant les marques du bout des doigts. Elles semblaient sortir tout droit du mur, elles zigzaguaient à travers la pièce, puis se dirigeaient à nouveau vers un autre mur devant lequel elles s'arrêtaient.

« Comme si... », pensa Jeanne, mais elle chassa l'idée inacceptable qui s'emparait d'elle, et reprit son examen des traces. Aucune ne remontait jusqu'à la porte d'entrée. Le vestibule était vierge, propre, les souillures se localisaient uniquement dans la salle à manger. *Comme si...*

Allons, il fallait bien se résoudre à le dire ! *Comme si quelqu'un était sorti du mur pour déchaîner sa colère dans la pièce.* Oui, c'était cela, quelqu'un s'était extirpé de la paroi, un visiteur d'outre-tombe, barbouillé de plâtre et d'humidité. Il avait tout cassé avant de repartir comme il était venu, en s'enfonçant dans une autre cloison. « Un passe-muraille », murmura Jeanne. Elle n'entendait plus que le martèlement de son cœur dans ses oreilles. Une fois de plus, elle reconstitua le trajet des semelles plâtreuses : elles se matérialisaient près de l'armoire et disparaissaient dans l'angle opposé, à proximité du buffet, comme si l'être en question possédait le pouvoir de traverser les cloisons sans leur causer le moindre dommage. C'était absurde, bien sûr... Absurde. Jeanne s'approcha de l'endroit où les mystérieuses semelles avaient surgi pour la première fois. Les mains écartées, moites, elle palpa la surface qui s'étendait devant son visage, à la recherche d'une fente, d'une fissure, d'une infime ligne de partage. Mais il n'y avait aucune moulure derrière laquelle on aurait pu dissimuler une porte dérobée. La cloison paraissait tout d'une pièce, intacte. Ne restait que l'armoire. Elle l'ouvrit, cogna des deux poings sur le fond qui rendit un son plein.

En désespoir de cause, elle banda ses muscles pour essayer de la déplacer. Elle ne réussit guère qu'à la faire bouger de quelques centimètres, mais c'était suffisant pour voir qu'elle ne cachait aucune ouverture.

« Ce n'est qu'une mise en scène, se dit-elle en tentant de reprendre son souffle. Quelqu'un est entré par la porte au moyen d'un passe-partout, il a tout cassé puis imprimé les traces sur le sol au moyen de deux croquenots et d'un peu de plâtre qu'il avait pris soin d'apporter dans un sac... Il lui a suffi d'en utiliser les semelles comme ces timbres en caoutchouc qu'on frotte sur un tampon encreur avant de s'en servir. »

Il n'y avait pas d'autre explication acceptable. Non… et pourtant elle demeurait mal à l'aise, troublée au fond d'elle-même par ce surgissement de l'irrationnel.

« Quelqu'un, lui chuchotait sa voix intérieure, quelqu'un qui a cheminé péniblement dans l'épaisseur des murs avant de pouvoir échapper à leur emprise, quelqu'un que tu as mécontenté et qui te hait… »

Elle ne pouvait s'interdire de penser aux parois creuses, aux passages secrets, aux morts emmurés debout, à toutes ces balivernes serinées par Pierrot et les autres.

« Et si c'était vrai ? lui susurrait la méchante petite voix. Et si les victimes pouvaient sortir par moments, *à certaines heures,* si la muraille devenait poreuse, élastique, si elle s'entrouvrait pour les laisser passer, elles, les sentinelles emmurées ? »

Conneries ! Foutaises ! Jeanne s'ébroua. Elle commença à rassembler les vêtements épars. C'est en soulevant un chemisier déchiré qu'elle vit la toile. Le tableau rapporté du sixième. Cette croûte naïve où Malestrazza avait été représenté sous les traits d'un géant trônant au milieu des immeubles du quartier. On l'avait découpé ! Quelqu'un avait cisaillé la toile pour en détacher l'image du dément. À l'emplacement où aurait dû figurer Malestrazza, il n'y avait plus qu'un trou béant, un vide.

« Il est parti, pensa Jeanne. Il s'est détaché de la toile. Il est sorti du tableau pour déambuler à travers l'appartement et tout casser. Puis il s'est enfoncé dans un mur, se fondant avec sa maison. C'est cela ! Tu l'avais tellement agacé qu'il a éprouvé le besoin de sortir de sa léthargie. Tu as réveillé le monstre, tu… »

Elle rejeta le cadre sur le sol avec colère et courut dans la salle de bains se passer de l'eau sur le visage. Elle perdait la tête. Personne n'était sorti du tableau. Ça, c'était ce qu'on essayait de lui suggérer pour lui faire peur. Rien d'autre. Une simple manœuvre destinée à l'impressionner. Il n'y avait pas d'enchantement, pas de maléfice, rien qu'une mauvaise croûte que quelqu'un s'était appliqué à découper à l'aide d'une paire de ciseaux. Elle se concentra sur cette version des faits, essayant de s'en pénétrer, de s'en convaincre, mais les images folles continuaient à courir dans sa tête : le fantôme mécontent qui s'arrache à la toile, craquelant le vernis. Le spectre qui bouillonne et se gonfle, prenant forme, souillant le sol de ses gros souliers de maçon, déchaînant sa colère sur les possessions de l'intruse…

« Assez ! » se surprit-elle à crier.

Elle avait les joues en feu et toutes ses coupures la brûlaient.

« Si on cherche à te faire peur, c'est que tu es sur la bonne voie, se dit-elle. C'est que tu approches de la vérité. Tu dois continuer. »

Mais elle n'avait pas envie de rester une minute de plus dans l'appartement saccagé. En outre, elle devait voir un médecin, subir une piqûre antitétanique. Hélas ! elle ne possédait plus un seul vêtement intact. Ceux qu'elle portait sur elle avaient été déchirés au cours de sa chute, ceux qu'elle avait laissés dans l'appartement avaient subi la colère du fantôme. Elle ne pouvait sortir dans cet état. Avec un léger dégoût, elle se décida à passer l'une des robes d'Antoinette Chasselieux. Elle éprouva une gêne réelle à se mouvoir dans les sous-vêtements démodés d'une inconnue, mais elle n'avait pas le choix. Dans le bas de l'armoire, elle prit une paire de chaussures à bride comme on devait en porter avant guerre, et rassembla ses cartes de crédit, ses papiers dans un vieux sac à main patiné par l'usage qui reposait sur l'une des étagères. « Tu t'es déguisée en morte », constata-t-elle en se découvrant dans le miroir. Cette idée lui fut insupportable et, durant une seconde, elle fut tentée d'arracher les vêtements d'emprunt. Elle avait la fièvre. Le moindre claquement de porte l'aurait fait hurler. Elle se rua dehors, se tordant les chevilles. Les habits distendus pendaient sur elle, lui donnant l'air d'une épave qui s'habille au marché aux puces, d'une clocharde affublée de nippes récupérées dans un grenier. Elle parvint à voir un médecin qui l'examina avec circonspection et lui fit des piqûres.

– Vous êtes sûre de ne pas avoir de problème ? répéta-t-il à trois reprises en observant du coin de l'œil les fripes que Jeanne avait entassées sur le tabouret du cabinet de consultation.

Visiblement, il n'avait pas cru un mot de son histoire d'accident. Sans doute la prenait-il pour une marginale passée à tabac par un dealer. Elle lui signa un chèque qu'il accepta en faisant la grimace. Elle éprouva le besoin de se justifier à nouveau, de montrer ses papiers. Elle devenait trop véhémente. Elle en eut conscience et se dépêcha de prendre congé.

Il était tard. Elle ne trouva aucun magasin susceptible de lui vendre des habits décents. De plus, elle était épuisée. Elle retira de l'argent à un distributeur et s'engouffra dans un hôtel où on lui demanda de régler la note d'avance. Dans la chambre, elle faillit appeler Georges, son rédacteur en chef, pour lui dire qu'elle acceptait de revenir, qu'elle laissait tomber ce reportage idiot dont il n'y avait rien à tirer. Mais ç'aurait été faux. Ce n'était pas un reportage idiot. Tout prouvait le contraire. On avait essayé de l'effrayer, on lui avait tendu un piège sur le toit. On…

Qui se cachait derrière ce « on » ? Un fantôme ? un assassin retranché dans une chambre secrète ?

Elle avait fait rater un scoop, soit, mais elle pouvait mettre la main sur un scoop plus explosif encore ! Si elle réussissait, elle pourrait rentrer la tête haute, victorieuse, et non comme une courtisane en disgrâce qu'on tolère pourvu qu'elle soit bien docile. Elle devait continuer jusqu'au bout.

Elle se dévêtit et s'allongea sur les draps. Du bout des doigts, elle enduisit ses coupures au moyen de la pommade que lui avait donnée le médecin. C'était douloureux.

« Il faudrait peut-être poser quelques agrafes, avait grogné le toubib, mais ça laissera des traces. Évitez de bouger, ça devrait cicatriser tout seul. » Fiévreuse, elle laissa tomber sa tête sur l'oreiller. Il lui faudrait retourner sur le toit, la solution était là quelque part sous ses yeux. Une entrée ? Un passage ? Un grenier auquel on ne pouvait accéder que de l'extérieur ? Il y aurait sans doute d'autres pièges, elle devrait se montrer prudente. Malestrazza ne se laisserait pas débusquer comme un lièvre apeuré. Acculé dans ses derniers retranchements, il montrerait les dents et passerait à l'attaque. Elle remua ces idées un long moment puis finit par s'endormir, le visage en feu.

6

Le lendemain, elle se rendit dans la boutique de sport où elle était déjà allée s'équiper une première fois et acheta un rouleau de corde d'alpinisme, des crochets, des pitons, un piolet, une paire de jumelles… Un attirail extravagant dont elle eut un peu honte au fur et à mesure qu'il s'entassa devant elle. Au moment de passer à la caisse, elle fit un détour par le rayon camping et prit un poignard de chasse à lame dentelée. Aussi rébarbatif qu'inutile. Elle soupesa l'arme, en caressa le fil du bout du doigt, en se disant que jamais, au grand jamais, elle n'aurait le cran de planter cet outil de mort dans la chair d'un agresseur. La seule idée du fer se taillant un chemin au sein d'un abîme de viscosités internes lui mettait le cœur au bord des lèvres. Elle l'acheta cependant, comme un fétiche dont la seule présence suffirait à éloigner les forces du mal.

Elle avait décidé d'agir seule, sans le secours de Mathias. Cette fois, elle se hissa sur le toit, harnachée comme une grimpeuse. Par instants, elle se sentait ridicule ; à d'autres, elle se répétait qu'elle n'avait pas encore pris assez de précautions. Au sommet de l'immeuble, le vent soufflait avec violence, faisant plier les antennes de télévision. Jeanne, émergeant de la lucarne, fut repoussée par cette masse élastique qui la suffoqua. Elle eut l'illusion qu'on pesait sur sa tête pour la contraindre à redescendre, pour la renvoyer d'où elle venait. Elle voulut ne pas tenir compte de ce mauvais présage et s'agenouilla sur la pente de zinc, les dents serrées. Tout de suite, elle s'assura au moyen d'une corde nouée autour d'une cheminée. Ainsi, si elle venait à glisser, le filin arrêterait sa chute au ras de la gouttière et elle pourrait remonter sans mal. Elle avança avec une grande prudence, inspectant méticuleusement le sol. À la hauteur de la cabane de Pierrot, elle retrouva le fil de fer qui lui avait scié les tibias, lui faisant perdre l'équilibre. Le piège était toujours en place, tendu entre deux cheminées, à vingt centimètres au-dessus des ardoises. Souillé de suie et de carbone, il n'accrochait aucun reflet et se confondait avec l'environnement. Elle l'enjamba. Sans doute l'enlevait-on quand passaient les ramoneurs, pour se dépêcher de le réinstaller sitôt qu'ils étaient partis ? Mais les ramoneurs venaient-ils encore visiter la maison Malestrazza ? Non, c'était peu vraisemblable.

Elle consulta le plan tracé lors de sa précédente incursion. En revenant de la boutique de sport, elle avait passé deux heures à éplucher l'historique de la copropriété. Elle savait maintenant que les minuscules courettes étaient en fait les couloirs verticaux qu'empruntaient les canalisations des sanitaires d'étage, les tuyaux d'alimentation d'eau, et parfois même les cheminées de certains appartements. Ce fouillis de tubulures tapissait les parois de ces puits aveugles sur lesquels n'ouvrait pas, la plupart du temps, une seule lucarne. Jeanne progressait avec prudence, d'un puits à l'autre, s'agenouillant chaque fois au bord de la fosse pour en examiner le fond à l'aide de ses jumelles. À vrai dire, elle ne voyait pas grand-chose : des parois gainées par un velours de suie, des canalisations rouillées dont les colliers de fixation avaient tendance à se détacher, des pans de crépi écaillé. La nuit s'attardait au fond des trous, une nuit rebelle à la présence du soleil et qui semblait recroquevillée tel un soldat au fond d'une tranchée, attendant de remonter à l'assaut. Les fosses, elles, se révélaient profondes comme des cages d'ascenseur, huit étages de ténèbres et de saleté où voletaient des oiseaux inidentifiables. Jeanne, couchée au bord du gouffre, éprouvait chaque fois un léger malaise au moment de plonger son regard dans l'inconnu. Une voix lui soufflait que quelque chose allait sortir de la nuit : une bête, un être qui vivait là, agrippé aux canalisations à l'insu de tous, tel un démon fossile oublié dans une fissure de la croûte terrestre. À la seconde où cette image se forma dans son esprit, elle se jugea ridicule mais, malgré ce rappel à l'ordre, l'angoisse demeura en elle, insensible aux arguments rationnels.

De petits gouffres, oui… parfaitement délimités, des couloirs de descente en brique rouge, dont le fond devait être encombré d'une quantité de détritus : des pigeons morts, des chats déséquilibrés par la bourrasque…

« Si tu tombais, pensa-t-elle soudain, personne n'irait te chercher là-dedans. Il pourrait se passer des années avant qu'on ne découvre ton cadavre. »

Ce n'était pas une perspective très réjouissante. Elle se redressa, après avoir jeté un coup d'œil nerveux par-dessus son épaule. Elle visita ainsi quatre cheminées, toutes tapissées de tuyaux rouillés. Bien sûr, pour s'assurer qu'aucun passager clandestin ne s'y cachait, il aurait fallu y descendre, mais elle ne s'en sentait pas le courage. Elle était déçue, quelque chose lui soufflait que ces trous étaient vides, sans intérêt, tout au plus aurait-elle dérangé des nichées de rats. Comme elle hésitait sur la conduite à tenir, elle faillit buter sur un nouveau piège. Un fil tendu à hauteur de genou, un fil acéré, choisi pour entailler la chair. Son cœur battit plus vite. Les mains tendues, elle avança, courbée, les yeux balayant le paysage. Apparemment, cette portion de toit n'avait pourtant rien de particulier. Aucune lucarne n'y ouvrait, et des pentes de zinc abruptes en défendaient l'accès. On ne pouvait guère avancer qu'en suivant un chemin étroit, balayé par le vent. À cet endroit, on dominait le vide sans pouvoir s'appuyer au moindre garde-fou. Continuer dans cette direction, c'était jouer les funambules, courir le risque de succomber au vertige ou d'être déséquilibré par une bourrasque. Jeanne transpirait à grosses gouttes. Elle s'assura en nouant une autre section de corde autour d'une cheminée. Une boule s'était formée au creux de son estomac. Elle fit un pas, puis deux, s'engageant sur l'étroit chemin de zinc. Si elle basculait à gauche, elle tomberait droit dans la rue, défonçant le capot d'une voiture ; si elle basculait à droite, elle exploserait sur le pavé de la cour. Elle s'immobilisa au bout du chemin. Un nouveau fil de fer barrait le passage, indiscernable, tendu à hauteur de cheville, placé là pour surprendre l'imprudent qui, reprenant enfin pied sur la plaine d'ardoise, se croyait déjà sauvé. On avait piégé l'endroit avec une grande méticulosité, transformant cette partie du toit en un véritable champ de mines. Jeanne s'agenouilla ; sous ses vêtements, elle ruisselait de sueur. Elle avait la bouche sèche et regrettait de ne pas avoir pensé à emmener une gourde. Comme elle se redressait, elle eut un hoquet de surprise. Elle était tout à coup au bord d'un nouvel abîme. Une cour carrée de six mètres sur cinq, disposée de telle manière qu'on ne pouvait l'apercevoir d'aucun point du toit. Un nouveau couloir de descente, moins étroit que les autres, et situé dans un angle mort qui le garantissait de la curiosité d'éventuels observateurs. Elle éprouva des picotements au bout des doigts. Cette fois, la fosse rectangulaire ne contenait aucun tuyau, aucune canalisation. Sans apparente vocation utilitaire, ce n'était qu'un trou de brique d'une profondeur de huit étages, et que ne perçait aucune ouverture. Jeanne s'allongea au bord de l'abîme, les jumelles rivées aux yeux. Elle ne distingua que des parois lisses, sans échelle, sans colonne d'écoulement. Des murailles aveugles qui plongeaient à pic pour se perdre dans la pénombre. Le soleil ne pénétrait pas dans la fosse en deçà du quatrième étage. Au-dessous de cette ultime zone de lumière, régnait par contraste une obscurité dense qui dissimulait le fond du trou.

Jeanne jura. La réfraction du soleil sur la brique décolorée, pâlie, l'éblouissait, l'empêchant de discerner les contours du rez-de-chaussée. Au bout d'un long moment, elle crut voir bouger quelque chose… *peut-être une silhouette qui courut se cacher.* Elle releva la tête, écarta les jumelles de son visage. Elle avait tant scruté l'abîme que tout paraissait flou autour d'elle.

« Il n'y avait rien, pensa-t-elle pour essayer de combattre la formidable excitation qui s'emparait d'elle. C'était juste une illusion d'optique, un phosphène… »

Avec le pouce et l'index, elle se massa les globes oculaires. Mais elle savait d'ores et déjà qu'elle avait raison. La cour secrète, protégée des regards, ne servait à rien. Entourée de pièges, elle cachait le secret de l'immeuble. C'était probablement la cachette de Beppo Malestrazza, c'était par là qu'il sortait la nuit et…

Mais non, c'était ridicule ! Il n'y avait pas d'échelons le long des parois ; de plus, comment un vieillard de soixante-dix ans aurait-il eu la force de s'élever à la force des bras sur une hauteur de huit étages ? Cela ne tenait pas debout. Il y avait forcément une autre explication.

À quatre pattes, elle entreprit de faire le tour de la fosse. Six mètres sur cinq, c'était petit, trente mètres carrés de surface au sol, la taille d'un studio d'étudiant, un studio dont les murs auraient plafonné à vingt-cinq mètres au-dessus de la tête de son occupant. Un cauchemar, un véritable cauchemar de claustrophobe. Habiter tout en bas, ç'aurait été comme de loger au fond de la grande cheminée d'un paquebot. Une épouvante.

Il lui fallut peu de temps pour découvrir ce qu'elle cherchait : une potence fixée au bord du vide, une petite potence munie d'une poulie. À côté était posé un rouleau de cordage huilé. Trente mètres d'un filin qui se terminait par un gros anneau. La ficelle n'était pas très solide, et en aucun cas elle n'aurait été en mesure de supporter le poids d'un corps. Tout juste pouvait-elle servir à descendre des charges n'excédant pas deux ou trois kilos. Jeanne ne parvenait pas à comprendre la fonction d'un tel dispositif.

Elle reprit ses jumelles et examina une dernière fois le fond, sans plus de succès. Il aurait fallu un puissant projecteur pour percer la pénombre, ou une fusée éclairante. Elle resta un long moment, les yeux rivés aux oculaires, mais aucune silhouette ne vint plus brasser les ténèbres. Elle décida qu'elle avait pris assez de risques ; elle devait redescendre. Elle regagna la lucarne en s'appliquant à ne rien perdre de sa concentration. Durant tout le trajet qui la ramena vers le vasistas, elle s'attendit à tomber dans un piège qu'elle n'aurait pas su détecter au premier passage, et c'est avec un soupir de soulagement qu'elle se laissa tomber sur le plancher du huitième étage.

Son premier réflexe fut de courir chez Mathias. Elle haletait, et l'excitation rendait son récit difficilement compréhensible. L'ancien scaphandrier l'observait en fronçant les sourcils, affichant sa désapprobation.

– Tu y es retournée ! s'emporta-t-il. Je t'avais pourtant dit…

Mais elle ne le laissa pas continuer. Elle n'était pas de ces filles qui obtempèrent aux aboiements du mâle. Il n'avait pas à lui dicter sa conduite. Elle était une professionnelle, elle faisait son métier.

– Il y a quelque chose en bas ! martela-t-elle. Il faut descendre. J'ai besoin que quelqu'un me seconde. Quelqu'un qui resterait en haut pour surveiller la corde, quelqu'un qui pourrait me hisser en catastrophe au cas où les choses tourneraient mal, quelqu'un…

Elle avait glissé une note de supplication dans le dernier mot. Mathias eut un geste de capitulation colérique.

– Tu es folle, aboya-t-il. Et si c'est Malestrazza, là, en bas… comme un loup au fond d'une fosse ? Tu vas aller lui tendre la main ?

– Mais cet homme, c'est une légende ! s'emporta Jeanne. Enfin, tu ne comprends pas, c'est comme si on découvrait enfin le monstre du loch Ness !

Ils s'invectivèrent longtemps, hurlant des ordres ou marmonnant des supplications inquiètes.

– Tu es folle, raide dingue, capitula Mathias au bout d'une demi-heure. Tu veux que je grimpe avec toi, que j'installe un palan et que je surveille ta descente ?

– Oui, souffla Jeanne, que l'affrontement avait épuisée. Je ne descendrai pas jusqu'au fond. Il faut simplement que je passe au-dessous de la zone de lumière découpée par le soleil. Il y a quatre étages éclairés, et quatre étages baignant dans la nuit complète, tu comprends ? Il faut que je plonge dans cette nuit. Tu dois comprendre cela, toi, un ancien scaphandrier.

Mathias se passa la main sur le visage, caressant la cicatrice qui coupait son crâne en deux.

– Une plongée, soupira-t-il... Une plongée, c'est toujours dangereux.

– Tu m'aideras ? interrogea-t-elle.

– Je t'aiderai, murmura le marin. Mais c'est une erreur.

Ils passèrent la nuit ensemble, silencieusement, dans les bras l'un de l'autre, sans faire l'amour. Ce fut une curieuse nuit. « Une veillée d'armes », songea

Jeanne en voyant poindre les premières lueurs de l'aube.

Mathias tenta une nouvelle fois de la raisonner. Tandis qu'il préparait du café, il lui fit valoir qu'en explorant le rez-de-chaussée ils finiraient bien par découvrir l'entrée de cette cour mystérieuse.

– Ça nous prendra des jours et des jours, rétorqua la jeune femme. S'il s'agit d'un passage secret, nous sommes même fichus de ne jamais le trouver. En passant par le toit, on y sera tout de suite.

Mathias fit la grimace.

– J'ai un mauvais pressentiment, avoua-t-il. Comme le jour où cette poutrelle a failli écraser mon casque. Quelque chose me dit qu'on fait une bêtise.

Mais Jeanne haussa les épaules, et s'habilla. Mathias l'imita en maugréant, puis il extirpa du capharnaüm de son appartement un treuil portatif, un harnais, et assez de corde pour descendre au centre des catacombes. Jeanne lui caressa la joue qu'il avait râpeuse.

– Ne t'en fais pas, murmura-t-elle, ce n'est pas toi qui plonges, c'est moi. Tu me descendras très lentement ; au moindre danger, je crierai, et tu me remonteras.

Ils gagnèrent le toit en silence, Mathias portant le treuil sur son épaule. Il faisait presque froid au milieu des cheminées, et la rosée rendait les ardoises glissantes. L'ancien scaphandrier fut impressionné par les câbles tendus au ras du sol, là où on les remarquait le moins. Incrédule, il toucha chaque corde à piano, comme s'il avait du mal à se convaincre de la réalité de la chose. Jeanne comprit qu'il ne l'avait crue qu'à demi lorsqu'elle lui avait affirmé avoir été victime d'un piège. Dans la lumière du matin, avec ses joues hérissées de barbe blanche, les poches molles soulignant ses yeux, il avait l'air encore plus vieux que d'habitude, et la jeune femme éprouva un certain remords de l'avoir entraîné dans cette histoire. Elle eut envie de lui dire de rentrer pendant qu'il en était encore temps, mais ç'aurait été l'humilier. « Il ne me sera d'aucune utilité, pensa-t-elle cruellement. S'il m'arrive malheur, il sera pris de panique et fichera le camp. Depuis son accident, il n'a plus de tripes. »

Sa propre trivialité l'effraya. Mais elle devinait qu'elle avait raison. Mathias n'était plus capable que de fumer, étendu sur un matelas, en regardant le plafond.

Ils reprirent leur marche, empruntèrent l'étroit chemin qui menait au bord de la cour cachée. À cette heure matinale, le soleil en éclairait le mur nord, presque jusqu'en bas. Pendant que Mathias installait le treuil contre une cheminée, Jeanne essaya encore une fois de distinguer le fond à l'aide des jumelles. Mais le mur ensoleillé l'éblouissait, l'aveuglant tel un miroir. Mathias vint la rejoindre et boucla le harnais autour de son corps.

– Je vais te descendre à la manivelle, expliqua-t-il, lentement, cinquante centimètres par seconde. Dès que tu te seras enfoncée dans la zone d'obscurité, je marquerai une pause pour que tes yeux s'habituent. Au moindre signe suspect, hurle…

Il vérifia les boucles des harnais et l'étreignit gauchement. Jeanne esquissa un sourire confiant et s'assit au bord du toit, les jambes dans le vide. En contemplant l'abîme qui s'ouvrait sous elle, elle sentit son estomac chavirer mais se ressaisit. Le manche du couteau de chasse faisait une bosse dure contre ses reins. « Je ne pars pas sans biscuits », se dit-elle, parodiant les dialogues des films d'aventure. Elle enroula la courroie de la torche électrique autour de son poignet tandis que Mathias manœuvrait la manivelle du treuil pour tendre la corde reliée au harnais.

– C'est prêt, souffla-t-il, tu peux y aller. Sers-toi de tes pieds pour prendre appui sur le mur.

Il avait la voix sourde, pleine d'inquiétude. Jeanne l'embrassa et se laissa glisser dans le vide. Elle eut une bouffée de vertige au moment où ses fesses quittèrent l'appui du toit. Désormais, elle pendait dans les airs à trente mètres au-dessus d'un sol dont elle ne distinguait pas le premier pavé. Une sueur glacée lui mouilla les tempes, et elle faillit crier d'une voix de petite fille : « Mathias, s'il te plaît, remonte-moi ! » mais elle serra les dents et posa ses semelles sur le mur de brique qui lui faisait face. Le cliquetis du treuil retentit au-dessus de sa tête, et elle commença à descendre. Elle réalisa qu'une fois dans le trou la luminosité du dehors s'affaiblissait considérablement. De plus, le mur ensoleillé, en l'éblouissant, lui rendait par contraste la pénombre encore plus dense. Elle continua à marcher à la verticale, descendant à reculons vers le fond de l'abîme.

Elle se demanda pourquoi elle s'obstinait à employer des mots comme « gouffre », « abîme », « fosse » alors qu'il s'agissait d'une simple cour d'immeuble. Une cour minuscule, étroite, étouffante, mais une cour tout de même… Pourquoi éprouvait-elle le besoin de dramatiser son exploration ? Par déformation professionnelle ? Oui, ce devait être ça. Elle pensait comme elle écrivait, et elle savait bien que cette descente constituerait l'un des morceaux de bravoure de son manuscrit.

Le treuil cliquetait, lointain comme une pendule. Son grignotement s'affaiblissait déjà. Jeanne releva la tête. Six ou sept mètres la séparaient du toit. Elle trouva que c'était déjà beaucoup. La pénombre du puits se refermait sur elle. Elle percevait maintenant des odeurs de suie, de crasse, de fermentation. L'obscurité devenait de plus en plus épaisse. Désormais le cliquetis du treuil n'était plus perceptible, et le carré de ciel rétrécissait au-dessus de sa tête. Elle s'imagina dans la peau d'un scaphandrier descendant vers le fond dans son costume alourdi de plombs et de gueuses. Elle eut un début de suffocation et posa ses mains à plat sur la muraille dans l'espoir de ralentir sa descente mais la corde continuait à filer. Elle devait être à présent à mi-course, là où la lumière du jour mourait. Elle s'injuria. Pourquoi n'avait-elle pas daigné attendre midi ? Le soleil au zénith aurait alors éclairé le fond de la fosse, lui révélant ce qui s'y cachait. Oui, ç'aurait été astucieux, mais elle n'avait pas eu la patience de différer le moment de passer à l'action. La curiosité l'avait fait précipiter le cours des événements. Cette foutue curiosité qui la jetait toujours en avant et la faisait souvent parler sans réfléchir. À la hauteur du quatrième étage, elle eut la sensation que ses jambes s'enfonçaient dans une eau noire. L'eau polluée d'un marigot. Elle frissonna, alluma la torche dont le halo était bien trop faible pour éclairer le sol. « Tu vas te noyer, pensa-t-elle sottement. Tu t'enfonces au cœur du lac noir et tu n'as même pas de scaphandre. »

Une odeur de moisissure la submergea. Elle était trop bas pour percevoir encore le souffle du vent. La cheminée empestait le vieux chiffon. Une fragrance sucrée, douceâtre de saleté humaine. Elle renifla. La locution *saleté humaine* s'accrochait à son cerveau, allumant un début de panique en elle. Cette puanteur de clochard accréditait la présence d'un passager clandestin. Il y avait donc quelqu'un, là, sous ses pieds ?

Mathias avait bloqué le treuil pour lui donner le temps d'évaluer ce qui l'attendait en bas. Elle estima qu'elle se balançait au niveau du troisième étage, à une dizaine de mètres du sol. Lentement, ses yeux s'habituaient à la pénombre. Elle agita sa torche comme si elle cherchait à effrayer des animaux voletant entre les murailles.

« Maintenant, quelque chose va surgir d'en bas, pensa-t-elle, quelque chose qui t'attrapera par les pieds et t'entraînera au fond, quelque chose… »

Mais elle ne vit rien d'inquiétant au-dessous d'elle. Une étrange petite baraque occupait la moitié de l'espace. Une sorte de bicoque constituée de planches et de cartons, comme on peut en voir dans les bidonvilles. Cela tenait de la cabane de chiffonnier et de l'abri de clochard, et ne devait pas mesurer plus de trois mètres sur trois. « Une guérite », pensa-t-elle, décontenancée. Elle s'était attendue à découvrir une porte de fer cloutée, défendue par des molosses à deux têtes bavant une écume rouge sang, et voilà qu'elle tombait sur une cabane de chiffonnier. Elle promena le halo de sa lampe sur la minuscule bâtisse. Les planches inégales, récupérées ici et là, avaient été assemblées avec un savoir-faire indiscutable. Un bout de tuyau cabossé crevait le toit de tôle ondulée, faisant office de cheminée.

Une cabane… une simple cabane…

Perplexe, Jeanne releva la tête pour crier à Mathias de débloquer le treuil mais elle demeura la bouche ouverte, muette de stupeur. Un combat confus se déroulait au bord du toit, à vingt mètres au-dessus d'elle. Les yeux écarquillés, elle distingua deux ombres qui s'empoignaient, puis elle vit l'épaisse silhouette de Mathias qui reculait dangereusement vers le bord du toit, hésitait au bord du vide en battant des bras…

Jeanne hurla. Hélas ! le puits d'ombre retenait les sons, les étouffant sitôt émis.

– Mathias ! vociféra-t-elle en martelant la paroi de brique de ses deux poings. Mathias !

Mais déjà la lourde silhouette du scaphandrier plongeait dans le vide, les membres écartés, gesticulant pour ralentir sa chute. Jeanne plaqua ses mains contre ses oreilles pour ne pas entendre le bruit de l'écrasement. Un cri uniforme sortait de sa bouche, couvrant celui de Mathias. La chute ne dura qu'une brève seconde, mais la jeune femme eut l'impression de suivre l'une de ces scènes au ralenti dont le cinéma est si prodigue.

Mathias heurta le mur à la hauteur du cinquième étage, et ce rebond, en le déviant de sa trajectoire initiale, l'empêcha de heurter Jeanne, toujours suspendue au bout de sa corde, le dos contre la muraille.

Au moment où la grande ombre passait devant elle, la jeune femme ferma les yeux. Tout de suite après, elle sentit aux frémissements qui couraient le long du filin que quelqu'un était occupé à le scier, *là-haut*… Quelqu'un qui, prenant Mathias par surprise, l'avait poussé dans le vide au moment où il s'avançait au bord du toit pour voir si la descente se déroulait bien. *Quelqu'un...*

Jeanne cramponna la corde à deux mains. Dans un réflexe puéril, elle essaya de se hisser le long de la paroi, mais elle n'avait pas assez de force dans les bras. Le crissement de la lame cisaillant la corde se répercuta dans ses paumes. Elle hurla encore, supplia... Subitement, elle sentit qu'elle tombait, et le contenu de son estomac lui remonta dans la gorge. Ce fut une impression effrayante. Le temps de toucher le sol, elle perdit le contrôle de ses sphincters. Le choc se répercuta dans sa colonne vertébrale, et il lui sembla que sa boîte crânienne volait en éclats.

Alors qu'elle basculait dans l'inconscience, une voix intérieure lui murmura : « Il n'y avait que dix mètres, tu peux t'en tirer... Dix mètres, ce n'est pas le diable, tu peux t'en tirer, tu le peux... »

Un tourbillon l'aspira, une spirale rouge dont le maelström éparpillait les os de son squelette.

« Je suis en miettes, se dit-elle en glissant dans le néant. En miettes. »

Une odeur de crasse la submergea, tandis qu'une forme se penchait sur elle. Une forme humaine vêtue de haillons.

7

Elle avait mal. Une douleur sourde s'élevait en vrille depuis chacun de ses talons jusqu'en haut de ses cuisses. La souffrance avait d'abord alimenté des rêves de tortures et d'inquisition. Elle s'était vue, soumise au supplice des brodequins, la chair de ses mollets vomissant sa pulpe sous l'action des coins de bois enfoncés par les bourreaux. Puis le cauchemar s'était dilué et elle avait fait surface. Elle avait alors gardé les paupières baissées pour ne pas trahir son réveil, s'appliquant à explorer le monde qui l'entourait par l'ouïe, l'odorat, le toucher.

Elle sut tout de suite qu'elle n'était pas seule car quelqu'un respirait à son chevet. L'odeur de crasse et de tissu moisi qu'elle avait déjà perçue au cours de la descente la submergea, et elle dut faire un effort pour ne pas grimacer. Elle réalisa qu'elle était nue, allongée sur une paillasse humide, une couverture de laine tirée jusqu'au menton.

– Ouvrez donc les yeux, dit une voix rocailleuse au-dessus d'elle. Je sais que vous êtes réveillée, votre respiration a changé de rythme.

Jeanne obéit, prise en faute comme une gamine qui vient de tacher sa robe. Elle éprouva un choc en découvrant l'homme qui se tenait assis à la tête du lit. C'était Beppo Malestrazza. Un Malestrazza semblable à l'image du tableau surréaliste qu'elle avait volé dans le placard du sixième étage, mais dont la barbe et les cheveux étaient devenus blancs.

« Il ressemble au Père Noël », se surprit-elle à penser. Un Père Noël massif, courtaud, aux grosses mains d'étrangleur. Elle demeura là, idiote, remâchant cette association d'idées incongrues tandis que quelque chose montait en tournoyant du fond de sa conscience. Quelque chose d'important, quelque chose de terrible mais qu'elle ne savait encore nommer. Soudain, les brumes voilant son esprit se déchirèrent et un nom explosa, douloureux : *Mathias*. Malestrazza le lut sur ses lèvres avant même qu'elle ait le temps de le prononcer.

– Il est mort, dit-il d'une voix atone. Personne ne peut survivre à une chute de quarante mètres.

– Vous l'avez tué ! haleta Jeanne, vous l'avez poussé dans le vide.

Malestrazza émit un rire asthmatique. Ses bronches sifflèrent.

– Vous savez bien que ce n'est pas moi, énonça-t-il d'un ton tranquille. Je suis comme vous, une victime.

La jeune femme se redressa sur un coude, examinant le décor de la minuscule cabane. C'était une guérite rafistolée avec les moyens du bord, une maison comme les enfants aiment en accrocher aux branches des arbres à la campagne. Un placard exigu où s'entassaient pêle-mêle un vieux poêle Godin, une table de camping rouillée, une lampe tempête, des piles de livres et de revues patinés par l'usage. Sur le sol reposaient une cuvette, un broc émaillé et un gros savon de Marseille auquel s'accrochait encore un peu de mousse.

– J'ai lavé vos vêtements, expliqua Beppo Malestrazza. Vous vous étiez souillée en tombant. La peur, je suppose. La peur fait souvent cet effet-là, j'ai pu m'en rendre compte.

Jeanne rougit. Ainsi le vieux fou l'avait déshabillée, nettoyée comme un bébé ; puis il avait fait sa petite lessive, en bonne ménagère.

– Mathias…, dit-elle dans un souffle, où est-il ?

– Je l'ai enterré. Il n'était pas beau à voir.

– Vous l'avez enterré ?

– Oui, j'ai fabriqué une pelle. Sous les pavés de la cour on trouve de la terre, une terre un peu grasse, argileuse. Il ne pourrira pas si cela peut vous consoler.

– Je veux sortir d'ici, hoqueta Jeanne, laissez-moi partir, je ne dirai rien à personne.

Malestrazza fit une nouvelle fois entendre son rire triste.

– *Mais allez-y !* dit-il en écartant les bras. Je ne vous retiens pas, vos vêtements sont là. Je vais me tourner pendant que vous les enfilez.

Il fit comme il l'avait annoncé, avec une emphase théâtrale plutôt comique. Jeanne écarta la couverture. Au moment où elle posait les pieds sur le sol, elle éprouva une douleur à la cheville.

– Je ne peux pas marcher, bégaya-t-elle.

– Mais si, assura Malestrazza, bonasse. Vous n'avez rien de cassé, des tendons déchirés peut-être, ça n'a jamais tué personne.

Elle se vêtit comme elle put, voulut se lever et tomba sur les genoux. Gémissant de souffrance, elle continua à quatre pattes vers la porte de la cabane. Malestrazza n'esquissa pas un geste pour la retenir. Dès qu'elle fut dehors, elle se traîna sur le périmètre de la cour, longeant les murs abrupts dépourvus d'ouverture. Il n'y avait pas de porte, rien que des briques, *partout.* À bout de souffle, elle se laissa choir sur le flanc. Ses paumes malmenées saignaient. Elle entendait son cœur battre dans ses oreilles comme si tout le sang charrié par ses veines se ruait en grondant dans son cerveau. Elle suffoqua. Malestrazza ouvrit la porte de la casemate et s'avança en boitillant. Il était vêtu de hardes reprisées, tel un naufragé qui s'efforce de faire durer ses vêtements depuis une décennie.

– Alors ? dit-il. Vous n'avez pas trouvé la sortie ?

Il la considérait, goguenard, avec sa barbe argentée qui lui donnait l'air d'un Méphisto sénile.

– Elle est là-haut, la sortie, fit-il en pointant l'index vers le ciel. Il n'en existe pas d'autre, du moins plus maintenant.

Lourdement, il s'avança vers l'une des parois dont il caressa les briques.

– Là, expliqua-t-il, il y a dix-sept ans, s'ouvrait un passage secret, mais on l'a muré à mon insu. Maintenant, c'est un mur comme les autres.

Se retournant vers la jeune femme, il martela d'une voix presque menaçante :

– Vous comprenez ce que j'essaie de vous expliquer ? *Je suis prisonnier,* vous êtes prisonnière… Cette cour est une geôle.

Jeanne secoua la tête. Au milieu des pavés disjoints, elle venait de repérer un rectangle de terre nue fraîchement dégagé. Une pelle y était encore plantée à la verticale, telle une croix dérisoire.

– Mathias, gémit-elle en levant ses mains blessées.

– Oui, confirma Malestrazza, c'est là qu'il est. Arrêtez de pleurnicher. C'est vous qui l'avez entraîné dans cette affaire, n'est-ce pas ? Ici, il faut être réaliste et efficace. Vous ne pensiez pas que j'allais le laisser se décomposer au milieu de la cour ? J'ai fait avec lui comme je fais d'ordinaire avec les chats qui tombent du haut du toit, déséquilibrés par un coup de vent. Il faut préserver un minimum d'hygiène, si nous ne voulons pas crever de septicémie.

Il se caressa les reins, en arthritique qui hésite à bouger, et désigna un robinet de cuivre sortant du mur, de l'autre côté de la courette.

– Le point d'eau, dit-il. Le seul du pays. Il est soumis aux fluctuations d'humeur de nos geôliers. Certains jours il coule, d'autres non.

Jeanne l'écoutait sans parvenir à se persuader de la réalité de ce qu'elle entendait. Sans doute était-elle encore endormie ? Sans doute rêvait-elle ?

– Je vous explique les règles de base, grogna le vieillard. Faites donc un effort pour les retenir. Votre présence va tout compliquer maintenant. Je ne sais pas si je dois m'en réjouir. Bien sûr, nous pourrons parler, cela fera passer le temps, mais je parie que vous serez incapable de supporter la claustration plus de trois mois. Un beau matin, je vous retrouverai les poignets cisaillés, suicidée au milieu de la cour… Oui, cela finira sûrement comme ça. Vous n'aurez pas la force de tenir. Ah ! j'aurais préféré qu'on m'envoie un homme. Les hommes sont toujours de meilleurs compagnons de cellule.

Tandis qu'il énonçait cette sentence, il examinait Jeanne en faisant la moue, comme s'il supputait ses chances de survie.

– *Là,* dit-il avec l'autorité d'un moniteur de camp de vacances. Là, ce coin est réservé aux besoins naturels. Je récupère les excréments pour fertiliser mon petit jardin. Vous voyez, *ici*...

Il désigna une étroite bande de terre le long de la paroi sud. Une sorte de sillon qui longeait le mur, là où il avait arraché les pavés. Des pousses inidentifiables, maigrelettes, sortaient timidement de cet humus argileux.

– Je récupère tous les pépins de mon repas, dit-il en souriant, et je les plante. À midi, le soleil descend assez bas pour assurer un ensoleillement minimal. Parfois les graines germent. C'est pour ça que j'ai besoin de fumier. L'année dernière, j'ai réussi à faire pousser quelques pommes de terre. Vous ne vous rendez pas compte, mais c'est important, trois pommes de terre, ça occupe l'estomac et l'esprit.

Jeanne le regardait gesticuler. Dans son crâne une voix répétait les mêmes mots « C'est-un-fou-c'est-un-fou-c'est-un-fou… »

Elle reprit sa reptation. Les douleurs explosèrent dans ses chevilles. Ses jambes étaient marbrées d'hématomes et ses pieds enflés.

– Vous vous êtes peut-être fêlé le calcanéum, supputa Malestrazza. Vous êtes tombée de dix mètres et vous avez rebondi sur le cadavre de votre ami, je pense que c'est ça qui vous a sauvée, cette espèce de matelas humain.

Il paraissait trouver la chose cocasse.

– Bien sûr, dit-il rêveusement, à deux nous aurons beaucoup plus d'excréments, mais n'espérez pas que je partage avec vous les productions du petit jardin. Je suis là depuis bien plus longtemps que vous, et l'idée m'appartient. Je vous accorderai… une part. Oui, une part à ma convenance. De toute manière, rien n'a poussé depuis longtemps.

Jeanne avait envie de se boucher les oreilles. Son regard ricochait d'un mur à l'autre, cherchant une ouverture. Ce n'était pas possible, elle ne pouvait pas être si complètement prisonnière du puits ? Il y avait sans doute un moyen de s'échapper. Le vieux dingue racontait le contraire pour lui faire peur, pour la torturer.

– N'essayez pas de vous rassurer, coupa Malestrazza comme s'il lisait dans ses pensées. Vous êtes bel et bien emmurée, comme moi. Le seul passage existant a été bouché. C'était un couloir secret de trois mètres de profondeur, nos geôliers l'ont rempli de briques.

– Nos geôliers... hasarda Jeanne, de qui parlez-vous ?

Mais Beppo Malestrazza ne l'écoutait pas. Reprenant le fil de son discours maniaque, il lui vantait de nouveau les mérites du petit jardin. Tirant un carnet de la poche de sa veste loqueteuse, il entreprit de lui détailler, année par année, les performances obtenues grâce aux périodes d'ensoleillement minimal et à l'usage systématique d'engrais fécal humain.

– Il y a cinq ans, j'ai vu se former ma première pomme de terre, dit-il d'une voix qui tremblait d'émotion. Vous ne pouvez pas savoir comme ça m'a bouleversé. C'était une victoire. L'année dernière…

Jeanne n'osait l'interrompre. Elle le regardait, dans son costume gris à fines rayures blanches. Un costume de qualité qui n'était plus qu'une loque ravaudée à la diable. La cravate, ficelle huileuse, entourait le col d'une chemise trouée. Seuls les souliers étaient encore à peu près présentables. La jeune femme se demanda si – malgré sa dégaine – Beppo Malestrazza ne s'était pas « habillé » pour lui faire honneur et si, le reste du temps, il ne vivait pas enveloppé dans une couverture crasseuse, Diogène des profondeurs aux occupations maniaques.

– La nourriture sera notre plus grand problème, marmonna-t-il, car je ne pense pas qu'ils vont augmenter les rations. Vous êtes jeune et vous êtes grasse, je vous ai examinée pendant que vous étiez nue. Vous avez de la réserve, de petits bourrelets, là et là… Un peu de gras au-dessous du nombril et sur les hanches. Ce n'est pas un reproche esthétique, les hommes aiment ça. Vous supporterez très bien le jeûne. Moi, mon âge ne me permet pas les privations. Vous mangerez après moi, *ce que je vous laisserai.* C'est bien compris ?

Il fit quelques pas en grommelant et en agitant les bras à la manière des vieillards qui ont pris l'habitude de parler tout seuls. Malgré son imposante carrure, il était voûté et les tremblements de son menton trahissaient un début de Parkinson.

– Ah ! dit-il avec une soudaine véhémence, j'espère que vous n'êtes pas trop bavarde. J'aime bien raconter mais j'ai horreur d'écouter. Et ne me posez pas de questions. J'ai l'habitude de faire les demandes et les réponses. Si vous faites des bêtises, je vous punirai, comme un petit chien qu'on dresse. Ce sera pour votre bien. Je connais tous les pièges de cette cour. Si vous voulez y survivre aussi longtemps que moi, vous avez intérêt à suivre mon enseignement.

Jeanne, écrasée de stupeur, ne savait que dire. Elle se sentait dans la peau d'un rat acculé au fond d'une impasse. Ses regards couraient d'une paroi à l'autre, cherchant une issue, une brèche. À la fin, n'y tenant plus, elle renversa la tête en arrière et poussa un hurlement. Malestrazza se boucha les oreilles en grimaçant.

– Arrêtez ça ! gronda-t-il, c'est insupportable et ça ne sert à rien. Personne ne peut vous entendre, les murs sont trop épais pour laisser filtrer le moindre son. Je le sais mieux que vous, c'est moi qui les ai construits.

Il tira de sa poche une montre au bracelet de cuir rompu et la consulta en fronçant les sourcils.

– Ah ! dit-il. Vous me faites perdre du temps avec vos sottises, j'ai du courrier à rédiger.

Tournant les talons, il rentra dans la cabane dont il laissa la porte ouverte. Jeanne le vit s'asseoir à une petite table, devant un bloc de papier, s'emparer d'un crayon dont il suça la mine.

– C'est délicat, marmonna-t-il. Il faut trouver les formules. Ce qu'ils aiment, c'est qu'on les supplie, bien sûr… J'ai horreur de m'abaisser ainsi, mais je vais le faire pour vous, dans l'espoir qu'ils augmentent les rations de nourriture. Oh ! Il ne faut pas se faire d'illusions, ils diront non… Vous n'avez pas beaucoup d'importance pour eux. Sans doute pensent-ils que la chute vous a tuée, comme votre ami.

Il se mit à rédiger laborieusement, se servant d'une gomme pour effacer les mots qu'il jugeait impropres. Jeanne l'observait, incrédule. À qui écrivait-il ? Et où était la boîte à lettres ?

Elle s'adossa à la paroi, vidée de toute énergie. Le puits l'écrasait de ses murailles. Dès qu'elle esquissait un mouvement, des traits de feu lui traversaient les jambes, comme si un bourreau invisible lui enfonçait des aiguilles à tricoter dans la plante des pieds.

Malestrazza écrivit plus d'une heure avec une application d'écolier, chassant du plat de la main les salissures laissées par la gomme. Quand il eut fini, il plia le message et le glissa dans sa poche, puis sortit sur le seuil, où il s'immobilisa, les mains croisées dans le dos.

– Ah ! dit-il en désignant la muraille d'un mouvement de menton, c'est là que s'ouvrait le passage jadis. Il communiquait avec le hall de l'immeuble. Un pan de mur pivotait, comme dans les tombeaux égyptiens, rien de compliqué, mais il fallait savoir où peser pour provoquer la rotation du bloc sur son pivot. Cette cour, c'était pour moi une position de repli en cas de malheur. Un endroit où me cacher quelques semaines en attendant que les choses se tassent. J'avais installé une petite cabane de chantier, un poêle, du combustible, de la nourriture, l'eau courante et, bien sûr, tout le nécessaire du parfait fugitif, valise, costumes, déguisements, argent liquide…

– Alors, c'est ici que vous vous êtes replié quand la police a cerné l'immeuble ? interrogea la jeune femme.

– Taisez-vous ! Taisez-vous ! trépigna le vieil homme d'une voix d'enfant capricieux. *C'est moi qui parle !* C'est moi qui parle ! Je ne veux pas qu'on m'interrompe !

Son visage avait viré au violet sous l'effet de la colère. Puis, aussi soudainement qu'il avait explosé, il retrouva son calme pour reprendre son récit.

Oui, expliqua-t-il, il avait tout de suite senti la présence des flics dans la maison le jour de la souricière. Leur odeur peut-être ? Une odeur de tabac, de vin, et de graisse d'arme. Le parfum des paumes moites étreignant la crosse des automatiques. Leur peur l'avait averti, elle avait couru au-devant de lui pour lui crier de se cacher. L'immeuble était devenu un piège, il l'avait compris avant d'atteindre le fond du hall. Alors il avait bifurqué vers l'étroit couloir conduisant au pan de mur truqué, il avait fait basculer le bloc et s'était glissé dans la cour secrète, hors d'atteinte. Il avait gagné la petite cabane et s'était versé un verre de cognac. Il savait qu'il lui faudrait attendre, deux, trois semaines, un mois même. Quand les choses se seraient tassées, il sortirait, la barbe rasée, les cheveux teints, il prendrait le métro et se perdrait dans la nature, pour tout recommencer… ailleurs.

– Pendant quinze jours, j'ai lu *Le Comte de Monte-Cristo*, dit Malestrazza. Je trouvais ça amusant, une sorte de pied de nez, vous voyez ? Tout s'est gâté quand j'ai voulu rouvrir le passage. La pierre ne pivotait plus. J'ai compris qu'on l'avait coincée… ou même scellée. Par la suite, ils ne se sont pas contentés de ce seul obstacle, ils ont empilé des briques dans le couloir, couche par couche, bâtissant un mur de trois mètres d'épaisseur… Oh ! vous pensez évidemment que j'aurais pu creuser. Mais c'était impossible, je n'avais que mes ongles et les matériaux employés pour l'édification de ces murailles sont inentamables. Je l'ai voulu ainsi. Cette maison est une forteresse.

Aucune des pierres qui nous entourent n'est poreuse ; quant au ciment qui les lie, vous vous useriez les doigts jusqu'au poignet sans parvenir à l'effriter. Vous pourrez le vérifier d'ici quelques jours, car je sais que vous ne pourrez pas vous empêcher d'essayer.

Il toussa puis reprit le fil de son récit. Après quinze jours d'emprisonnement volontaire, il s'était découvert emmuré vivant, bloqué au fond du puits.

– Oh ! j'ai tout tenté. L'escalade à mains nues, mais j'étais trop lourd et les pierres n'offraient pas assez de prise. Le percement d'un tunnel, mais je n'avais pas d'outils et je me heurtais à la qualité des matériaux. J'ai même voulu creuser une sape, un souterrain pour passer sous l'immeuble, et j'ai failli m'enterrer vivant au bout de trois mètres…

Il s'interrompit et leva la tête.

– Ah ! constata-t-il avec une évidente satisfaction. L'heure du repas.

Jeanne suivit la direction de son regard braqué vers le carré de ciel qui les dominait, lumineux, délimité par les parois du puits. Elle crut voir bouger quelque chose au bord du toit, très haut au-dessus d'eux. Quelque chose qui descendait avec un couinement de poulie mal graissée. Au bout d'une minute, elle identifia les formes d'un panier d'osier qui se balançait, accroché à une ficelle. Malestrazza s'était précipité, les bras à demi levés, dans une attitude d'impatience enfantine. Dès qu'il eut attrapé le cabas, il poussa une exclamation de dépit. Le panier ne contenait qu'une miche de pain… et une lettre qu'il décacheta avec rage.

– Ah ! souffla-t-il, excédé, je m'en doutais. Ils me punissent à cause de vous ! Ah ! Ils se trouvent drôles… Vous savez ce qu'ils suggèrent ? *Que je vous mange !*

Jeanne se rejeta contre la muraille. Les yeux du vieil homme la fixaient avec haine.

– Écoutez ! lança-t-il, écoutez ça. *Nous espérons que vous avez bien pris livraison de la viande sur pied que nous avons pris la peine de vous expédier. La chair du scaphandrier est probablement trop dure, mais celle de la jeune femme devrait satisfaire un gourmet tel que vous…* Oh ! c'est d'un humour !

Il chiffonna la feuille de papier, en fit une boule dont il bombarda Jeanne. Celle-ci s'en empara aussitôt, la défroissa sur son genou. C'était une écriture d'enfant, pleine de ratures et de fautes d'orthographe. Une écriture qu'elle avait déjà vue quelque part… C'était… *l'écriture de Pierrot !* Elle crut recevoir un coup de poing à l'estomac. Le panier remontait déjà, sous le nez de Malestrazza vibrant de colère. Jeanne eut le réflexe d'examiner la ficelle. Elle identifia la cordelette trouvée au bord du toit, celle qu'elle avait jugée trop mince pour supporter le poids d'un homme. Voilà donc à quoi on l'employait.

– Ah ! Ils nous narguent ! tonna le vieillard, les yeux fixés sur le cabas qui s'élevait. Ils s'amusent !

Ses épaules s'affaissèrent sous l'effet d'une brusque lassitude. Les mains nouées dans le dos, il arpenta le sol inégal de la cour.

– Ah ! je suis contrarié, grommela-t-il, je suis très contrarié. À mon âge, on doit manger si on ne veut pas s'affaiblir. Tout ça, c'est votre faute, quel besoin aviez-vous de venir m'embêter ?

Jeanne ne dit rien. Elle continua à froisser la feuille de cahier entre ses doigts, la feuille où s'étalait l'écriture de Pierrot. Malestrazza finit par remarquer son air hagard.

– Oh ! gloussa-t-il. Vous n'aviez pas encore compris ? Mais, ma chère, nous sommes entre les mains de cette bonne Mme Cliquet et de son fils. Ce sont eux nos geôliers. Les concierges !

Il s'amusa de la stupéfaction de la jeune femme, oubliant pour un moment ses motifs de contrariété.

– Les Cliquet, grommela-t-il. Ils vous ont roulée dans la farine. J'imagine qu'ils ont monté tout un cinéma pour vous effrayer, pour vous pousser à renoncer, mais vous vous êtes bêtement obstinée à aller de l'avant. Vous voyez où ça vous a menée ? Au fond du trou, avec le bourreau, le fantôme, l'assassin. Drôle d'effet, hein ?

Il eut un geste d'agacement et revint à ses préoccupations premières.

– *Vous manger !* grogna-t-il, c'est tout ce qu'ils ont trouvé pour me torturer.

Il entra dans la cabane, se laissa tomber sur sa chaise et bouda. Jeanne songea qu'il avait l'air d'un très vieil enfant qu'on vient de priver de goûter. Cependant, elle n'aimait pas le regard qu'il coulait en direction de ses cuisses découvertes par le jean déchiré. S'il n'y avait rien de sexuel dans ce coup d'œil, elle n'était pas loin d'y détecter une sorte d'interrogation gourmande qui commençait à l'inquiéter. Malestrazza n'était-il pas en train de reconsidérer la sotte suggestion de Pierrot, de l'examiner comme on se penche sur un problème mathématique ? Elle eut envie de parler pour faire diversion mais elle y renonça, sachant que le son de sa voix attiserait la colère du vieillard. Elle éprouva un réel soulagement quand il daigna enfin se détourner pour contempler son bloc de papier.

– Ils ne m'ont même pas descendu mes mots croisés, gronda-t-il. D'habitude ils y pensent toujours. C'est à cause de vous, vous les avez contrariés, c'est sûr.

Il marmonna un long moment de manière inintelligible, puis fit signe à la jeune femme d'entrer dans la cabane.

– Vous allez vous rendre un peu utile, décréta-t-il. Prenez ces revues et effacez toutes les grilles de mots croisés que j'ai déjà remplies. Avec un peu de chance, il y en aura certaines que j'aurai oubliées… ça me fera patienter.

Jeanne obéit. Grimaçant de douleur, elle rampa vers la baraque. Les revues jaunes étaient cloquées par l'humidité. Les plus anciennes lui rappelaient l'époque où elle était encore étudiante.

– Et faites attention avec la gomme ! vociféra le vieux, vous seriez bien capable de déchirer le papier !

Il ne cessa de l'observer pendant tout le temps qu'elle effaçait les mots griffonnés dans les cases de la première grille. Elle l'entendait marmonner dans sa barbe comme seuls les vieux savent le faire. Après quelques minutes de bredouillis indistincts, il dit à nouveau *Vous manger,* sans qu'elle puisse déterminer si cette exclamation visait à souligner la sottise de la suggestion faite par Pierrot ou si, au contraire, il fallait y voir la manifestation d'une idée en train de prendre corps.

Les doigts crispés sur la gomme, elle poursuivit son travail en se répétant qu'elle allait se réveiller d'une minute à l'autre. Mais cela ne se produisit pas.

8

Malestrazza peina jusqu'au soir sur ses cases et ses définitions, épelant les mots, vérifiant leur orthographe dans un vieux dictionnaire patiné de crasse.

« Je suis avec le bourreau du sixième étage, se répétait Jeanne en le regardant à la dérobée. Je suis avec le fantôme de la maison Malestrazza… et il fait des mots croisés ! »

Sous la peur, la vieille excitation revenait, celle qu'on éprouve au cœur du scoop, quand on a réussi là où tout le monde a échoué. Elle ne devait pas céder à la panique, elle était là pour faire un travail et elle le ferait jusqu'au bout. Elle fut interrompue dans ses réflexions par les borborygmes qui montaient de l'estomac vide de Malestrazza.

– Ah ! dit-il, puisqu'il n'y a rien d'autre, mangeons donc du pain. C'est une nourriture qui ne me convient guère, elle me constipe affreusement.

Repoussant la revue, il attira la miche à lui et entreprit de la découper avec un petit canif ébréché. La vue du pain rappela à Jeanne qu'elle avait faim et un flot de salive envahit sa bouche. Mais Beppo mâchait sans se soucier de lui tendre la moindre miette. Elle en conçut une colère qui balaya ses craintes. Croyait-il qu'il allait pouvoir la traiter comme un chien à qui on jette des restes ? Elle voulut se redresser pour lui arracher la miche des mains mais elle retomba sur le sol avec un gémissement de douleur.

– Ah, vous ! gronda le vieux. Tenez-vous tranquille ou vous n'aurez rien. Comment vous appelez-vous d'abord ? Non, non ! *ne dites rien...* écrivez-le sur un papier. Si vous ouvrez la bouche, je vous casse les dents.

Jeanne n'osa braver l'interdiction, il était vieux mais bâti en hercule, avec un torse hypertrophié et des poings énormes de maçon. Elle prit docilement le papier et écrivit son prénom.

– Jeanne ? dit Malestrazza. C'est banal. Ici vous n'aurez pas de nom, c'est encore mieux.

La nuit régnait déjà au fond de la cour que le ciel était encore bleu au-dessus des toits. Jeanne put le vérifier en jetant un simple coup d'œil dans l'entrebâillement de la porte. Malestrazza avait allumé une lampe à pétrole qui charbonnait et, délaissant ses grilles et son dictionnaire, s'était lancé dans un panégyrique du « petit jardin » dont il détaillait une fois de plus la production en feuilletant les pages froissées de son carnet de contrôle. Jeanne l'écoutait d'une oreille, s'habituant déjà à ce radotage comme à l'odeur rance qui montait du vieil homme. Quand il eut terminé son exposé agronomique, Beppo se leva et désigna une valise posée à la tête du lit. C'était celle qu'il avait préparée vingt ans auparavant, en prévision d'une fuite précipitée. Quand il l'ouvrit, Jeanne constata qu'elle contenait, soigneusement rangées, des liasses de billets aujourd'hui sans valeur, une fortune en coupures retirées depuis de la circulation. Le trésor du bourreau, victime des remaniements monétaires successifs, n'avait pas plus d'utilité qu'une poignée d'assignats.

– Avec ça, j'aurais pu recommencer une nouvelle vie ailleurs, dit-il sombrement. Maintenant, je suis ruiné. Si je sors d'ici, je n'aurai pas un sou devant moi.

Jeanne tendit la main, ne pouvant se retenir de toucher les liasses épaisses, dures comme des briques. Vingt ans auparavant, la valise avait contenu une véritable fortune. Aujourd'hui, tout ce papier n'avait pas plus de valeur que les vieilles revues qu'elle venait de feuilleter.

Malestrazza soupira et sortit sur le seuil de la cabane pour consulter le ciel.

– La météo, dit-il, c'est important. S'il pleut demain nous pourrons nous serrer la ceinture, ils ne monteront pas sur le toit pour nous apporter à manger. L'été, je ne suis pas trop inquiet, mais l'automne… mais l'hiver… Le gosse ne vient pas tous les jours à cause du vent, de la neige. Parfois, j'ai peur qu'il glisse, qu'il se tue. Au début c'était sa mère qui assurait le service mais elle n'est plus assez souple pour continuer. Un problème d'arthrose de la hanche ; c'est le gosse qui a pris le relais. C'est un vrai petit sadique. Il s'amuse beaucoup, vous avez vu les lettres qu'il m'envoie ?

Fouillant dans le tiroir de la table, il en sortit un paquet de feuillets froissés qu'il tendit à Jeanne. C'étaient des pages de cahier que remplissait la grande écriture maladroite de Pierrot. En haut de chaque page un sceau fantaisiste avait été dessiné au crayon de couleur rouge. L'en-tête annonçait pompeusement *Maison d'arrêt privée de la place Verneuve. Pierrot Cliquet, directeur en chef.*

Juste au-dessous commençaient les récriminations du gamin, formulées dans un style outrancier de monarque dédaigneux.

Détenu Malestrazza, la commission de discipline s'est déclarée indisposée par l'insolence de vos lettres. Je ne peux lui donner tort, car je trouve moi-même que vous manquez particulièrement d'humilité dans vos dernières suppliques. Je vous conseillerai un peu plus d'imagination dans les formules de politesse. Très auguste Directeur *ne suffit plus, il faudrait désormais quelque chose de plus déférent. Je suggère* Lumière qui surplombe l'abîme des condamnés.

Le reste était à l'avenant. Pierrot exigeait, s'indignait, traquait le crime de lèse-majesté dans le laisser-aller d'une écriture ou la sécheresse d'une signature.

– C'est un petit salopard, soliloqua Malestrazza. M'humilier l'amuse, il doit trouver ça plus intéressant que la télévision. Il me punit, me prive de savon, de revues, de sel, de sucre. Si je veux rentrer en grâce, je dois consentir à reconnaître sa toute-puissance, je dois faire acte d'allégeance… Lorsque je sollicite une faveur, un livre, un peu d'eau de Cologne, il se poste au bord du toit, ses foutues jumelles rivées aux yeux et il attend que je fasse le clown comme un chien qui se dresse sur ses pattes de derrière pour mendier un morceau de sucre.

Le vieillard fit la grimace, gêné par les souvenirs qu'il évoquait.

– Je me mets en caleçon, un chapeau de papier sur la tête, je souffle dans un mirliton et je me livre à des pitreries honteuses pour le faire rire. J'essaie d'imaginer des gags, des plaisanteries de clown, de construire des sketches, mais je ne suis pas très doué pour cela… Ce qu'il veut par-dessus tout, c'est que je m'humilie, que je consente à descendre chaque fois plus bas. Au début, je me disais *Non, pas question, il ne m'aura pas, plutôt mourir*, et puis…

Il s'interrompit, fixant Jeanne de ses petits yeux noirs si pénétrants.

– Avec vous, ça sera peut-être plus facile, murmura-t-il. Vous pourrez danser et faire du strip-tease, cela nous donnera une formidable monnaie d'échange pour peu que vous vous appliquiez à le faire saliver.

Jeanne ouvrit la bouche pour protester, mais Malestrazza leva aussitôt le poing, prêt à frapper.

– *Ah, tais-toi !* vociféra-t-il. Tu ne sais pas ce que c'est que de manquer de tout. Tu feras moins la fière dans deux ou trois semaines. N'aie aucune illusion, Pierrot ne donne rien pour rien. Il faudra monnayer ton cul si tu veux manger à ta faim.

Emporté par la colère, il arpenta le minuscule carré de la cour sans cesser de fixer le ciel qui s'assombrissait.

– Tout se paie, martela-t-il, le pétrole de la lampe, les journaux, le bout de savon, le cigare, le verre de cognac… Ça te fait rire, hein, qu'on puisse en arriver à montrer ses fesses pour obtenir un dé à coudre de cognac, mais tu apprendras bientôt ce que c'est que de saliver sur une idée fixe. Attends un peu d'être en manque, et tu seras prête à tout.

Cet éclat l'avait épuisé et il rentra dans la cabane en soufflant. Il se laissa tomber sur le lit dont les sangles gémirent. Jeanne trouva qu'il avait l'air vieux et vulnérable. La barbiche qui prolongeait son menton tremblait. Il s'allongea en grognant :

– Ôte-moi mes chaussures, et couche-toi quelque part. Faudra t'habituer à dormir par terre ; à mon âge on n'a plus envie de partager son lit avec les jeunes femmes.

Jeanne obéit. Les souliers à peine délacés, une épouvantable odeur de crasse la frappa au visage.

– J'ai les pieds sales, commenta inutilement Beppo, c'est parce que je n'arrive plus à me baisser, et puis l'eau froide me déclenche des crises de rhumatismes. Ça aussi tu l'apprendras… La saleté, ça finit par ne plus être important. Au début, j'ai voulu me tenir propre, mais la geôlière n'aimait pas ça, elle trouvait que c'était un signe d'arrogance.

Jeanne s'éloigna en prenant appui sur les mains, comme un cul-de-jatte. Pendant que Malestrazza poursuivait son monologue, elle éparpilla les revues sur le sol humide et s'allongea sur ce matelas improvisé. C'était toujours mieux que rien.

– Le petit jardin c'est mon honneur d'homme, délira Beppo, ma protestation… Une sorte de culture subversive.

Il rit et toussa. Sans se relever, il tendit la main pour éteindre la lampe. L'obscurité envahit la cabane. Pendant de longues minutes, sa respiration sifflante peupla le silence, puis il finit par s'endormir. Jeanne ferma les yeux, torturée par la faim, son estomac faisait entendre des gargouillis insensés rappelant ceux d'un évier qui se vide. Elle le comprima à l'aide de ses paumes sans obtenir d'amélioration.

Elle avait froid. L'humidité imprégnait le bois du plancher, et elle avait par moments l'illusion d'être couchée au fond d'une barque. Elle aurait donné n'importe quoi pour un bon sac de couchage…

N'importe quoi ? Vraiment ? « Hé ! Hé ! lui chuchotait une infernale petite voix, mais il faudra voir ça avec Pierrot. Avec quelques bonnes séances de strip-tease tout peut s'arranger. »

Elle fut surprise de constater que cette éventualité la révoltait déjà moins.

Elle bascula dans le sommeil, emportée par une marée d'images confuses, mais les ronflements de Malestrazza la réveillèrent au bout de quelques minutes. Elle grelottait de froid et d'angoisse. Ses dents claquaient sans qu'elle puisse rien faire pour reprendre le contrôle de sa mâchoire, une peur hideuse s'emparait d'elle, emplissant son cerveau d'hypothèses effroyables. *Des années…* Elle allait rester des années au fond de ce trou puant, livrée aux caprices d'un enfant vicieux et de sa mère psychotique. Elle allait devoir apprendre à vivre comme une bête, en compagnie d'un dément gâteux dont il lui faudrait redouter la colère à chaque minute, elle allait…

Elle se recroquevilla, secouée de sanglots. Malestrazza avait raison, jamais elle n'aurait le courage de supporter dix-sept ans de réclusion, elle se suiciderait avant, elle s'ouvrirait les veines, elle…

Elle pleura longtemps, laissant l'épuisement prendre le relais de la peur, accueillant la fatigue avec soulagement, comme un bienfait. D'un revers de manche, elle essuya son visage barbouillé de larmes et se coucha sur le dos, s'appliquant à discipliner sa respiration. Alors qu'elle allait s'endormir, Malestrazza se réveilla soudain et se mit à parler dans l'obscurité, sans allumer la lampe. Il ne rêvait pas, non, il parlait, poursuivant un monologue dont il n'avait peut-être même pas conscience.

« La concierge à l'époque, dit-il, était une petite institutrice de rien du tout, qui faisait des remplacements en province. J'avais coincé sa mère pendant l'une de ses absences. Un coup facile et sans risques. Une vieille folle qui ne se méfiait de personne. Je ne sais pas comment sa fille a découvert l'entrée de la cour. Probable qu'entre le moment où les flics ont exhumé le corps de sa mère et le jour de la souricière elle a fouiné vingt-quatre heures sur vingt-quatre. Moi j'étais absent, une affaire à régler dans le Sud... »

Il continua ainsi un bon quart d'heure, évoquant les motivations de la jeune femme, la manière sournoise qu'elle avait eu de le piéger, de l'emmurer à son insu pour qu'il n'échappe pas à sa vengeance.

« Elle m'a écrit qu'elle ne voulait pas qu'on m'arrête, murmura-t-il. Elle ne tenait pas à ce que je sois libéré après quelques années passées dans un asile psychiatrique. Elle voulait une peine terrible, une réclusion perpétuelle. Elle voulait me surveiller elle-même, me torturer elle-même, être ma propre geôlière... »

Jeanne hocha la tête malgré elle. Elle imaginait très bien Mme Cliquet dans ce rôle, avec sa silhouette de musaraigne hargneuse. Tout s'était probablement passé comme le supposait le vieil homme. Dès qu'on avait dégagé le cadavre de sa mère de la niche de plâtre, l'institutrice avait cherché la chambre secrète, sans relâche. Comment l'avait-elle découverte ? Par quel hasard ? Cela importait peu. Son premier mouvement avait été de prévenir la police, mais une force étrange l'en avait aussitôt dissuadée. Une force qui lui avait suggéré un autre mode de vengeance. En une seconde, elle s'était vue geôlière et maîtresse des punitions, régnant sur la fosse carcérale jusqu'à la mort de son prisonnier. Quand la souricière avait échoué, quand les policiers avaient quitté l'immeuble, bredouilles, elle était descendue pour bloquer la porte secrète, se réjouissant par avance de la surprise qu'éprouverait Malestrazza le jour où il voudrait sortir. *L'emmureur emmuré !* ce n'était que justice après tout.

Jeanne voyait la scène se dérouler dans sa tête avec la précision d'un reportage filmé.

« Elle m'a torturé, gémit à présent Malestrazza. Elle ne s'en est pas privée. Par la faim, par le froid. Elle m'a laissé grelotter l'hiver. Il a fallu que je la supplie à genoux pour obtenir un peu de charbon. Le gosse n'était pas encore né à l'époque, et elle m'écrivait des petits billets qui disaient : *Vous imaginez ce qui arriverait si je glissais en vous apportant votre déjeuner, si je tombais dans la cour et si je me tuais ? Personne ne saurait que vous êtes ici... Vous crèveriez à l'insu de tous. Il suffirait que je dérape sur les ardoises mouillées.* Quelle salope ! Je n'en dormais plus de la nuit. Je m'inquiétais pour elle, je priais pour qu'il ne lui arrive rien de fâcheux, pour qu'elle ne se fasse pas renverser par une voiture, qu'elle ne dégringole pas du toit. Je tremblais pour cette salope, pour sa santé. Je la suppliais de faire attention lorsque la pluie rendait les toits glissants. Oh ! elle a dû bien se marrer. Moi, la suppliant de prendre garde, lui donnant des conseils, lui vantant les mérites des semelles de caoutchouc antidérapantes ! Quelle pitié ! »

Immobile dans la nuit, Jeanne assistait mentalement aux équipées de la musaraigne zigzaguant entre les cheminées, son fichu sur la tête, son panier de vivres sous le bras, grimpant au sommet de l'immeuble par tous les temps pour savourer sa vengeance, pour s'offrir son quart d'heure de puissance. Elle s'asseyait au bord du vide et regardait le cabas descendre vers cet homme suppliant, affamé, qu'elle tenait à sa merci.

« Elle m'écrivait *Priez pour que ma haine ne s'éteigne jamais, car si un jour je n'éprouvais plus de joie à vous regarder souffrir, je n'aurais plus aucune raison de vous maintenir en vie, il est probable alors que je cesserai de monter sur le toit.* »

En l'entendant réciter, Jeanne comprenait qu'il avait lu ces lettres des milliers de fois, tremblant dans la solitude de la fosse, terrifié à l'idée que sa geôlière pourrait, un jour prochain, se lasser de lui.

« C'est comme ça que j'ai compris qu'il ne fallait pas être trop docile, chuchota-t-il. J'ai pigé qu'il était important d'entretenir la haine, de regimber, d'insulter, de se révolter… Parfois, pour l'humilier, je chiais dans le panier, par pur calcul, pour fortifier sa colère, pour empêcher que les choses se tassent, que le temps fasse son œuvre. C'est un principe dont il faudra vous souvenir : tenir le juste équilibre, sentir le moment où le tourmenteur commence à se lasser, où son plaisir devient fade parce que trop facile… »

Sur ce dernier conseil, il se mit à ronfler, passant sans transition de la veille au sommeil. Jeanne resta seule dans l'obscurité, près du grand corps effondré de l'ancien bourreau. Elle avait froid et faim. Malgré les douleurs dont les élancements traversaient ses membres, elle ne parvenait pas encore à se persuader que tout cela était bien réel.

Mathias était mort… En un après-midi elle était passée de l'autre côté du miroir, dans un monde où la folie régissait tout. Elle avait poussé la porte interdite. Elle était tombée en enfer.

9

La journée du lendemain se déroula selon un schéma semblable à celui de la veille. Malestrazza s'abîma des heures dans ses mots croisés, psalmodiant les définitions énigmatiques dont il ne parvenait pas à trouver la solution. Quant à Jeanne, que ce spectacle exaspérait, elle se traîna dans la cour pour tenter de se nettoyer au jet du robinet de cuivre fiché dans la muraille. Il n'était pas question, en effet, qu'elle se laisse aller, qu'elle capitule devant la crasse comme l'avait fait le vieux fou. Elle retira péniblement son pantalon déchiré et plaça ses chevilles enflées sous l'eau froide. L'un de ses genoux, gonflé, paraissait plein d'humeurs. « Épanchement de synovie », diagnostiqua-t-elle en se demandant s'il existait une chance pour que ces différents traumatismes régressent d'eux-mêmes, sans l'aide d'aucun médicament. L'eau était glacée, son contact insupportable, et elle dut bientôt renoncer à poursuivre ses ablutions.

Elle se rhabilla et rampa sur les pavés pour aller s'adosser au mur ensoleillé. La faim la torturait toujours, et des sécrétions acides ravageaient son estomac, rendant son haleine fétide. Elle avait bu plusieurs fois au robinet sans éprouver aucun soulagement. L'impression de plénitude stomacale n'avait duré que quelques minutes. Pour s'occuper l'esprit, elle palpa la surface de la muraille, cherchant à isoler une voie, à la manière des alpinistes examinant une façade rocheuse à la veille d'une escalade. Mais les briques étaient parfaitement scellées et n'offraient aucune prise. Il aurait fallu posséder une force incroyable dans les doigts pour affronter cette paroi sans saillies ni crevasses. De l'index, elle ausculta les contours des briques. C'est à peine si l'on pouvait s'y accrocher du bout des ongles. Comment dans ces conditions envisager une course verticale de trente mètres sans le secours d'un piolet, d'une corde et d'un sac de pitons ?

De la corde elle en possédait puisqu'elle était tombée la taille ceinte d'un filin de vingt mètres, mais le reste ? Elle se souvint du poignard qu'elle avait glissé dans sa ceinture avant de descendre, ce couteau de chasse hérissé de dentelures qui lui avait paru si menaçant. Où était-il ? Malestrazza l'avait sans doute confisqué pendant qu'elle était inconsciente, mais il ne serait pas très compliqué de mettre la main dessus, rien ne pouvait se perdre dans une geôle aussi étroite.

Son cœur s'emballa à cette idée, et le sang pulsa à coups sourds contre ses tempes. La lame… la lame de l'outil serait-elle assez résistante pour creuser le joint de ciment qui reliait les briques entre elles ? Et les pitons… Comment fabriquer des pitons ? Peut-être en utilisant certaines pièces de métal récupérées dans la baraque ? Son excitation retomba. Allons, c'était ridicule. Elle n'avait aucune expérience de l'alpinisme et voilà qu'elle voulait réaliser d'emblée un exploit digne des meilleurs professionnels ! Trente mètres en à pic, à la seule force des mains et des bras, avec ses jambes défaillantes, ses genoux déglingués…

– Ah ! Vous rêvez à votre évasion prochaine, constata Malestrazza qui s'était avancé sur le seuil de la cabane. Vous cherchez la meilleure voie d'escalade. Oui, j'ai fait ça, moi aussi, pendant trois mois. J'ai réussi à grimper à plus de sept mètres, à la seule force des mains, puis je suis tombé. Je me suis méchamment luxé la cheville, j'ai dû me soigner tout seul et j'ai boité bas durant trois ans. C'est ce mur-ci qui est le meilleur. Les rainures entre les briques sont plus profondes. Mais il vous faudra endurcir vos muscles avant… Moi, je m'entraînais avec des pavés en guise d'haltères. Je me croyais très fort, ça n'a pas empêché que je me casse la gueule.

Il hocha la tête, goguenard, puis se planta au milieu de la cour, les mains dans le dos, les yeux fixés vers le toit. Jeanne comprit qu'il attendait l'arrivée du geôlier.

– Cette bonne femme, la concierge, dit-il, je ne me rappelle jamais son nom… elle ne monte plus guère, je crois qu'elle a fini par se lasser de sa vengeance. C'est son fils qui a pris le relais, le petit Pierrot. Ce gosse est une bénédiction pour nous. S'il n'était pas né, je serais mort de faim depuis longtemps, l'institutrice m'aurait oublié. Heureusement, le gosse aime jouer au tortionnaire, il n'acceptera jamais qu'on le prive de son jouet. Tant que nous l'amuserons, nous survivrons, il faut vous mettre ça dans la tête. Nous sommes des bouffons, nous sommes là pour faire des cabrioles, pour distraire notre prince et le saluer bien bas à la fin de chaque représentation.

Instinctivement, Jeanne avait braqué son regard dans la même direction, épiant le bord du toit dans l'espoir d'y voir se profiler une silhouette.

« Des bêtes au fond d'une fosse, pensa-t-elle. Des bêtes qui ne vivent plus que pour manger. »

À ce seul mot elle salivait, sans parvenir à maîtriser les spasmes de déglutition qui agitaient sa gorge. Vers midi, elle crut distinguer une ombre, puis l'éclat d'un reflet de soleil sur les lentilles de grosses jumelles.

– C'est Pierrot, confirma Malestrazza. Il nous observe, déboutonnez un petit peu votre chemise, laissez-lui voir un bout de sein si vous voulez manger quelque chose…

Comme elle ne réagissait pas, le vieillard s'emporta.

– Mais qu'attendez-vous ? cracha-t-il entre ses dents. Faites-donc la pute. Vous êtes une femme, oui ou non ? Vous ne comprenez pas que vous n'êtes plus en mesure de jouer les pimbêches ?

Jeanne était pétrifiée, incapable d'esquisser un geste. Fulminant de rage, Malestrazza marcha sur elle, empoigna la chemise dont il fit sauter les boutons. Les seins de Jeanne jaillirent en pleine lumière tandis qu'elle poussait un cri. Les mains comme des serres, elle tenta de griffer le vieillard mais celui-ci se protégea derrière son bras à demi relevé.

– C'est bien, murmura-t-il en aparté, comme un acteur qui souffle son texte à un partenaire victime d'un trou de mémoire, *c'est bien*… continuez, faites semblant de vous débattre, il faut lui en donner pour son argent.

Cette roublardise avouée eut l'effet d'un seau d'eau sur la colère de la jeune femme. Elle retomba sur le sol, inerte, anéantie par tant de fourberie.

– Ah ! Vous êtes idiote, grogna Malestrazza. Mimez donc une belle crise de nerfs, tortillez-vous en arrachant peu à peu vos vêtements ! Bon sang, vous avez en main plus de cartes que moi, sachez donc les utiliser… Vous croyez que c'est moi que le gamin lorgne en ce moment ? C'est *vous* qu'il dévore des yeux… Je suis un vieux bonhomme, j'ai fait mon temps.

Il parlait vite, d'une voix hachée, empreinte de supplication. Jeanne se cacha le visage dans les mains et poussa un cri animal qui n'était pas feint. D'un coup de pied, elle essaya de repousser la masse malodorante du vieillard penché sur elle.

– C'est bien, encouragea de nouveau celui-ci, votre pantalon déchiré met vos cuisses en valeur. Très suggestif. Recommencez, frappez-moi…

Il revint à la charge, roulant des yeux comme un obsédé sexuel. Jeanne finit par se recroqueviller sur le sol, les bras noués autour des genoux. Malestrazza l'insulta avec emphase et fit semblant de lui expédier plusieurs coups de pied.

– Voilà, haleta-t-il en s'éloignant enfin, espérons que ça lui suffira. Je n'en peux plus.

Jeanne sanglotait, à bout de nerfs, cependant qu'au fond d'elle une voix scandait « Il a raison. Pourvu que ça marche ! »

Ils furent récompensés de leurs efforts par le grincement de la poulie annonçant l'arrivée du panier. Malestrazza courut au devant du cabas. S'il avait eu des ailes, il se serait envolé pour le tenir plus vite entre ses bras. Jeanne réagit avec un temps de retard, mais se lança dans son sillage, rampant sur les coudes sans plus se soucier des pavés qui lui écorchaient le ventre, ou de ses seins qui ballottaient dans l'ouverture de la chemise. « Il va tout manger ! se répétait-elle. Il ne me laissera rien ! »

Ses mains se rivèrent au pantalon de Malestrazza. Malgré la souffrance qui montait de ses tendons malmenés, elle se hissa contre l'homme, soudain indifférente à sa puanteur. Enlacés, ils titubèrent en attendant que le panier arrive enfin à leur hauteur. Dès que le cabas fut à portée de mains, ils le renversèrent et se battirent pour la possession des provisions, chacun repoussait l'autre en grognant. Il y avait du pain qu'ils s'arrachèrent mutuellement de la bouche, s'écorchant les lèvres aux saillies de la croûte, un fromage trop fait qui se disloqua entre leurs doigts, leur poissant les paumes d'une matière gluante qu'ils léchèrent jusqu'à la dernière trace, des pommes dont ils dévorèrent jusqu'au trognon…

Cette lutte fébrile les laissa épuisés, chacun effondré dans un angle de la cour, le cœur battant. Malestrazza serrait contre sa poitrine une boîte de carton contenant des œufs durs et roulait des yeux féroces, signifiant à sa partenaire qu'il était prêt à tout pour défendre ce trésor. Une lettre chiffonnée traînait sur les pavés. Du bout du pied, il la poussa en direction de la jeune femme.

– C'est pour vous, grommela-t-il. Votre premier billet doux. Il y en aura d'autres. J'espère que vous vous donnerez le mal d'y répondre.

Jeanne se redressa en gémissant. L'empoignade avait ravivé toutes ses douleurs. D'une main poisseuse, elle s'empara de l'enveloppe sur laquelle s'étalait son nom.

Je suis content que vous ne soyez pas morte, écrivait l'enfant. *Ça m'aurait embêté. De toute manière ce qui vous arrive est votre faute, ne venez pas vous plaindre. J'ai essayé de vous faire peur pour que vous renonciez à votre reportage, mais ça n'a pas marché. Vous vous êtes bêtement entêtée, pourtant je me suis donné du mal. La mise en scène avec le tableau découpé et les traces de pas qui sortaient des murs était sacrement chouette, je ne sais pas comment vous avez fait pour ne pas mourir de peur. Ma mère en a assez de cette histoire, elle serait d'avis qu'on vous oublie définitivement au fond de votre trou, mais moi, ça ne me convient pas. J'aime bien avoir mon petit zoo personnel sous la main, j'espère que vous me donnerez des raisons de continuer à vous nourrir. Je pense que vous ne vous embêterez pas en bas, j'ai cru comprendre que vous aimez les vieux, et comme le père Malestrazza doit être en manque ! Ha ! ha !...*

Jeanne froissa la lettre. Beppo ricana en l'observant. Il tournait un œuf entre ses doigts, en palpant la coquille avec sensualité.

– Sacrée petite canaille, hein, fit-il en désignant la missive. Il va vous mener la vie dure, je le sens. En fait vous arrivez au bon moment, je ne savais plus trop quoi inventer pour le distraire. Vous allez apporter un peu de sang neuf à nos représentations.

Jeanne aurait voulu hurler, taper des pieds, mais elle était trop fatiguée. Elle ferma les yeux, jouissant de la plénitude stomacale que lui communiquait son ventre gonflé de pain. Du coin de l'œil, elle épiait les œufs. Malestrazza devina son intérêt.

– Pas tous les bonheurs en même temps, dit-il. Il y en a quatre pour moi, deux pour vous. C'est normal, vous avez encore de la graisse à perdre. Nous les mangerons ce soir. D'ici là, pensez à autre chose. Imaginez une gentille petite lettre bien aguicheuse pour notre ami Pierrot.

Jeanne chercha une insulte, puis retomba dans son apathie. La chaleur du mur ensoleillé descendait dans la cour, alourdissant l'atmosphère, avivant les odeurs.

« Il va y avoir d'autres jours comme celui-là, pensa-t-elle soudain. Beaucoup d'autres jours... Jamais tu n'arriveras à escalader la muraille, tu le sais bien. Tu es à la merci d'un gosse pervers qui peut décider de t'oublier du jour au lendemain. »

– Ne vous laissez pas aller à la morosité, dit doucement Malestrazza. Il faut vous trouver une occupation. Pourquoi n'écririez-vous pas mes mémoires ? Vous êtes venue pour cela, non ? Pierrot me l'a appris dans l'une de ses dernières lettres, il me tient au courant de tout. Il m'avait annoncé votre prochaine visite. Je vous raconterai ma vie et vous prendrez des notes ? Cela vous sera bien utile si vous arrivez à sortir d'ici.

Jeanne fut à deux doigts de lui rétorquer qu'elle se moquait de ses théories farfelues et criminelles, mais elle réalisa à temps qu'il avait raison. Elle devait s'occuper si elle ne voulait pas sombrer dans la dépression. Et puis, tout n'était pas perdu, Georges, son rédacteur en chef, allait finir par s'inquiéter de son silence. Il préviendrait la police et... *Et quoi ?* La police était déjà venue, elle avait déjà visité l'immeuble à plusieurs reprises sans parvenir à soupçonner l'existence de la cour secrète. Pourquoi aurait-elle plus de chance cette fois-ci ? De plus, on accueillerait sa disparition avec la méfiance qu'on réserve d'ordinaire aux extravagances journalistiques. On la soupçonnerait même d'avoir voulu mettre en scène un coup de pub. Georges se heurterait à l'incrédulité générale. « Ne me voyant pas revenir, il va peut-être croire que je boude, pensa-t-elle, et ne pas s'inquiéter outre mesure... » Cette éventualité n'avait rien de réconfortant, mais elle fut interrompue dans ses réflexions par Malestrazza qui revenait, porteur d'un bloc de papier et d'un crayon.

– C'est décidé, je vais vous raconter ma vie, attaqua-t-il avec entrain. Cela nous fera beaucoup de bien.

Les mains derrière le dos, arpentant la cour, l'œil fixé sur les pavés, il monologua durant tout le reste de la journée, ne s'interrompant que pour boire une gorgée au robinet de cuivre ou pour pisser derrière la cabane. Il racontait mal, embrouillant tout, ressassant les mêmes épisodes. Son discours, truffé de boursouflures, semblait sorti d'un roman du XIXe siècle.

Jeanne constata que sa propre enquête avait en grande partie recomposé l'itinéraire du dément et qu'il n'avait somme toute pas grand-chose à lui apprendre sur l'épisode de la maison aux crevasses remplies de chats morts, ou celui de la bâtisse élastique qu'il avait vainement tenté de faire breveter. Son intérêt ne s'éveilla que lorsque Malestrazza entreprit d'évoquer la naissance de son étrange obsession.

– C'était aux Indes, murmura le vieillard dont les cordes vocales se fatiguaient. Mon père officiait dans une province au nom imprononçable, un vague poste consulaire, une sinécure. J'avais cinq ou six ans, guère plus. Une nuit, la terre a tremblé et d'énormes crevasses se sont ouvertes dans le sol. Je me suis précipité à la fenêtre et ma nourrice m'a serré contre elle en me disant de ne pas avoir peur…

Les yeux dans le vague, il poursuivit son évocation en esquissant des gestes dont il n'avait même pas conscience.

« Nous sommes protégés », n'avait cessé de lui répéter la servante tandis que les maisons des alentours disparaissaient dans un tumulte de plâtre et de terre battue, englouties par les blessures du sol. Beppo s'était agrippé à la grosse femme dont la chair exhalait un parfum de cannelle et de cardamome. De l'autre côté de la moustiquaire, le paysage de la rue sombrait, avalé, digéré par les fissures en extension constante. Il avait vu disparaître l'épicerie, le marchand de tapis, le potier. Décors privés de soutien, les façades basculaient, les immeubles s'abattaient, révélant leur architecture intérieure, l'intimité des logements, le spectacle de leurs habitants, figés sur leur lit, nus ou entortillés dans des draps…

– Toute la rue y est passée, commenta Malestrazza, toute la rue *sauf nous.* Après la catastrophe, la nounou m'a fait voir un trou dans le mur de ma chambre, un trou grossièrement rebouché. Le cadavre d'un singe y avait été emmuré lors de la construction de la maison. « C'est lui qui nous a protégés, m'a-t-elle dit. Sans cette offrande nous serions morts, comme les autres… » J'ai haussé les épaules puis je suis sorti sur la place. Notre maison était la seule à se dresser intacte au milieu d'un champ de ruines. Les crevasses qui l'entouraient comme une toile d'araignée s'étaient mystérieusement arrêtées au ras de ses murs, sans raison apparente. C'est alors que j'ai compris que ma nourrice ne mentait pas.

Jeanne imagina le reste sans mal. Lentement l'idée avait fait son chemin dans l'esprit fragile de l'enfant, se structurant en obsession. D'abord, Malestrazza avait voulu vaincre les séismes par la science puis, découragé par les échecs répétés, s'était peu à peu tourné vers l'obscurantisme, la magie...

– Il m'a fallu du temps pour définir toutes les règles présidant au cérémonial, dit-il dans un souffle. J'ai beaucoup tâtonné. Les animaux ne convenaient que pour de petites constructions, et à la stricte condition d'avoir été élevés et immolés par le propriétaire des lieux. À partir d'un certain volume architectural ils devenaient inefficaces. Il fallait alors recourir à des sacrifices humains. Là encore les règles se sont révélées complexes. Les jeunes corps sans lien avec la maison ne donnaient rien de bon. Malgré leur vigueur, leur fraîcheur, ils n'empêchaient pas la propagation des lézardes. J'ai réalisé que les meilleurs résultats étaient obtenus par les vieux habitants entretenant des liens affectifs très forts avec leur logement. J'ai pu constater – assez logiquement du reste – que les copropriétaires « fonctionnaient » mieux que les simples locataires...

Jeanne l'écoutait dévider ses démonstrations avec une horreur mêlée de fascination. Il était manifeste que les années de détention n'avaient nullement contribué à faire germer en lui l'ombre d'un remords. Il ne reniait pas ses crimes, il prenait même un incontestable plaisir à les détailler, tel un mathématicien grisé par la découverte d'une équation miraculeuse. Jamais il n'avait hésité, jamais il n'avait été gagné par le doute.

– Ce sont mes travaux qui ont permis à cette maison de tenir debout malgré la faiblesse du terrain, insista-t-il. Pas mes travaux d'architecte, non… *mes travaux de bourreau.* Je savais qu'une construction aussi lourde, enracinée dans un sol aussi fragile, exigerait de nombreux sacrifices, mais c'était un défi à relever. Je voulais que les immeubles du voisinage s'effondrent et que nous demeurions seuls debout, contre toute logique, parfaitement en sécurité au-dessus du gouffre des carrières. Alors, on m'aurait demandé « Mais quel est votre secret ? » et ils auraient tous été forcés de s'incliner devant l'évidence…

Jeanne prenait des notes, regrettant de n'avoir pas de magnétophone sous la main. La conscience professionnelle reprenait le dessus tandis que s'allumait en elle une excitation qu'elle connaissait bien.

– Mais nous ne sommes plus en sécurité, conclut Malestrazza en donnant des coups de poing dans la muraille. Les flics ont extrait des cloisons une bonne partie des cadavres offerts en tribut. Le quota n'est plus respecté, le charme qui protégeait la maison s'est affaibli. Depuis quelque temps, les lézardes reviennent à l'attaque, elles grimpent à l'intérieur des murs. Bientôt les carrières qui s'étendent sous nos pieds nous avaleront.

Jeanne frissonna malgré elle. Si les démonstrations du vieil homme étaient absurdes, il n'en demeurait pas moins vrai que la maison restait un véritable défi à la logique. Un simple coup d'œil sur les bâtisses du voisinage suffisait à le confirmer. Fallait-il en déduire que le bourreau n'était pas si fou qu'il en avait l'air ?

– Par bonheur, ils n'ont pas découvert tous les corps, marmonna Malestrazza. Ils ne se sont préoccupés que des gens de l'immeuble, mais il y en a d'autres, ici et là… Ce sont eux qui nous protègent encore, comme de braves soldats. Cependant leur pouvoir s'affaiblit au fil des mois, bientôt l'enchantement se dissipera, nous laissant démunis face à la catastrophe. La maison sera avalée en une nuit. La terre s'ouvrira, et nous disparaîtrons dans les abîmes. Il aurait fallu continuer les sacrifices, payer ponctuellement le loyer du sang.

S'approchant de la jeune femme, il la saisit aux épaules et la secoua.

– Vous vous rendez compte ? hurla-t-il. Les murs n'ont pas été nourris depuis dix-sept ans ! Ils ont faim ! Ils meurent de faim !

Jeanne lutta pour se dégager. Ce bref éclat avait épuisé le vieil homme, il rompit de lui-même. Dans l'heure qui suivit, il ne fit que répéter ce qu'il avait déjà dit, agrémentant son discours de précisions maniaques, sans réelle importance.

– Si on m'avait laissé mener ma tâche à bien, toutes les théories architecturales auraient été bouleversées, pleurnicha-t-il. Aujourd'hui, les tremblements de terre ne feraient plus une seule victime.

« Sauf celles qu'on enfournerait dans les murs ! » faillit persifler Jeanne.

Malestrazza sombra ensuite dans le mutisme. Il n'ouvrit plus la bouche jusqu'au soir et parut même oublier la présence de la jeune femme. Effondré sur sa chaise, il se balançait d'avant en arrière, s'essuyant de temps à autre les lèvres à l'aide d'un mouchoir crasseux. Jeanne mit ce répit à profit pour classer ses notes. Il lui aurait vraiment fallu un appareil photo, un magnétophone... Elle se demanda soudain si elle ne pourrait pas obtenir ces différents objets par l'entremise de Pierrot ? Qu'exigerait-il en échange ? Qu'elle danse nue... *ou pire encore ?* Il était bien capable de cela, elle le devinait ; ses fantasmes de puissance lui avaient tourné la tête. C'était un gosse vicieux, peut-être aussi fou que Malestrazza l'avait été jadis. Indécise, elle plia soigneusement les feuilles couvertes de notes et les glissa dans sa poche. Elle était effrayée de constater avec quelle facilité elle avait oublié la mort de Mathias. Le désir de survivre coûte que coûte l'avait murée dans un égoïsme féroce dont elle ne se serait jamais crue capable. Le corps du scaphandrier était là, à quelques mètres d'elle, sous une mince couche de terre et elle n'y pensait même pas.

Son travail achevé, elle occupa tout son temps à songer au repas du soir, à ces deux œufs que Malestrazza lui avait promis. Reviendrait-il sur sa parole ? Et s'il lui prenait soudain l'envie de les engloutir devant elle, jusqu'au dernier ? Que pourrait-elle faire ? Se rebeller ? L'attaquer ? Mais le vieux n'aurait aucun mal à repousser ses pauvres assauts, il suffirait qu'il lui expédie un coup de pied dans les chevilles, elle en serait réduite à se tordre de douleur pendant qu'il dégusterait son repas.

Cette angoisse la tortura. Par bonheur, le bourreau tint parole, et elle put se délecter des œufs durs trop cuits avec une gourmandise de bête qui la fit grogner d'aise.

Le ventre plein, elle bascula dans un sommeil sans rêve, que même les ronflements de Beppo Malestrazza ne parvinrent pas à troubler.

10

Une semaine s'écoula ainsi, rythmée par les monologues du vieil homme qui se refusait toujours à entendre la voix de Jeanne. Parfois, il s'interrompait au milieu d'un souvenir, d'une théorie, pour se plonger dans un problème de mots croisés. Il demeurait alors imperméable aux sollicitations extérieures et ne reprenait conscience qu'aux heures des repas. Jeanne souffrait beaucoup de la faim et du rationnement. Endurci par dix-sept années de privations, Malestrazza s'accommodait sans mal des maigres portions concédées par Pierrot. La jeune femme, elle, se sentait chaque jour plus faible. D'imprévisibles somnolences la faisaient basculer dans le sommeil ; le moindre effort un peu vif lui tirait un voile noir devant les yeux. Elle menait une existence larvaire, allongée sur le dos dans un angle de la cour, le regard tourné vers le carré de ciel découpé par les toits. Ses chevilles lui faisaient moins mal, mais elle était toujours incapable de se tenir debout. Certaines journées s'écoulaient comme un rêve, dans un état de torpeur qui abolissait sa perception du temps. Elle se demandait si elle était simplement victime de la malnutrition ou si sa conscience ne cherchait pas à fuir la réalité de l'incarcération en se réfugiant dans un monde onirique proche de la folie. Elle n'ignorait pas que les psychiatres appelaient cela *la divergence mentale*. C'était un état schizophrénique dont finissaient par souffrir de nombreux prisonniers.

Le plus souvent, elle ne prêtait aucune attention au bavardage de Malestrazza. La voix du vieil homme l'engourdissait, la berçait. Seul le crissement de la poulie annonçant l'arrivée du panier parvenait à la tirer de sa transe. Une fois, en s'éveillant, elle s'aperçut que le vieillard l'avait à demi dénudée pendant son sommeil, pour mieux l'offrir aux jumelles de Pierrot. Elle l'insulta, mais il se contenta de ricaner.

– Ma chère, ne jouez pas les pucelles. Je suis content de vous, depuis votre arrivée notre bon geôlier a augmenté les portions. Je crois que votre anatomie y est pour quelque chose.

Par bonheur il avait lui aussi ses moments de faiblesse. Avec une méchanceté satisfaite, Jeanne constatait alors que derrière la faconde du bourreau se cachait un septuagénaire épuisé en proie à de soudaines et inexplicables terreurs. Un matin, il s'éveilla hagard, ne reconnaissant plus la jeune femme. Assis sur son lit défoncé, il cria :

– Mais qui êtes-vous ? Je ne vous connais pas. Que faites-vous ici ?

Il demeura en proie à la confusion pendant une bonne demi-heure.

Cet épisode de sénilité se renouvela à deux reprises, chaque fois au sortir d'une période de sommeil. En dehors de ces brèves crises, Malestrazza affectait une attitude ricanante et superbe. Il consacrait beaucoup de temps à l'entretien de sa chevelure, de sa barbe, taillant soigneusement ses moustaches et son bouc. Il accompagnait ces travaux de marmonnements dans lesquels Jeanne croyait distinguer des questions et des réponses.

Elle avait pris la décision d'expédier une lettre à Pierrot, et elle avait déjà griffonné un grand nombre de brouillons sans parvenir à trouver le ton juste, original, qui flatterait leur geôlier. « Tu fais la pute », pensait-elle en traçant du bout de son crayon un *Très inestimable Seigneur.*

La pute, oui, mais cela ne lui paraissait plus aussi grave qu'une semaine auparavant. Elle avait trop faim.

Dès qu'elle saisissait son crayon, Malestrazza sortait de sa torpeur et s'avançait pour lui dicter un nouveau chapitre de ses mémoires. Il devenait de plus en plus pompeux et prenait des poses, comme un homme de lettres sous l'œil de la caméra. Son monologue s'enlisait dans les détails techniques : la qualité du plâtre, la taille des truelles utilisées pour boucher les niches verticales ouvertes dans les murs. Jeanne crut comprendre qu'il avait immolé en réalité plus de vingt-cinq personnes et disposé les cadavres sur le trajet des lignes de force régissant l'immeuble.

« Il faut bien comprendre que rien n'est définitif, insistait-il. Ces corps sont comme des piles électriques à l'intérieur d'une radio à transistors. Il faut les renouveler dès que leur réserve d'énergie est épuisée. Mon incarcération est dramatique, dans la mesure où elle m'a empêché de procéder à ce renouvellement. Pierrot et sa mère ne se rendent pas compte que leur stupide vengeance est en train de condamner la maison. Je suis certain qu'à l'heure actuelle de nombreux murs commencent à se fendiller. »

Il avait l'air inquiet en énonçant ce théorème fantaisiste, et Jeanne comprit qu'il vivait réellement sur une autre planète. L'emprisonnement n'avait en rien diminué sa folie. Si par miracle il avait pu sortir de la fosse, il aurait repris sur-le-champ ses horribles manipulations.

« Je n'ai été heureux qu'aux Indes, quand je travaillais pour ce maharadjah, avouait-il un jour. C'était un petit bonhomme gras à lard, capricieux comme un enfant. Ses terres se trouvaient situées très exactement sur une faille de l'écorce terrestre, là où deux plaques tectoniques ne cessaient de se tamponner. Le sol tremblait toutes les semaines. De grosses vibrations qui jetaient à bas toutes les constructions solides. Je suis allé le trouver avec mes théories. Je savais qu'il mourait d'envie de se faire ériger un palais… Il avait déjà fait trois tentatives, et chaque fois la bâtisse avait été avalée par les crevasses… »

Oui, Malestrazza était allé le voir, commis voyageur de l'horreur, ses esquisses sous le bras, lui expliquant sereinement ses principes architecturaux. Un cadavre tous les dix mètres cubes de pierre, un agencement du cimetière vertical déterminé par de savants calculs numérologiques. Le poussah avait hoché la tête et trituré ses bagues, séduit, alléché.

« Là-bas, les pratiques magiques, les envoûtements sont choses courantes, expliquait Malestrazza. Ils ne se heurtent pas à la barrière de l'incrédulité. Ce que je lui proposais ne lui semblait pas impossible. Je crois même que mes théories le rassuraient. Pensez donc !

Il avait tâté de tout : des techniques nouvelles, des machines modernes, des ingénieurs américains, en vain ! Moi, j'arrivais avec des solutions *simples,* des solutions datant des premiers âges de l'humanité, et que tout le monde – même un maharadjah – pouvait comprendre. Je ne réclamais ni grues, ni bulldozers, ni marteaux-piqueurs, simplement de la pierre et du sang. »

Malestrazza avait travaillé « à l'ancienne », sans avoir recours aux engins de levage modernes. Des techniques millénaires avaient été employées pour polir et transporter les blocs de pierre à pied d'œuvre. Des techniques millénaires… et des milliers de travailleurs razziés par la garde du monarque dans les villages des alentours.

« Ah ! s'extasia Malestrazza, transporté par son évocation. C'était une merveille que ce chantier sans moteurs, sans mécaniques bruyantes. Pas une odeur d'essence, pas un câble électrique sur le sol... rien que des mains, des cordes, des rondins, de la sueur, de l'huile et de la poussière. Des techniques remontant à l'âge des pyramides, des centaines d'hommes attelés comme des bêtes et peinant sous la charge de blocs énormes. C'était férocement écologique. Non polluant, biodégradable et naturel en diable. »

Il fallut sept ans pour venir à bout de la construction. Sept ans, et des centaines de corps humains habilement noyés dans l'agencement des pierres.

« C'était facile, disait modestement Beppo. Il y avait tellement d'accidents au cours des manœuvres que la disparition de certains ouvriers n'étonnait personne. Et puis, de toute manière, ils étaient tous trop épuisés pour réfléchir. Mais ne vous trompez pas, j'ai pris des risques. Le maharadjah m'avait prévenu : *Si tu échoues, je te fais trancher la gorge, si tu réussis, tu auras plus d'or que tu n'en pourras dépenser dans toute ta vie.* Il attendait le prochain tremblement de terre en ricanant, persuadé que les premières constructions allaient s'ébouler comme toutes celles qu'on avait tenté d'élever dans le passé. Un séisme est venu, puis un second. Tout autour de nous des villages ont été engloutis, des montagnes se sont écroulées, mais le chantier est demeuré intact. »

Le monarque s'était incliné, mi-admiratif mi-effrayé, et Malestrazza avait poursuivi son œuvre, essayant de déterminer avec précision le nombre de corps nécessaires à la consolidation du palais. C'était cela la difficulté majeure : atteindre un équilibre parfait entre la chair et la pierre, emmurer les victimes sur des lignes de force précises et non au petit bonheur.

« Il ne s'agissait plus de creuser un trou et d'y enfourner un singe, ricanait le vieillard. Cela, c'était bon dans les villages ; ici, il fallait constamment que la science prenne le relais de la magie, et vice versa. »

Les victimes étaient la plupart du temps emmurées vivantes, un bâillon sur la bouche, afin que leur peur imprègne les pierres. Malestrazza prenait toujours soin de ménager à l'intérieur de la niche une poche d'air suffisante pour leur permettre une survie de quelques dizaines de minutes. Il tenait à ce que les sacrifiés se voient mourir, et qu'ils en conçoivent une terreur dont l'aura éclabousserait durablement les blocs de marbre.

Au bout de deux ans, Beppo s'était trouvé à la tête d'une équipe parfaitement rodée : un ancien bourreau et un garde appartenant aux troupes d'élite du nabot omnipotent. Ils obéissaient sans discuter, secrètement terrifiés par ce sorcier blanc capable de dompter les tremblements de terre. Ils agissaient avec beaucoup d'habileté, enlevant les futures victimes dans la confusion des multiples accidents qui émaillaient la vie du chantier. Les disparitions étaient ensuite mises sur le compte de l'écroulement d'un échafaudage, d'une chute de pierres, de l'éboulement d'une tranchée. Malgré cela, on commença à murmurer des choses étranges au sujet de l'architecte venu d'au-delà des mers. Il y eut des tentatives d'évasion, de brèves révoltes vite réprimées. Le maharadjah tenait son petit monde bien en main.

« J'ai connu là-bas les plus belles années de ma vie, soupirait Malestrazza. Le bonheur de voir sortir lentement de terre une construction parfaite, noble, dans la composition de laquelle n'entrait aucune de ces matières immondes que sont le béton ou le ciment. Et tout cela levé à main d'homme, sans aucune tricherie mécanique moderne. Vous saisissez ? Rien que de la sueur, des muscles et des coups de fouet. Une construction parfaitement naturelle, saine, qui faisait plaisir à voir. »

À la fin de la septième année, le palais était achevé. Le monarque en prit possession avec une joie enfantine. Courant à travers les salles, il se mit à tourner sur lui-même comme un derviche, en désignant les murs. *Où les as-tu cachés ?* s'esclaffa-t-il en parlant des morts. *Es-tu sûr d'en avoir mis assez ? Tu n'as pas été économe au moins ? Ces pauvres se reproduisent comme des rats, il en naît mille alors que tu viens à peine d'en tuer cent !*

« Il m'a payé, concluait Malestrazza. Une petite fortune qui m'a servi plus tard à distribuer des pots-de-vin et à construire cet immeuble. Je voulais adapter ma technique à l'Europe. Ici, pas question de compter sur la bonne volonté du gouvernement, je savais bien qu'on ne me permettrait jamais de prélever mes victimes sur les bataillons de chômeurs et de bons à rien qui encombrent les rues ou salissent le métro. Il fallait travailler à l'économie, raffiner à l'extrême, mettre au point des répartitions sacrificielles particulièrement performantes. J'ai approfondi ma théorie des lignes de force, des points d'achoppement. J'avais décidé d'utiliser très peu de corps, trente ou quarante, guère plus, mais de manière efficace. J'ai appelé cela la théorie de la clef de voûte. Un mort, emmuré au point suprême, là où la pierre fait reposer tout son poids, là où la construction s'enracine et prend son équilibre. »

Il avait quitté les Indes *in extremis,* au moment même où le minuscule royaume du maharadjah se soulevait, lassé des lois arbitraires et de la misère entretenue par les impôts. Il avait fui, en catastrophe, traînant ses malles pleines d'or et de bijoux. Cent fois, il avait failli être lynché parce que reconnu par d'anciens ouvriers du chantier, cent fois il s'en était tiré par miracle. Il avait transformé son trésor en billets de banque, effectué différents virements par-dessus les mers.

« Dix ans, murmurait-il un soir. Je rentrais après dix ans d'absence. Je savais désormais que ma théorie était bonne, mais qu'elle demandait à être épurée. J'ai alors acheté ce terrain pour une bouchée de pain... Personne ne se serait risqué à y construire quoi que ce soit. Le sol est complètement miné par les infiltrations, il forme au-dessus du gouffre des carrières une croûte friable qui peut s'effondrer du jour au lendemain. Tout ce qu'on a essayé de dresser dans le périmètre s'est écroulé, je suppose que vous avez pu vous en rendre compte par vous-même. »

Il avait employé jusqu'à son dernier sou pour financer la construction de la maison, surveillant tout, vivant et dormant sur le chantier dans une cabane rudimentaire, rudoyant les ouvriers. On le déclara avare, méfiant, parce qu'il montait lui-même la garde durant la nuit.

« En réalité, je procédais à mes premières mises en place, expliquait-il. Des victimes vite emmurées pour consolider les fondations. Du travail provisoire, des filles ramassées dans la rue, des permissionnaires ivres que je feignais de secourir. J'étais sur le qui-vive, toujours en alerte. »

Jeanne prenait des notes, ne sachant si le vieil homme inventait au fur et à mesure. L'histoire du maharadjah lui paraissait absurde. Malestrazza n'avait-il pas bâti ce conte pour ennoblir une fortune amassée de manière plus prosaïque dans quelque trafic rémunérateur ? Oui, c'était sûrement cela. Une légende qu'il s'était raconté des milliers de fois et à laquelle il avait fini par croire. Mais elle avait beau chercher à se rassurer, les images évoquées par le vieil homme revenaient la hanter la nuit. Des scènes poudreuses, noyées dans une lumière rouge et tropicale. Des rêves en cinémascope, mosaïques de films à grand spectacle. Il lui semblait voir Beppo Malestrazza, le bourreau, sanglé dans sa saharienne, un casque colonial d'un blanc immaculé vissé sur le crâne, un stick d'officier britannique sous l'aisselle. Il portait des jodhpurs et des guêtres, caricature naïve du colonisateur au travail.

Des esclaves sacrifiés par centaines... était-ce possible ? Pourquoi pas, après tout.

Elle relisait ses notes, prise d'une subite angoisse. Qui accepterait de publier un tel tissu d'absurdités ? On l'accuserait d'avoir tout inventé. Il aurait fallu des preuves, des bandes magnétiques, des photos.

« Mais pourquoi ? lui soufflait la voix mauvaise qui chantonnait au fond de son esprit. Pourquoi, puisque tu ne sortiras jamais d'ici ? »

Cette évidence lui transperçait le ventre de son aiguillon douloureux. Dans ces moments de terreur elle se répétait que son unique chance d'échapper à l'enfer de la geôle était de séduire Pierrot. Toutefois, elle était incapable d'esquisser l'ébauche d'une stratégie pour mener ce projet à bien. Alors, elle se rabattait sur ses habituels fantasmes d'ascension. Elle ramassait des pavés et s'entraînait à les soulever rythmiquement pour fortifier les muscles de ses bras. Elle se couchait sur le ventre et entamait une série de pompes qui la laissait épuisée, le souffle court, le cœur au bord des lèvres.

Elle se savait prisonnière d'un cercle vicieux. Sans entraînement préalable, il lui serait impossible de s'élever le long de la muraille, c'était certain... D'autre part, la malnutrition et l'état de faiblesse qui en découlait rendaient illusoires les bénéfices de ce même entraînement. Plus elle attendait, plus ses moyens physiques diminuaient. Bientôt, elle en serait réduite à mener la vie larvaire de ces mendiants ratatinés sur un coin de trottoir, et qui ne bougent que pour suivre les déplacements du rayon de soleil chauffant leur carcasse. Elle ne pouvait pas demeurer trop longtemps dans l'expectative, il lui fallait passer à l'action.

Forte de cette résolution, elle déchira son jean de manière à le transformer en un short très court, et entreprit de longues marches sur la pointe des pieds. Elle avait découvert qu'elle était en effet capable de se déplacer à peu près correctement si elle ne posait pas les talons par terre. Elle lacéra les jambes du pantalon pour en faire des bandes dont elle s'entoura les chevilles. C'est dans cet équipage, pieds et mains nus, qu'elle s'attaqua à celui des quatre murs que Malestrazza avait déclaré propice à une éventuelle escalade. Elle s'éleva sans grande difficulté de deux ou trois mètres. Ses doigts exploraient la surface poudreuse, cherchant la rainure assez profonde pour fournir un appui, ses ongles crissaient sur la brique tandis qu'elle faisait jouer tous ses muscles pour gagner quelques dizaines de centimètres. Au bout d'un quart d'heure, elle ruisselait de sueur. Plaquée contre la muraille, elle sentait les vrilles des crampes se nouer autour de ses tendons. Ses orteils saignaient, et elle s'était retourné l'ongle du pouce sur une mauvaise prise. Maintenant ses épaules tremblaient, incapables d'assurer un effort plus longtemps soutenu. Elle se mordit la lèvre en pleurant. Elle n'avait pas parcouru le dixième de la distance totale que son corps la trahissait déjà. Lorsqu'elle dépassa la barrière des quatre mètres, elle sut qu'elle allait tomber. Sa chute n'était plus qu'une question de secondes. Des crampes lui sciaient les mollets, du sang coulait le long de son poignet. Elle se colla au mur, bras et jambes écartés, espérant retarder le moment du décrochage, mais ses muscles asphyxiés de toxine n'étaient plus en mesure de la secourir. Ses doigts dérapèrent et elle glissa le long de la muraille, s'éraflant les genoux et le visage sur les arêtes des briques. Elle s'abattit sur le sol avec la grâce d'un morceau de plomb. Le choc de l'impact se répercuta dans son crâne, l'assommant à demi.

– Bravo ! ironisa Malestrazza en frappant dans ses mains. Belle démonstration d'obstination.

Jeanne lui cracha une injure qui décupla la joie du bonhomme. Elle se laissa choir sur le dos. Son visage égratigné lui faisait mal et elle saignait des genoux. Au-dessus d'elle, le carré de ciel brillait d'un bleu électrique irréel. « Je n'y arriverai jamais, pensa-t-elle. Jamais. »

Elle nettoya ses écorchures sous le jet du robinet et reprit sa place dans l'angle sud de la cour. Son regard errait sur la cabane, et elle se demandait s'il n'y aurait pas moyen de transformer cette masse de bois en une sorte d'échelle qu'on appuierait ensuite sur le mur pour…

– Non, dit Malestrazza qui l'observait, *on ne touche pas à la cabane*. C'est une simple question de survie. Comment croyez-vous que nous passerons l'hiver sans elle ? Quand la température sera tombée à moins cinq, vous serez bien contente de vous y recroqueviller près du poêle. Je sais ce que vous mijotez, j'y ai pensé avant vous : une échelle… mais ça ne tient pas la route, il n'y a pas assez de bois, pas de clous, et les planches sont trop vieilles, presque pourries.

Jeanne ne chercha pas à défendre son idée car elle sentait que le vieux avait raison. Ramenant son regard vers le sol, elle se prit alors à envisager la possibilité d'un souterrain. Il suffisait de creuser la terre sous les pavés. On démarrerait le tunnel à l'intérieur de la cabane, de manière que Pierrot ne soupçonne rien. Les films de guerre étaient pleins de ces tunnels miraculeux qui serpentaient vers la liberté. Elle se pencha et plongea les doigts dans la terre du petit jardin. Elle était molle, boueuse, facile à creuser.

– Par là non plus vous n'arriverez à rien, chantonna Malestrazza. J'ai failli crever en essayant. Nous sommes dans une zone instable. Toute tranchée a tendance à se combler d'elle-même. Au bout d'une heure, la tourbe s'éboule et vous vous retrouvez enseveli avant même de comprendre ce qui se passe. Je n'ai jamais réussi à creuser une galerie excédant trois mètres. La dernière fois que j'ai essayé j'ai bien cru que je ne remonterais pas. La terre me dégringolait dessus à pleines pelletées, comme si un fossoyeur se tenait au bord du trou. C'est une tourbe grasse, argileuse, propice aux éboulements, qui n'offre aucune prise. Et même si vous arrivez à vous enfoncer sous l'un des bâtiments qui nous entourent, il vous faudra piocher la chape de béton qui se trouvera alors au-dessus de votre tête pour tenter de faire surface. Avec quoi accomplirez-vous ce prodige ?

Jeanne pensait au poignard confisqué par le vieux. La lame en serait-elle assez solide pour émietter la dalle ?

– Ce sera comme si vous nagiez sous une banquise épaisse de trois mètres, sans aucune ouverture, martela Malestrazza. Il vous faudra un an pour faire un trou gros comme le poing à travers le béton. Et vous croyez que cette ouverture passera inaperçue ? Mme Cliquet occupe sa vie à balayer les couloirs, comment ne serait-elle pas alarmée par la présence d'un trou dans le sol ? Vous croyez qu'elle ne comprendra pas ce que vous êtes en train de faire ?

Il se leva, atterré par cette perspective et arpenta nerveusement la cour.

– Non ! Non ! martela-t-il. On nous punirait aussitôt, on nous priverait de nourriture… Et puis, c'est idiot, je ne peux pas vous laisser faire ça, ce serait comme d'assister les bras croisés à votre suicide. Le sous-sol est travaillé par des mouvements profonds, des poussées, des glissements. Qui sait ? En creusant votre fichu tunnel, vous risquez même d'être aspirée vers le bas ! de tomber dans une carrière… Un gouffre obscur où vous vous romprez les os. Moi-même, quand je creusais, je sentais parfois la terre bouger sous mon ventre, comme si elle cherchait à m'aspirer.

Jeanne écoutait sans se laisser convaincre. Si l'ascension était de toute évidence irréalisable, le tunnel demeurait à ses yeux une solution séduisante. Bien sûr, il y avait une part de hasard, mais Malestrazza connaissait les plans de l'immeuble par cœur, il était donc capable de prévoir avec un maximum de fiabilité la direction que devrait prendre la galerie pour déboucher dans un endroit tranquille. Restait le problème des éboulements. Ne pourrait-on pas étayer le tunnel en prélevant des planches sur la cabane ? Cela semblait une astuce acceptable.

Elle fut interrompue dans ses réflexions par l'arrivée du panier d'osier qui se balançait au bout de sa ficelle.

Il contenait juste une lettre de Pierrot en ces termes :

Vous m'ennuyez. Vous restez là vautrés comme des morts. Je vous préviens que si vous ne vous donnez pas un peu plus de mal pour m'amuser, je ne reviendrai pas avant la fin de la semaine. Un peu de diète vous éclaircira sans doute les idées.

– Ah ! se désespéra Malestrazza, je vous l'avais bien dit, vous ne faites pas assez d'efforts.

Courant sur ses courtes jambes, il se précipita dans la cabane où il s'affaira de façon mystérieuse durant trois minutes. Quand il réapparut, il était grimé en clown, affublé d'un nez rouge et d'un nœud papillon découpé dans un vieux chiffon, coiffé d'un chapeau ridicule et ne portait pour tout vêtement qu'un caleçon sale et des fixe-chaussettes. Sans plus attendre, il se mit à se tortiller au milieu de la cour, singeant les figures de base de la danse classique. Ses genoux cagneux craquaient à chaque flexion tandis qu'il fredonnait le grand air d'*Orphée aux enfers* d'Offenbach. Le spectacle était si grotesque que Jeanne recula pour éviter d'être frôlée par ce bonhomme suant, soufflant, à faire pitié.

– Remuez-vous ! gronda Malestrazza sans cesser de danser. Ne restez pas plantée là comme une idiote. Vous voulez manger, oui ou non ? Improvisez quelque chose, un strip-tease… oui, un strip-tease.

Jeanne secoua négativement la tête en pensant « Non ! je ne tomberai pas aussi bas », mais tandis qu'elle énonçait cette décision avec force, ses mains, échappant à son contrôle, écartaient déjà les pans de la chemise, déboutonnaient le pantalon…

– Pas si vite ! grommela Malestrazza. Bon sang ! Ce n'est pas une visite médicale ! Vous êtes censée aguicher un gosse vicieux. Comment voulez-vous l'exciter, si vous lui donnez *tout* d'un coup ?

Dédoublée, Jeanne se vit esquisser des mouvements d'une lascivité de collégienne. Elle dansait à présent, se trémoussant à la manière de ces femmes de ménage qui arrondissent leurs fins de mois en s'exhibant nues dans les peep-shows. Elle retrouvait des gestes entrevus dans des films, des provocations de professionnelle de la frustration... Elle se dandinait maintenant, au milieu des pavés, le slip descendu à mi-cuisses.

« Tu veux manger ? répétait la petite voix dans sa tête. Tu veux manger ou bien te serrer la ceinture jusqu'à la fin de la semaine ? Alors, bouge tes fesses, idiote ! bouge tes fesses ! Et dis-toi que ce n'est rien de plus qu'un concours de tee-shirts mouillés comme il y en a des centaines sur les plages, chaque été. »

Elle ne savait plus ce qu'elle faisait. Malestrazza se trémoussait autour d'elle comme un Indien dansant autour d'un poteau de tortures.

Enfin le panier redescendit, lourd de quelques vivres.

– C'est bien ! haleta le vieillard en arrachant son nez rouge qui n'était en fait qu'une vieille balle de ping-pong coloriée. C'est bien, il est content !

Jeanne se rhabilla maladroitement. Elle se sentait sale et complice de sa propre dégradation. Comme Malestrazza se rua sur le panier, elle s'y précipita aussi. Le vieil homme respirait avec difficulté et son visage était blême. Jeanne nota qu'il comprimait son flanc gauche avec sa main ridée, comme si son cœur ne parvenait pas à retrouver un rythme normal. Pour une fois, ils ne se battirent pas pour la possession des victuailles, et la jeune femme procéda à une répartition correcte du butin. Il y avait un gros pain de campagne, des œufs durs, une gamelle de riz agrémenté de tranches de chorizo, un paquet de cigarettes et de vieux caramels poussiéreux dans un sachet fermé par un élastique.

– Ah ! C'est Byzance ! s'extasia Beppo, toujours en caleçon. Nous lui avons donné une belle représentation. J'espère que vous saurez en tirer la leçon qui convient.

– Mais demain ? dit Jeanne sans plus se soucier de l'interdiction de parler qui lui avait été signifiée. Demain il faudra aller plus loin…

– Bien sûr, convint Malestrazza qui, trop heureux de se restaurer, ne songeait plus à monopoliser la parole. Mais vous êtes une femme, vous trouverez sans peine d'autres perversions, non ?

Il avait maintenant des taches bleues sur le visage, ce qui ne l'empêchait pas de manger à grosses bouchées.

– Nous imaginerons d'autres mises en scène plus élaborées. Des simulacres de torture ou de flagellation par exemple. Je suis sûr qu'il aimera ça.

Le panier d'osier remontait vers la lumière. Dans quelques minutes Pierrot s'en irait, satisfait de la pantomime à laquelle il avait contraint ses prisonniers. En parlerait-il à sa mère ? Non, Jeanne ne le croyait pas. Mme Cliquet n'avait sans doute plus envie qu'on lui rappelle l'existence de la fosse.

Dans l'année qui avait suivi la capture de Malestrazza, elle avait sûrement joui de son pouvoir. Jeanne l'imaginait sans peine, se tournant et se retournant dans son lit sans parvenir à trouver le sommeil, excitée jusqu'à l'insomnie à la seule idée d'aller le lendemain nourrir « la bête » dans son trou, d'aller la regarder gesticuler et supplier, petit insecte prisonnier d'un piège hermétique. Elle avait joué de sa puissance et de toute la gamme des menaces qui s'offraient à elle. Elle avait inventé la cérémonie du courrier *Monsieur Malestrazza, pensez à ce qui se passerait si je tombais en venant vous porter à manger...*

Monsieur Malestrazza, la météo est très mauvaise, il va neiger, je me demande si vous avez vraiment mérité la couverture que vous me réclamez...

Elle s'était amusée à ce jeu d'enfer, essayant de pousser son avantage au maximum sans casser toutefois ce jouet magnifique qui lui était offert. Puis elle avait peu à peu épuisé le répertoire des mauvaises blagues, des humiliations. Et la lassitude s'était installée. Monter sur le toit avait pris l'allure d'une corvée dont elle avait commencé à s'acquitter à la va-vite. Sa haine s'affaiblissant, elle avait réalisé qu'elle avait le vertige et une sainte horreur de zigzaguer entre les cheminées. Le soir, dans le lit trop étroit de la loge, elle avait fixé le plafond en se répétant « Je n'y retournerai plus, je ne veux plus penser à tout ça, c'est fini. » Mais elle n'avait jamais pu se résoudre à laisser son prisonnier mourir de faim. Oh ! elle avait bien essayé, à une ou deux reprises, lui imposant de longues diètes d'une semaine, mais Malestrazza avait tenu le coup. Lorsqu'elle était remontée avec l'espoir de le surprendre mort au fond du trou, elle l'avait trouvé amaigri mais toujours vivant, bien décidé à ne pas lâcher la rampe, s'accrochant à l'existence avec l'incroyable ténacité des animaux nuisibles.

Malgré tous ses efforts, elle n'avait pas réussi à l'abandonner. Des séquelles d'éducation religieuse lui interdisaient d'achever ce vieillard indigne, de le laisser pourrir au fond de sa geôle comme la bête malfaisante qu'il était. Elle avait tenté de fortifier sa haine en se rappelant tout le mal qu'il avait fait, les crimes perpétrés à l'intérieur de l'immeuble : sa mère emmurée, comme tant de voisins qu'elle avait connus… mais sa rancœur s'était bel et bien usée.

Et elle n'était plus seule désormais, il y avait Mathurieux, le vieux flic dont la grosse moustache sentait le vin rouge et la soupe à l'oignon, et puis le gosse…

Le gosse… Ce fardeau qui lui était échu, elle ne savait comment, dans un moment d'égarement, ou simplement parce qu'elle n'avait pas eu la force de repousser le seul ami qui lui rendait visite le soir, après ses heures de ménage. Mathurieux, vieil enquêteur au bord de la retraite, sans avenir ni flair, aimant trop les bistrots et pas assez les interrogatoires… Elle l'avait laissé faire, de peur de le voir s'en aller lui aussi, comme les autres qui n'osaient même pas lui adresser la parole et qui l'affublaient de sobriquets dans son dos.

Oui, elle l'avait laissé faire pour se l'attacher, pour lui donner une raison de revenir. Une raison plus importante que la soupe à l'oignon ou le bœuf à la ficelle, car la cuisine n'est pas tout pour les hommes. Il leur faut toujours quelque chose de plus. *La* chose…

Alors le petit était né… Un sacré souci, bien sûr, mais contre lequel on ne pouvait rien. Il avait fallu l'admettre, l'élever. Elle avait eu du mal à s'y attacher. Souvent, lorsque le gosse l'agaçait trop, il lui arrivait de se raconter que c'était juste un môme à garder. Un môme que ses parents allaient venir reprendre dans quelques heures. Un môme de passage à qui il n'était même pas nécessaire de parler. Mais personne n'était jamais venu reprendre Pierrot (qui en aurait voulu, du reste ?) et elle avait été bien forcée d'admettre qu'il resterait toujours là, dans ses jambes, à la regarder par en dessous avec ses yeux trop noirs.

Sa présence avait gêné Mathurieux, dont les visites s'étaient espacées, mais était-ce un mal ? Qu'avait-elle besoin de ce gros ours un peu sale et de ses blagues de commissariat ? Elle n'était plus vraiment seule ; le gosse, après tout, c'était une sorte de compagnie, un peu comme un chien, mais en plus intelligent ; ce n'était pas négligeable. Par bonheur, Pierrot n'était pas bavard. La seule question qu'il posait c'était « Qu'est-ce que tu vas faire sur le toit, M'man ? Pourquoi t'emportes un panier avec des choses à manger ? »

Pour couper court à sa curiosité, elle inventait des bêtises. *C'est pour les ramoneurs*, disait-elle, *ils ont froid là-haut* ou encore *C'est pour les zingueurs qui réparent la toiture*.

Elle avait pris l'habitude de ne plus monter qu'une fois par semaine. Elle bourrait le panier de provisions et l'expédiait au vieux schnock, là en dessous. À lui ensuite de se débrouiller pour ne pas tout bouffer en deux jours. Oh ! le temps des petites vacheries, des lettres fielleuses, était bien fini. Malestrazza était devenu une corvée, une punition. Parfois elle se maudissait de ne pas avoir assez de courage pour l'abattre d'un coup de fusil, une fois pour toutes.

Un soir qu'elle descendait le cabas au bout de sa ficelle, elle s'était retournée pour découvrir Pierrot debout derrière elle. Il l'avait suivie. Il avait dix ans et les toits ne lui faisaient plus peur.

– Qui c'est ? avait-il demandé en désignant la petite silhouette au fond de la fosse. Qui c'est ? On croirait un animal dans un zoo.

– C'est une bête, avait-elle répondu. Une vilaine bête. Viens, descendons, je vais te raconter son histoire.

C'est comme ça qu'elle avait enfin trouvé quoi dire au gamin, après toutes ces années. Elle lui avait tout raconté, la légende, les crimes, les sacrifices, le piège qu'elle avait tendu au bourreau, elle, la petite institutrice auxiliaire. Pierrot avait gobé ses paroles, les yeux écarquillés par l'attention.

– C'est notre secret, avait-elle insisté, personne ne doit savoir, sinon on me mettrait en prison, et toi dans un orphelinat où tu serais battu tous les jours.

Elle avait pensé : « C'est fichu, il va en parler à tout le monde, à ses copains d'école, à la fille de l'épicière… »

Mais elle se trompait, Pierrot avait jalousement gardé le secret. Il avait même pris peu à peu l'habitude de la relayer dans la corvée de nourriture. Il montait à sa place, petit lutin qui se riait du vertige et prenait plaisir à jouer les geôliers. Elle avait commencé à chasser Malestrazza de sa conscience. Elle se contentait de préparer le panier qu'elle laissait sur un coin de la cuisine. Pierrot s'en saisissait sans un mot. Jamais ils ne parlaient du vieux, c'était comme une bête lointaine et un peu bizarre qu'un locataire excentrique les aurait chargés de nourrir pendant son absence. Une bestiole exotique, genre lézard, ou un truc analogue.

Des curieux étaient passés à plusieurs reprises, des journalistes, des écrivaillons envoyés par les éditeurs, mais Pierrot avait su leur faire peur en leur empoisonnant la vie par mille détails de son invention. Ils n'étaient jamais restés très longtemps. L'ambiance morbide des lieux et Pierrot – parfait dans son rôle d'enfant vicieux – leur avaient fichu la trouille. Ils avaient pris la fuite, la machine à écrire sous le bras, pour ne plus revenir.

À présent, Malestrazza n'était plus qu'une gêne lointaine. Elle le savait vieux, elle espérait qu'il ne mettrait pas trop longtemps à mourir. Quand il aurait rendu l'âme, elle quitterait l'immeuble avec son fils, pour ne plus jamais revenir. Elle commencerait une autre vie, ailleurs, elle ne savait pas où.

Finalement, la vengeance, c'était trop de travail.

Oui, c'est ainsi que Jeanne imaginait le lent déroulement des choses, la passation de pouvoir, la manière progressive dont le fils avait pris en charge le fardeau de la mère. Peut-être n'y avait-il vu tout d'abord qu'un moyen de se rendre utile, une ruse pour se faire aimer. Puis, le plaisir était venu, grisant, vénéneux… À présent, c'était une drogue dont il ne parvenait plus à se passer, un vice qu'il lui fallait satisfaire coûte que coûte. Là-haut, penché au bord du toit, il était le maître des marionnettes. Un maître exigeant et cruel dont les bouffons devaient craindre la colère.

Soudain, Malestrazza rota, tirant Jeanne de ses pensées. Elle le découvrit à côté d'elle, ridicule dans son accoutrement de faux clown.

– Allez donc vous rhabiller ! lui lança-t-elle.

Mais il ne l'écoutait pas, les yeux dans le vague, repu, il caressait son estomac.

11

La nuit, Jeanne sombrait dans un néant proche du coma, comme si son esprit cherchait à se dissoudre, à plonger toujours plus profondément dans l'oubli. Parfois, au moment de fermer les yeux, elle pensait : « Cette fois je ne me réveillerai pas. Je vais rester en bas. Tout en bas. »

Malgré sa fatigue, elle récupéra dans la cabane une vieille boîte de conserve, qu'elle utilisa à la manière d'une pelle, pour creuser un trou dans le sol, là où Malestrazza avait ôté les pavés tapissant la cour. Elle put rapidement constater que le vieil homme ne lui avait pas menti. La tourbe argileuse avait tendance à s'effondrer en paquets mous dès qu'on forait une cavité dépassant cinquante centimètres de profondeur. Le sous-sol rappelait ces fondrières gorgées d'eau où le pied cherche en vain un point d'appui. On en venait à se demander comment l'immeuble réussissait à conserver sa cohérence au milieu d'un terrain aussi mouvant.

Un matin, ce devait être le douzième jour, une averse éclata, déversant ses trombes à l'intérieur du puits. L'eau ruisselait sur les murailles dans un vacarme de cascade avant d'aller s'écraser sur la tôle ondulée de la baraque. Le tunnel vertical, jouant le rôle de caisse de résonance, donnait à ce déluge l'ampleur d'une véritable catastrophe. Le bruit, infernal, interdisait toute communication. On eût dit que des masses de carrier martelaient le toit de la cahute pour la défoncer. Dans la cour, d'immenses flaques s'étaient formées, noyant les pavés. En quelques instants, cette mare pénétra dans la cabane, mouillant les revues entassées sur le sol. Malestrazza qui dormait dans son lit s'éveilla en sursaut, hagard. En proie à une grande agitation, il se précipita dans la cour, les yeux levés vers le ciel. Mais il était impossible d'apercevoir quoi que ce soit, la pluie tombait si dru qu'on ne distinguait qu'un rideau bruissant qui vous aveuglait au bout de quelques secondes. Jeanne se recroquevilla sur le seuil, à l'abri de la plaque de tôle recouvrant la guérite. La cour n'était plus qu'une mare noyant les pavés. Malestrazza pataugeait dans ce bassin miniature en braillant des choses incompréhensibles.

– Nous allons mourir ! hurla-t-il en saisissant la jeune femme aux épaules. Vous ne comprenez pas que la cour va se remplir comme une piscine ? Nous allons être noyés par cette averse. Le niveau va monter… C'est à cause de la glaise du sous-sol, l'eau n'y pénètre pas normalement, *elle stagne !*

Il se détourna, bondit au milieu des flaques et leva les poings vers le ciel, hurlant des malédictions que le vacarme de l'averse rendait inaudibles. Jeanne fut tout à coup certaine qu'il était en train de perdre la tête. Cependant, elle était forcée de reconnaître que le niveau de l'eau montait sensiblement et noyait déjà les semelles de ses chaussures. Les ruissellements qui dévalaient les parois lui donnaient l'impression d'être encerclée par quatre cascades, et la chose n'avait rien de réjouissant.

– Avez-vous un gilet de sauvetage ? bégaya Malestrazza en se ruant à nouveau sur elle. Il faut l'enfiler. Si nous parvenons à flotter assez longtemps, l'eau nous fera monter à la hauteur des toits, il sera alors facile de s'évader…

Jeanne le repoussa. Ce vieillard trempé, dégoulinant, vêtu comme un épouvantail, avait tout du noyé, et lui faisait peur.

– Une bouée ! supplia-t-il. Vous avez bien une bouée ? Donnez-la moi, je suis trop vieux, je ne peux pas nager.

Elle crut un instant qu'il plaisantait, mais la lueur de panique qui brillait dans ses yeux n'était pas feinte. Il était vraiment convaincu que la pluie allait recouvrir la cabane, et le puits se remplir tel un aquarium.

« C'est impossible, se répétait Jeanne. L'eau va disparaître dans le sol, c'est obligé, la terre ne peut pas être complètement imperméable… »

Elle fixait ses pieds avec une attention désespérée, guettant le moment où les pavés submergés daigneraient enfin réapparaître. La panique s'emparait d'elle mais elle ne voulait pas y céder. Elle s'imaginait déjà grimper sur le toit de la cahute pour échapper au flot, nageant jusqu'à la crampe pour ne pas se laisser engloutir dans les profondeurs aquatiques du puits. Elle avait peut-être tort d'attendre. Il aurait fallu démanteler la cabane, improviser un radeau…

Mais non ! Elle devenait dingue, elle aussi. La démence de Malestrazza entrait en elle tel le germe d'une maladie contagieuse, elle devait résister.

Enfin la pluie cessa, et le ciel redevint bleu, mais Malestrazza demeura agenouillé au milieu de la mare, sanglotant tel un naufragé dérivant sur la mer. Jeanne grelottait, l'impression d'humidité était insupportable. Le sol buvait lentement l'eau des nuages. Quand la mare se fut insinuée dans les interstices des pavés, on put voir qu'elle avait raviné la terre et que le visage de Mathias Flegenhorn affleurait, boueux, là où son cadavre était superficiellement enseveli. La jeune femme se détourna, l'estomac convulsé, et rentra se cacher dans la maison. Elle tremblait sans parvenir à reprendre le contrôle de ses nerfs. Elle avait si froid qu'elle s'enveloppa dans la couverture graisseuse de Malestrazza sans plus se soucier de l'odeur de suint qui s'en dégageait.

Le vieillard finit par rentrer à son tour, ruisselant. Il entreprit avec beaucoup de peine de faire glisser ses hardes détrempées et, nu, se pencha sur le poêle qu'il essaya d'allumer. Le combustible, trop humide, refusa de s'enflammer. Il se mit alors à fouiller dans sa vieille valise à la recherche de vêtements secs. Il finit par endosser un costume noir dont les coudes et les genoux étaient troués.

– Nous l'avons échappé belle, marmonna-t-il en cherchant une cravate. Rien de plus dangereux que ces averses… La fosse devient comme une bouteille sous le jet d'un robinet, elle se remplit, se remplit…

Sa voix chevrotait. Jeanne avait décidé de ne pas perdre une seconde à l'écouter. Elle commençait à redouter la folie insidieuse qui émanait du vieillard.

Sous son regard, tout se transformait et l'on finissait par ne plus savoir où était la vérité.

« Ne l'écoute plus ou tu finiras comme lui », se disait-elle.

– Maintenant, la terre va s'affaisser un peu plus sous l'immeuble, rêva sombrement Malestrazza, et les fissures progresseront dans les murs… Je vous l'ai expliqué : nous ne sommes plus assez protégés. En retirant les cadavres des murailles, ces idiots nous ont condamnés à sombrer. Écoutez ! Vous n'entendez pas ? Crac… crac… crac… Non, vous n'avez pas l'oreille assez fine, vous ne comprenez pas le langage de la pierre, mais moi, moi, les briques me parlent. Elles me disent qu'elles sont malades… Elles me racontent la progression des fissures, elles me supplient de les soigner, et je ne peux rien pour elles, je suis comme un médecin emprisonné par des ignares, et qui regarde périr des enfants fiévreux sans pouvoir leur venir en aide. Écoutez ! Crac… crac … C'est comme un gémissement très faible. Le gémissement de la pierre qui se fendille. Le terrain s'éboule sous les fondations, les murs vont se disloquer. Nous mourrons écrasés par les décombres, les parois du puits se refermeront sur nous.

Jeanne haussa les épaules et se boucha les oreilles, peu soucieuse d'en entendre davantage. Voyant qu'elle ne lui prêtait plus attention, Malestrazza alla chercher dans un coin de la cabane un objet volumineux mais inidentifiable parce qu'enveloppé d'un chiffon rouge, et qu'il maniait avec beaucoup de délicatesse. Au cours des derniers jours, Jeanne avait noté la présence de ce paquet mais, préoccupée par ses plans d'évasion, elle n'avait à aucun moment songé à soulever le voile dont il était recouvert.

Avec d'infinies précautions, Malestrazza déposa la chose sur sa table et la démasqua. La jeune femme ne put retenir un mouvement de surprise. C'était, confectionnée à l'aide de minuscules fragments de bois arrachés aux planches de la cabane, la maquette d'une sorte de cathédrale aux détails merveilleusement restitués. Malestrazza avait construit ce prodige avec des riens – des débris infimes patiemment sculptés, des copeaux, des brindilles, des allumettes – encastrés sans aucune adjonction de colle. La structure parfaitement équilibrée offrait au regard un dédale de colonnes, d'escaliers en colimaçon, de dômes et de terrasses. Par les minuscules fenêtres, on devinait de grands appartements d'apparat aux parquets marquetés. Malestrazza avait probablement passé des années à construire cette merveille d'habileté et de savoir-faire artisanal. Jeanne se leva à demi pour observer la maquette haute d'un demi-mètre environ, et dont les dômes, les clochetons, étaient faits de copeaux de bois se chevauchant telles des écailles de poisson.

– Oh ! coupa aussitôt le vieillard en levant une main péremptoire. Je vous vois venir. Détrompez-vous, il ne s'agit pas d'un passe-temps. Cette maquette, c'est un instrument de travail, un moyen de vérifier mes théories sur les lignes de force. Vous avez remarqué ? Pas un point de colle, pas de clous, rien que des emboîtements. C'est de cette manière que je bâtirai ma prochaine maison quand je serai sorti d'ici. Une maison où les pierres seront juste posées les unes sur les autres, sans aucun lien de ciment.

– Et comment tiendront-elles ? ricana Jeanne en approchant son visage d'un minuscule escalier flanqué de statues.

– Par la puissance du sang, dit sourdement l'architecte. Cette maquette a été sanctifiée, comme toutes mes constructions. Je l'ai arrosée de mon sang… Vous en voyez, là et là… dans ces petites niches qui ressemblent à des sarcophages.

La jeune femme plissa les yeux. À l'intérieur du jouet, on apercevait effectivement des alvéoles que tachait un dépôt brunâtre.

– Mais maintenant je suis trop vieux pour m'entailler les doigts, soupira Malestrazza. Je suis anémié et je coagule mal. Je ne peux pas courir le risque d'une hémorragie, sinon je vous aurais montré…

Son visage s'illumina et il lança d'un ton fiévreux :

– Vous savez qu'à l'époque où cette maquette était convenablement « nourrie » il était impossible de la faire s'écrouler ? On pouvait la secouer en tous sens sans parvenir à la disloquer. Prodigieux, non ? pour un assemblage qui ne compte pas une goutte de colle !

Jeanne détourna la tête pour échapper à son regard scrutateur ; elle ne voulait pas entrer dans son délire. Elle eut envie d'aplatir le fragile édifice d'un coup de poing, comme ça, pour prouver au dément que ses théories ne tenaient pas la route et qu'une « faible femme » pouvait triompher de sa magie criminelle. Mais elle ne put se résoudre à frapper. Quelque chose la retenait, quelque chose qu'elle ne comprenait pas… La magie peut-être ? Elle recula, dégoûtée par les traînées brunâtres qui souillaient les alvéoles disposées à l'intérieur de la maquette. Pourquoi

Malestrazza lui montrait-il cela ? Pour qu'elle accepte de se laisser entailler ? Pour qu'elle lui donne son sang ?

– Je sais où vous voulez en venir, cracha-t-elle. Ne comptez pas sur moi ; je suis déjà trop affaiblie par le régime alimentaire qu'on nous impose, n'espérez pas que je donne dans vos singeries.

– Vous avez tort, pleurnicha Malestrazza en remuant la tête. Vous auriez contribué à l'élaboration d'un chef-d'œuvre. Je pensais que vous seriez sensible à cet aspect des choses. Je ne vous demandais pas un bien grand sacrifice, et après tout les femmes sont habituées à saigner, n'est-ce pas ?

Jeanne s'écarta en sifflant une injure. Le vieillard n'insista pas et se pencha sur la maquette, un petit canif entre le pouce et l'index, pour fignoler quelque invisible détail.

Ce labeur d'horloger le tint occupé tout l'après-midi. Jeanne avait choisi de ne plus lui accorder la moindre attention. Pour se réchauffer, elle ramassa les revues détrempées qui jonchaient le plancher de la cabane et alla les entreposer dans la cour, en évitant toutefois de regarder le visage de Mathias lavé par la pluie, et qui dépassait maintenant du sol, comme un masque de cire livide. Elle n'eut pas le courage d'aller le recouvrir, et sa lâcheté lui fit honte.

L'atmosphère d'humidité était véritablement pénible. Une odeur d'eau croupie montait des murailles, rappelant ces relents qui flottent au-dessus des aquariums mal entretenus des jardins zoologiques.

Ce jour-là, à cause des toits mouillés et glissants, Pierrot ne vint pas les ravitailler, aussi durent-ils se passer de repas. Jeanne réintégra la cabane à contrecœur. Comment dormirait-elle cette nuit ? D'habitude, elle s'allongeait sur un lit constitué de magazines qui l'isolaient à peu près du sol, mais l'averse avait mouillé les journaux, et les planches étaient spongieuses.

Préoccupée, elle s'agenouilla à l'entrée de la cahute pour tâter le parquet.

– Allons, fit Malestrazza, brusquement conciliant. Ne vous en faites pas. Nous partagerons le lit. Vous avez vécu dans du coton, en fille des beaux quartiers, c'est facile à deviner, je ne veux pas que vous attrapiez une pneumonie en couchant dans la boue.

Jeanne murmura un vague remerciement ; malgré la répugnance que lui inspirait Malestrazza, elle était soulagée à l'idée de ne pas dormir sur le sol.

Lorsque la lumière ne fut plus suffisante, le vieillard délaissa son ouvrage qu'il recouvrit de l'habituel chiffon rouge et partit s'étendre.

– Allons, venez, lança-t-il à l'adresse de la jeune femme, en frappant le matelas du plat de la main. Vous savez bien que lorsqu'on a l'estomac vide mieux vaut dormir.

Jeanne obéit. Elle se sentait faible et lasse. Des pensées inconsistantes s'entrecroisaient dans son crâne. C'était le moment de la journée où le découragement la saisissait.

Elle s'allongea aux côtés du vieil homme et ferma les yeux, se concentrant sur les sensations physiques qui l'envahissaient. Elle avait oublié à quel point c'était bon de dormir dans un lit. La couche de sangles, si rudimentaire qu'elle fût, lui paraissait soudain aussi accueillante qu'un matelas haut de gamme dans un palace cinq étoiles.

Elle s'endormit. À peine avait-elle basculé dans le sommeil qu'elle fit un rêve étrange. Elle était dans une cathédrale, devant l'autel, et se mariait avec un inconnu dont elle ne distinguait pas le visage. Subitement, l'homme lui saisissait la main pour glisser à son annulaire la traditionnelle alliance, et elle percevait nettement le contact du métal sur sa peau… Mais l'anneau rétrécissait sur son doigt, écrasant sa chair, lui entaillant l'os. Une douleur épouvantable lui ravageait la main.

Elle se dressa en hurlant, dans la lueur jaune de la lampe à pétrole.

Avec horreur elle réalisa qu'elle était réveillée et que la douleur demeurait présente. Une douleur atroce qui lui traversait la paume et remontait dans tous ses nerfs. Un liquide chaud lui poissait la paume, un liquide qui dégoulinait sur ses vêtements en larmes brûlantes.

Alors, seulement, elle aperçut Malestrazza, au pied du lit. Il tenait le poignard de chasse dont elle s'était munie avant de descendre dans la fosse… Il brandissait le couteau dont la lame paraissait rouge, elle aussi.

Jeanne hurla, de peur et de souffrance. Elle savait que quelque chose d'horrible venait de lui arriver.

« Il m'a tuée, pensa-t-elle au bord de la syncope. Il a profité de ce que j'étais endormie pour m'éventrer, maintenant je vais mourir. »

Elle était tellement persuadée d'être en train d'agoniser qu'elle fut presque soulagée quand, élevant la main droite à la hauteur de son visage, elle constata qu'elle n'avait plus d'annulaire.

« Il m'a coupé un doigt, pensa-t-elle une seconde avant de s'évanouir. Il m'a *seulement* coupé un doigt. »

12

Elle fut tirée de l'inconscience par les élancements violents qui lui traversaient la main. L'aube emplissait le puits d'une lumière grise. Jeanne se redressa. Pendant qu'elle était évanouie, Malestrazza lui avait enveloppé le poing dans un bout de chiffon sale noué autour du poignet. Le pansement improvisé était constellé de taches brunâtres qui, en séchant, avaient fini par former des croûtes. Elle s'assit péniblement. La tête lui tournait, et le moindre mouvement faisait exploser des pointes de feu dans sa blessure. Elle entreprit de défaire le bandage. Il fallait qu'elle contemple la blessure, qu'elle s'assure de son existence, elle ne pouvait s'en empêcher. Par bonheur, le moignon n'adhérait pas au chiffon et elle put s'en défaire sans difficulté.

Devant le spectacle qui lui était offert, elle fondit en larmes. Malestrazza avait cisaillé l'annulaire à la hauteur de la première phalange, trouvant parfaitement le joint entre les os. Ce qui restait du doigt mutilé était violacé. L'enflure s'était communiquée à toute la main qui ressemblait à un gant de caoutchouc gonflé d'eau. Jeanne claquait des dents, en proie à une violente réaction nerveuse.

La vue du moignon lui donna envie de vomir. Par miracle, la blessure ne saignait plus et une croûte épaisse s'était formée. Elle se demanda si Malestrazza avait pris au moins la précaution de passer la lame du poignard à la flamme avant d'entreprendre son travail de boucher. Elle refit le pansement. Ce n'était guère commode d'une seule main, et elle dut s'aider de ses dents.

Malestrazza, qui travaillait sur la maquette, ses lunettes de lecture en équilibre au bout du nez, parut enfin s'apercevoir de son existence.

– Ah ! dit-il, vous êtes réveillée. Venez voir, venez voir ! Vous verrez que vous trônez à la bonne place, en vedette.

Il n'y avait aucune ironie dans ses propos, aucun sadisme non plus. Il s'adressait à la jeune femme avec le plus grand naturel, comme si la mutilation infligée au cours de la nuit entrait dans l'ordre des choses. Jeanne se leva, les mâchoires verrouillées par la rage. Cette fois, elle était décidée à frapper, à lui faire mal, à le détruire…

Elle s'avança vers la table, et le vieillard monta la mèche de la lampe à pétrole pour donner plus de lumière. Il désignait en souriant l'intérieur de la maquette, une expression de bonheur sur le visage.

– Regardez, souffla-t-il d'une voix altérée par l'émotion, regardez… là, tout au fond du grand vestibule.

Jeanne se pencha sur l'étrange construction, coulant son regard dans l'ouverture béante de ce qui semblait être le porche d'une cathédrale. La lumière de la lampe à pétrole pénétrait par les fenêtres aux vitres de papier calque, éclairant l'immense hall d'une lueur dorée. Une niche avait été ouverte dans la base d'un escalier à double volée, cette alvéole contenait le doigt tranché par Malestrazza. Le morceau de chair, en se vidant, avait taché le parquet de la salle. En apercevant ce morceau d'elle-même planté comme une bougie sur un gâteau d'anniversaire, Jeanne eut une nausée. Elle tomba sur les genoux et vomit de la bile.

Elle s'essuya la bouche. Malestrazza l'aida à se redresser. Il avait des gestes doux, pleins de sollicitude. Jeanne sentit la haine revenir à l'assaut, en vagues brûlantes. Des envies de meurtre la submergeaient, des pulsions de saccage.

– Regardez, répéta le vieillard, votre chair a sanctifié la maquette, sa cohésion est maintenant bien meilleure qu'hier. Elle pourrait affronter un petit tremblement de terre sans s'effondrer… et c'est grâce à vous.

Pour confirmer sa démonstration, il empoigna les bords de la table qu'il agita, produisant une sorte de vibration censée simuler les secousses d'un séisme d'intensité moyenne.

– Vous voyez ! triompha-t-il. Hier encore, la maison se serait écroulée ; aujourd'hui, elle est soudée par l'enchantement. Je pourrais remuer cette table jusqu'à la nuit sans qu'un seul de ses murs s'effondre.

Jeanne, hypnotisée, fixait toujours le débris d'annulaire fiché dans la volée d'escalier. Elle avait le plus grand mal à se persuader que cette… *chose* lui appartenait. Cédant à la rage elle s'empara de la lampe à pétrole qu'elle souleva avec l'intention de l'abattre sur la maquette. Elle voulait la voir exploser.

Elle voulait que le combustible asperge Malestrazza, que les flammes embrasent ses vêtements, sa barbe… Oui ! Elle voulait le voir se tortiller en hurlant, les moustaches carbonisées… et la maquette flamberait avec lui… et la baraque, et toute cette annexe de l'enfer où elle allait finir par perdre la raison !

Mais son bras resta en suspens, incapable de s'abattre, paralysé. Malestrazza la contempla en souriant, sans chercher à s'interposer.

– Vous ne pouvez pas, dit-il simplement. *Quelque chose vous en empêche,* n'est-ce pas ? Vous ne savez pas quoi mais c'est en vous, une force qui vous commande… Vous la sentez, hein ? Une main invisible qui bloque votre bras… C'est l'enchantement, l'enchantement qui protège la maquette des catastrophes naturelles. Vous voyez que je ne suis pas fou, que tout ce que je vous raconte est bien réel.

« C'est stupide, pensa confusément Jeanne. Qu'est-ce qui m'empêche d'écraser ce jouet ? Je n'ai qu'à abattre la lampe au beau milieu des dômes et… »

Mais sa main demeurait figée à mi-course, et son poignet commençait à trembler sous le poids du gros récipient de verre.

« C'est parce que tu sais qu'il ne faut pas détruire la baraque, se dit-elle. Y mettre le feu te condamnerait à vivre sans abri, sous la pluie, dans le froid… C'est pour ça, c'est uniquement pour ça. »

Malestrazza s'était levé. Avec des gestes très doux, il lui prit la lampe et la posa sur la table.

– On ne peut rien faire contre un tel charme, dit-il. J'espère que vous commencez à me prendre au sérieux.

Jeanne se détourna et s'enfuit dans la cour. Elle s'adossa à l'une des parois et se laissa glisser à terre. Elle pleura, sa main blessée relevée sur sa poitrine. Les sanglots qui agitaient ses épaules faisaient naître des flèches de souffrance dans le moignon. Elle s'assit sur ses talons. Elle grelottait, ses oreilles étaient brûlantes. Elle comprit qu'elle avait la fièvre et redouta de succomber à une infection. Le ciel était bleu entre les toits, mais elle ne le voyait pas. Toute son attention était concentrée sur les pulsations douloureuses qui parcouraient sa main. C'était comme un cœur battant dans sa paume, un cœur minuscule et déréglé. Elle savait que c'était une mauvaise manière d'affronter la douleur, elle aurait dû au contraire essayer de s'abstraire, orienter son esprit vers autre chose, mais elle n'y parvenait pas. Elle ne savait que répéter :

« Mutilée, maintenant tu es mutilée, tout le monde regardera ta main avec dégoût, les hommes comme les femmes, et tu feras peur aux petits enfants… »

Elle finit par perdre conscience, sans pouvoir déterminer s'il s'agissait d'une torpeur due à l'épuisement ou bel et bien d'un évanouissement.

Quand elle rouvrit les yeux, Malestrazza auscultait la muraille, l'oreille collée à la paroi de brique.

– Vous entendez ? fit-il. Craac… crac. Les fissures progressent. L'averse d'hier, en imbibant le sous-sol, a affaibli les fondations de l'immeuble. Bientôt, tout va s'effondrer, les carrières vont s'ouvrir pour nous avaler.

Jeanne avait décidé assez puérilement de ne plus lui adresser la parole, mais elle réalisa soudain que la folie du vieillard le rendait incapable de percevoir et même d'imaginer le ressentiment de sa partenaire. Il vivait sur une autre planète, bourreau tranquille sans remords, uniquement préoccupé de théories farfelues aux applications criminelles.

– Ça a l'air de vous réjouir, dit-elle avec hargne. Vous êtes complètement dingue.

– Pas du tout, fit Malestrazza en baissant la voix. Vous ne comprenez donc pas que c'est là notre seule chance de nous échapper ? Si la maison s'écroule, des fissures énormes s'ouvriront dans les murs… Il est possible bien sûr que nous soyons tués par l'effondrement des parois, mais si par chance nous réussissons à passer entre les chutes de pierres, nous pourrons nous faufiler dans les brèches, gagner un couloir, et nous enfuir.

Il se redressa en sautillant.

– Il faut nous tenir prêts, confirma-t-il. Il y a plusieurs jours que cela se prépare. C'est pour ça que j'ai repris mes travaux. Je sais maintenant que mon œuvre va connaître un nouvel essor. Depuis dix-sept ans, je perfectionne mes théories ; aujourd'hui, je suis fin prêt. Il me suffira d'une maison délabrée et de quelques victimes… Je me sens en pleine forme et j'ai encore un peu d'argent en lieu sûr. Tout va recommencer, tout !

Jeanne haussa les épaules, grimaça, et renversa la tête en arrière pour tenter de trouver une position confortable. Sa tempe touchait à présent les briques de la paroi. Elle fut stupéfaite en détectant un craquement lointain qui semblait monter des profondeurs de la terre. C'était là, dans le mur ! Comme une fêlure en progression. Craac… crac… Elle appliqua sa joue sur la muraille. À présent, elle percevait l'écho d'un travail intérieur, d'une lente dislocation. Des séries de petites détonations sèches, des crissements.

– Vous aussi, exulta Malestrazza, vous les entendez ! Je vous l'avais dit : l'immeuble n'est plus protégé, le charme s'est dissous, il aurait fallu d'autres sacrifices, d'autres corps emmurés aux points stratégiques. Mais ça n'a plus d'importance. Cet effondrement va peut-être nous permettre de retrouver la liberté.

Il sortit une craie de sa poche et se mit à écrire sur chacune des parois.

– Si une brèche s'ouvre là, nous déboucherons dans le vestibule de l'escalier C, expliqua-t-il. Ici, c'est la chaufferie, là c'est de loin le meilleur endroit : un accès direct au grand hall… Il faudra courir, bien sûr, et se garder des éboulements. Je prendrai la tête car je connais parfaitement la topographie des lieux, vous n'aurez qu'à me suivre.

Il se frotta les mains et retourna dans la cabane pour étudier de nouveau la maquette. De temps à autre, il empoignait les bords de la table et leur imprimait de vives secousses. Curieusement, la petite construction résistait sans dommages à ces mauvais traitements.

« Elle devrait pourtant se disloquer, songeait Jeanne qui surveillait les manipulations du coin de l'œil. C'est absurde. Qu'est-ce qui la fait tenir comme ça ? »

Elle avait la migraine et la fièvre la faisait transpirer. Elle renonça à comprendre et posa sa tête contre le mur. Les craquements étaient toujours là, armée d'insectes au travail, grignotant, mangeant, rognant. Elle rêva de fissures qui s'inscrivaient en pointillés rouges sur les parois. Elle se voyait, courant sous une pluie de gravats, essayant de rejoindre la sortie. Combien de temps faudrait-il aux carrières pour avaler la maison ? Elle savait que le phénomène s'était déjà produit au XIXe siècle, à plusieurs reprises. Des constructions de faible importance, bâties en dépit du bon sens, avaient été englouties en un éclair, simplement parce que le plafond de la carrière sur laquelle elles reposaient s'était effondré, miné par les infiltrations. Les bâtisses avaient disparu d'un coup, mangées par les profondeurs.

« Mais c'était au XIXe siècle, pensa-t-elle, ça ne peut pas se reproduire. »

Pour la première fois depuis qu'elle était au fond du puits, elle se mit à prier pour que Malestrazza ait vu juste, et elle guetta durant une heure la chanson des fêlures cheminant dans l'épaisseur des parois.

Elle était engourdie de fatigue. La douleur de sa main s'atténuait. Les élancements violents des premières minutes avaient fait place à une palpitation sourde mais supportable. Jeanne savait qu'elle ne devait plus relâcher sa vigilance. À la moindre somnolence, Malestrazza pouvait revenir, le couteau au poing, pour lui cisailler un autre doigt. N'allait-il pas se mettre dans la tête que la maquette réclamait une « nourriture » plus substantielle ? Il était bien capable de lui sectionner toutes les phalanges sous prétexte d'en truffer sa maison de poupée. Lorsqu'elle n'aurait plus un seul doigt, il se contenterait se secouer la table en criant : « Vous voyez ? C'est l'équivalent d'un séisme de force 10 sur l'échelle de Richter, et pourtant rien ne bouge. Rien ! C'est grâce à vous ! »

Elle n'avait guère envie de contribuer de cette manière à l'avancement de ses théories. Si elle n'avait pas été dans un tel état de faiblesse, elle se serait emparée du couteau et l'aurait plongé dans la poitrine du vieillard... C'est du moins ce qu'elle se racontait, mais elle n'était pas certaine d'en être capable en réalité. Et puis, Malestrazza était en meilleure condition physique qu'elle, surtout depuis que les craquements lui avaient redonné de l'espoir.

Malgré toute sa volonté, elle céda à la somnolence. La fièvre faisait courir des frissons sur son corps. Elle se prit à redouter une septicémie, une gangrène. Elle mourait de soif mais n'avait pas le courage de ramper jusqu'au robinet. Malestrazza ne lui prêtait pas attention. Penché sur la maquette, il prenait des notes en marmonnant.

« Je suis là depuis un siècle », songea la jeune femme en ramenant sa main torturée entre ses seins.

Quelques minutes plus tard, le panier fit entendre son couinement. Malestrazza bondit de sa chaise, mais le cabas ne contenait qu'une lettre de Pierrot.

Vous m'ennuyez, écrivait l'enfant. *Vous n'êtes même plus drôles à regarder. Vous restez vautrés toute la journée comme des clochards sur un trottoir. Je me demande bien pourquoi je me donne la peine de monter sur le toit pour vous observer, je ferais aussi bien de rester devant la télé ! Il va falloir vous donner un peu de mal si vous voulez manger... Je pense qu'il y aurait peut-être une meilleure ambiance si vous invitiez ce bon Mathias à votre prochain repas, non ?*

Moi, j'aimerais bien le voir assis sur une chaise au milieu de vous la prochaine fois que je passerai. Ce n'est bien sûr qu'une suggestion mais, à votre place, j'en tiendrais compte.

– Quel petit saligaud, rugit Malestrazza en chiffonnant la feuille de papier quadrillé. Vous avez entendu ça ?

Jeanne resta sans réactions. Les exigences de Pierrot, perçues à travers la brume de la fièvre, lui paraissaient incompréhensibles. Elle ferma les yeux, décidée à se rendormir sans plus tarder.

– Mais secouez-vous ! s'insurgea Malestrazza, vous n'allez pas me laisser creuser tout seul à mon âge ?

Jeanne fit la sourde oreille. Pestant contre la paresse des jeunes générations, l'architecte s'agenouilla en gémissant et se mit à gratter la terre boueuse à l'endroit où il avait enseveli Mathias Flegenhorn. Il respirait avec difficulté et transpirait. Jeanne s'installa à son aise pour l'observer. « Qu'il crève ! pensa-t-elle. Qu'il fasse une embolie et qu'il tombe le nez dans la boue, j'irai sauter à pieds joints sur son cadavre. »

Elle savait qu'elle ne le ferait pas, mais l'idée avait quelque chose de consolant. La fièvre lui donnait l'impression de ne plus habiter son corps. Elle flottait, dédoublée, regardant sa propre dépouille tassée dans l'angle du mur, et se trouvait piteuse allure. Malestrazza creusait, de la glaise jusqu'aux coudes. Le corps de Mathias émergeait à présent du trou, silhouette boueuse qui semblait sculptée dans l'argile. Cette gangue verdâtre, qui masquait le cadavre en lui donnant l'allure d'une statue, atténuait d'une certaine façon l'horreur du spectacle et le rendait du même coup supportable. Avec un peu de bonne volonté, on pouvait imaginer que Malestrazza était occupé à modeler un gisant, et que cette grande forme couchée n'était rien d'autre qu'un amas de terre élastique. C'est du moins ce que se répéta Jeanne durant tout le temps que dura l'opération.

« Une statue… Une statue… »

Mais voilà que Malestrazza saisissait la « sculpture » sous les bras et la forçait à s'asseoir. La jeune femme avala sa salive pour enrayer la nausée qui revenait à l'assaut.

– Une chaise ! grommela l'architecte, apportez donc la chaise. Il faut que je fasse tout ici !

Jeanne ne bougea pas. Elle avait décidé que ce spectacle n'était pas réel, qu'il appartenait au domaine des fantasmes. Elle ne devait pas en avoir peur. C'était juste une fantasmagorie due à la maladie. Avec un peu de chance, elle allait s'évanouir d'une seconde à l'autre et serait libérée de toute cette horreur.

Malestrazza soufflait, le visage écarlate, embarrassé de cette grande poupée molle que la boue rendait glissante. Jeanne serrait les dents à s'en faire mal. Elle ne parvenait pas à identifier Mathias dans cette forme verte qui gisait sur les pavés, et c'était tant mieux. Assez lâchement, elle s'obstina à penser « Ce n'est pas lui, ce n'est rien d'humain. C'est l'ébauche d'un monument… ce n'est pas un homme. »

Malestrazza était allé chercher la chaise et un morceau de corde. Toujours soufflant et jurant, il installa le corps sur le siège et l'attacha au dossier afin qu'il ne bascule pas en avant. Jeanne se cacha le visage dans les mains.

Une profanation… Ils étaient en train de profaner un corps pour le seul contentement d'un gamin tyrannique. D'ailleurs, c'était Pierrot qui avait poussé le scaphandrier dans le vide. Ce sale gosse ne respectait donc rien ? Pas même ceux dont il avait triomphé par surprise ?

Quand il eut terminé son installation, Malestrazza s'écarta en s'épongeant le visage. Sa respiration était rocailleuse, sa face était maintenant souillée de glaise verte. En traînant les pieds, il alla encore quérir la table bancale qu'il disposa devant la dépouille.

– Une assiette, des couverts, haleta-t-il, il faut qu'il ait l'air de manger, c'est ce que veut l'autre taré, là-haut.

Jeanne tourna son regard vers le ciel. Elle repéra sans mal l'éclat des jumelles. Pierrot les observait, exultant de les découvrir aussi obéissants. Quelques minutes s'écoulèrent, puis le panier redescendit, cette fois rempli de nourriture. Un message griffonné avait été entortillé autour du pain. Il disait : *Chose promise, chose due... en espérant que votre invité ne vous coupera pas l'appétit.*

Ah ! si je n'étais pas là pour mettre un peu d'animation !

Malestrazza s'attribua la plus grande partie des vivres.

– C'est normal, lança-t-il, vous ne m'avez pas aidé, j'ai tout fait seul, il faut que je reconstitue mes forces.

Jeanne n'essaya même pas de protester. Elle était trop fatiguée. Elle se contraignit à manger, grignotant un peu de saucisson du bout des dents tandis que le vieillard engloutissait la nourriture. Elle mourait de soif, mais Malestrazza refusa de lui apporter un gobelet d'eau.

– Vous m'avez laissé me débrouiller, grogna-t-il avec une rancœur puérile, vous n'avez qu'à vous dépatouiller toute seule à présent.

Jeanne dut ramper jusqu'au robinet pour étancher sa soif. Le liquide avait un goût bizarre de terre remuée. Elle se demanda si la boue du sous-sol n'était pas en train de s'introduire dans les canalisations bouleversées par les glissements de terrain.

Inquiète, elle demeura là, concentrant son attention sur les gouttes qui tombaient du bec de cuivre à intervalles réguliers.

Au début de l'après-midi, elle céda à une crise de désespoir et se laissa aller à invectiver Malestrazza.

– C'était bien la peine de truffer les murs de passages secrets pour rester coincé ici ! lui lança-t-elle, vous auriez pu être un peu plus futé !

– Il n'y a jamais eu de passages secrets, rétorqua le vieillard, indigné. Ce sont des inventions de locataires. La seule porte dissimulée que j'aie conçue, c'est celle qui menait dans cette cour, c'est tout. Pensez donc ! Les passages secrets sont bien trop faciles à localiser pour quelqu'un qui a un peu d'oreille.

– Mais comment surpreniez-vous vos victimes alors ?

– J'entrais chez elles avec un passe, la nuit. Ou je les attendais dans le couloir, un tampon de chloroforme dans la poche. Je connaissais leurs allées et venues, leurs horaires, leur emploi du temps, j'avais inscrit tout ça sur un gigantesque planning. Je savais pertinemment quand je pouvais les coincer sans risque. Un simple travail d'organisation. Les souterrains, les chambres secrètes, ce sont les journalistes et les locataires qui les ont inventés. Du romantisme de feuilleton télé… des bêtises, quoi ! Quand nous serons sortis, il faudra que vous rétablissiez la vérité.

Je suis un chercheur, pas un vampire de château gothique ; vous insisterez là-dessus. Un chercheur dont les découvertes ne peuvent plus être contestées.

Jeanne se dispensa de lui répondre. La glaise séchait sur le corps de Mathias, se craquelant. La dépouille prenait peu à peu l'aspect d'une porterie mal cuite… ou d'un lézard couvert de grosses écailles.

« Poterie mal cuite », choisit de penser Jeanne, parce que l'image était moins affreuse, plus banale.

– Quand allez-vous l'ensevelir ? aboya-t-elle. Vous n'allez tout de même pas le laisser là jusqu'à ce qu'il…

Elle s'arrêta, n'osant terminer sa phrase. Elle avait failli dire « jusqu'à ce qu'il se décompose ».

– Ma chère petite, il restera là tant que notre bon seigneur ne nous aura pas ordonné de le faire disparaître, rétorqua Malestrazza. C'est l'ami Pierrot qui commande, vous n'avez pas encore compris ça ?

Dans le courant de l'après-midi, un phénomène étrange se produisit au milieu de la cour. Jeanne vit plusieurs pavés s'enfoncer d'une dizaine de centimètres dans le sol, comme si un mouvement de succion les aspirait, puis de l'eau se mit à sourdre à l'endroit où le scaphandrier avait été enterré. Une eau trouble et fangeuse qui emplit rapidement le trou.

– C'est le sous-sol qui bouge, haleta l'architecte. De grands bouleversements se préparent. C'est la fin de la maison… Je vous l'avais prédit, vous voyez que j'avais raison.

Il se déplaçait à quatre pattes sur ses genoux arthritiques, tâtant les pavés branlants qui bougeaient maintenant avec un bruit spongieux.

– Le plafond de la carrière est en train de céder, diagnostiqua-t-il. Quand il s'écroulera tout à fait, nous ferons une chute de vingt mètres, ce sera comme si nous tombions au fond d'un cratère. L'immeuble sera englouti par ce trou noir. Si nous voulons nous en tirer, il faut prier pour que la chose soit progressive. C'est seulement à cette condition que nous pourrons profiter des brèches qui s'ouvriront dans les parois.

Il se releva et tâta les murs tel un médecin auscultant un patient.

– C'est ce mur-ci qui cédera en premier, affirma-t-il. Une fissure le fendra en deux, nous donnant accès au grand hall d'entrée. Si les chutes de gravats ne nous tuent pas, nous avons une chance de pouvoir courir jusqu'à la rue.

Jeanne se mordait les lèvres. Devait-elle accorder un quelconque crédit aux divagations du bonhomme ? Elle connaissait maintenant ses brusques emballements, ses crises de délire, ses affabulations. Ce tremblement de terre dont il lui rebattait les oreilles depuis quelques jours n'était-il, lui aussi, qu'un conte à dormir debout ? Elle n'était pas loin de le croire, mais, en même temps, elle s'accrochait à cette éventualité parce que c'était là son unique chance d'échapper au piège de la fosse.

Durant tout le reste de la journée, elle observa les pavés, mais ceux-ci ne daignèrent plus bouger. L'eau qui emplissait la tombe de Mathias disparut comme elle était venue.

Cette nuit-là, Jeanne rêva de la destruction de Pompéi. Elle se voyait, courant au milieu des chutes de pierres, essayant d'éviter les poutres et les colonnes des temples foudroyés dont les statues roulaient sur le sol, perdant tête et bras. Elle s'éveilla en sursaut, persuadée que la terre bougeait sous elle. Au matin, elle put constater avec Malestrazza que la cabane penchait du côté droit. Quant à la tombe de Mathias, elle s'était refermée toute seule sous l'action mystérieuse des mouvements souterrains. Ces bouleversements avaient-ils été perçus par les autres occupants de l'immeuble ? Elle posa la question à l'architecte qui secoua négativement la tête.

– Je ne pense pas, fit-il en se caressant la barbe. Nous sommes ici à la verticale de la carrière, au point le plus vulnérable. Il est probable qu'ailleurs on a pris les vibrations du sol pour celles d'un gros camion ébranlant l'asphalte. Nous sommes sans doute les seuls à savoir ce qui va se passer.

Malestrazza se réjouissait ouvertement du prochain cataclysme. Il occupa la matinée à trier ses notes, ses plans. Tout en sifflotant, il roulait les grandes feuilles de papier jauni qu'il glissait ensuite dans un étui de cuir cylindrique. Ces préparatifs avaient quelque chose d'un déménagement. Quand il eut terminé de classer ses papiers, il rassembla ses maigres affaires de toilette dans sa valise moisie et examina ses hardes pour déterminer quels vêtements il conviendrait de passer lorsqu'il se retrouverait à l'extérieur.

– Qu'est-ce que vous ferez une fois dehors ? ricana Jeanne. Vous vous retrouverez à l'asile, comme les clochards. Vous m'avez dit que vous étiez ruiné.

– Pas complètement, protesta le vieux. J'ai pris la précaution de cacher de l'argent ici et là, à travers la France. De l'or, en pièces, en lingots, assez pour vivoter quelque temps. Un petit magot que j'ai éparpillé dans des forêts, des landes, là où on peut le récupérer sans avoir besoin de montrer une carte d'identité. Cela ne fera pas de moi un homme riche, mais je serai du moins dispensé de mendier. Je pense que je retournerai aux colonies... aux Indes, en Afrique. Là-bas tout est encore possible… Il ne manque pas d'endroits où les séismes font des ravages. L'idéal serait bien sûr de rejoindre le Japon, et de me trouver un mécène à l'esprit large, ouvert aux théories subversives. Je suis certain que c'est possible. Tout le monde n'a pas la tête ankylosée par le cartésianisme si cher aux Français. J'ai eu tort de revenir en France, c'est un petit pays fait pour de petites gens.

Il parlait en caressant sa barbe tachée de glaise, souriant d'un air vague, perdu dans ses rêves. Jeanne eut envie de lui faire mal. Si elle avait pu, elle lui aurait jeté un pavé au visage pour entendre craquer les os de sa face. Sa haine couvait, bouillonnante. Bientôt elle serait assez forte pour lui permettre de renverser les barrières morales qui l'empêchaient encore de passer à l'action.

Deux jours s'écoulèrent sans que d'autres phénomènes viennent bouleverser le paysage de la petite cour. Jeanne s'était tant habituée à l'imminence de cette fin du monde qu'elle fut déçue de ce retour à la normale. Elle en venait à douter des aberrations précédemment observées et, tout bien considéré, la cabane ne lui semblait plus aussi penchée qu'auparavant. Avait-elle tout imaginé ? Était-elle victime de la folie de Malestrazza ? Il l'avait contaminée, lui communiquant ses hallucinations d'architecte fou. D'ailleurs, tout cela relevait de la psychose pure et simple. Comment avait-elle pu croire un seul instant que l'immeuble allait s'effondrer, avalé par d'insondables profondeurs ? Elle avait été naïve, stupide et trop vulnérable… *Il ne se passerait rien*, ni demain ni les jours suivants. Elle allait rester prisonnière de la fosse, jusqu'à ce que le désespoir lui commande de se suicider ou qu'elle sombre dans la folie et ne se rende plus compte de rien.

Malestrazza allait et venait, soucieux. Il avait rouvert son tube de cuir, sorti ses plans et vérifiait anxieusement ses calculs. Il ne parlait plus de départ prochain, d'évasion, comme si ce conte avait déserté son esprit. Sans doute avait-il oublié ses théories des derniers jours et ses interminables auscultations du sol. Il était de nouveau penché sur la maquette qu'il soumettait à des séances de vibrations répétées. Après chacune de ces expérimentations, il examinait la maison de poupée à la loupe, cherchant à détecter une faille, une fissure.

– Il me faudrait un nouveau prélèvement, décida-t-il tout à coup alors que la nuit tombait. Convenablement « protégée », cette construction est capable de supporter un séisme de neuf ou dix degrés, j'en suis persuadé.

Jeanne ne comprit pas tout de suite ce qu'il entendait par « prélèvement ». Ce fut lorsque la lame du poignard étincela dans l'obscurité qu'elle réalisa qu'il comptait lui trancher un autre doigt pour satisfaire aux exigences de ses expérimentations. La terreur et la rage se saisirent d'elle, et elle se redressa, sa main valide tendue en avant comme la serre d'un rapace.

– Ne m'approchez pas ! hurla-t-elle. Ne m'approchez pas ou je vous…

Malestrazza émit un claquement de langue irrité.

– Allons, dit-il, ne faites pas l'enfant.

Jeanne tenta de le repousser mais sa main blessée la privait d'une grande partie de sa puissance. Malestrazza lui attrapa le poignet. Ses doigts étaient durs et rêches, ses ongles trop longs entrèrent dans la peau de la jeune femme. Elle hurla aussitôt car il s'appliquait déjà à isoler son index, lui repliant de force les autres doigts. Il agissait sans excitation ni colère, mais les sourcils froncés, une expression soucieuse sur le visage. Comme il approchait le couteau, elle lui expédia un violent coup de genou dans le ventre. Il encaissa avec un gémissement et se plia en deux.

– Frapper un vieillard, hoqueta-t-il, vous êtes une misérable… je pourrais être votre grand-père !

Jeanne faillit éclater d'un rire hystérique. Si elle avait pu, elle lui aurait écrasé la tête entre deux pierres ! Elle se baissa pour chercher un projectile, mais déjà Malestrazza revenait à la charge, le poignard brandi.

– Enfin, ne soyez pas sotte ! pleurnicha-t-il, je ne veux pas vous tuer, je veux seulement vous couper un doigt. On dirait que je vous demande l'impossible !

Il s'était fait suppliant et parlait d'une voix mi-rassurante mi-grondeuse, comme s'il s'adressait à une enfant rétive ayant grand besoin d'être sermonnée.

– Un doigt, répéta-t-il. Et même pas entier… simplement les deux dernières phalanges. J'en ai besoin pour mon travail, vous devriez être fière de participer à un grand projet.

Jeanne lui décocha un autre coup de pied, mais il l'évita sans peine. Il était fort et massif. D'un coup d'épaule, il aplatit la jeune femme contre le mur et lui saisit la main. Cette fois, elle sentit le froid de l'acier sur sa paume. Le fil de la lame tâtonnait, cherchant la jointure des phalanges. Jeanne mordit Malestrazza à la nuque, enfonçant ses dents dans la chair grasse parsemée de poils blancs. Elle mordit comme seules savent mordre les bêtes, jusqu'à ce que le goût du sang lui emplisse la bouche. Malestrazza hurla à son tour et chercha à la repousser, mais elle tint bon, déchirant tout ce qui passait à sa portée, l'oreille, la joue… Elle était comme une louve rendue folle par le carnage et la peur. Elle mordait, mordait, avalant le sang de son ennemi.

Malestrazza lui donna un coup de poing sur la tête qui l'assomma à demi. Elle s'effondra sur les pavés tandis qu'il se penchait sur elle, toujours à la recherche de sa main valide.

– Enfin, l'entendit-elle murmurer, a-t-on idée de faire autant d'histoires pour un simple doigt ?

Elle avait un voile rouge devant les yeux et luttait pour ne pas sombrer dans l'inconscience. Si elle s'évanouissait, il en profiterait pour aller jusqu'au bout de son projet. Cela ne lui prendrait qu'une minute, elle ne doutait pas de son habileté. Elle s'ébroua, aspira une grande goulée d'air et roula sur le ventre pour dissimuler ses mains. Elle se mit à ramper vers le trou boueux au bord duquel s'entassaient les pavés arrachés au sol de la cour. Si seulement elle parvenait à se saisir de l'un d'eux… Malestrazza s'assit sur ses reins pour l'immobiliser. Il était si lourd qu'elle crut étouffer. La grosse main de l'architecte s'était introduite sous le ventre de la jeune femme, cherchant à capturer l'un de ses poignets. Jeanne rua et se tortilla, tandis qu'il lui saisissait la main droite.

– Non ! hurla-t-elle, non, je vous en supplie !

C'était une prière idiote mais elle avait jailli instinctivement de ses lèvres. Pour Malestrazza, elle n'était qu'un cobaye sans plus de droit à l'existence qu'un lapin de laboratoire. Il lui avait retourné le bras dans le dos et tentait de glisser la lame entre ses doigts crispés.

– Mais ouvrez-donc la main, ordonna-t-il, comment voulez-vous que je travaille proprement ? Je vais mettre du sang partout et tacher vos vêtements.

Rassemblant ses dernières forces, elle roula sur la hanche, parvint à s'asseoir et expédia sa tête dans le nez du vieil homme. Elle entendit éclater le cartilage, le sang de son bourreau lui poissa les cheveux. Malestrazza poussa un cri et tomba en arrière, les mains jointes sur le visage. La douleur lui avait fait lâcher le poignard ; Jeanne s'en empara et l'abattit en accompagnant le coup de tout le poids de son corps. Elle n'avait pas visé, mais par chance la lame s'enfonça entre deux côtes transperçant le cœur. Malestrazza se raidit instantanément, sans pousser un cri, sans même saigner. En une seconde il était mort, les mains toujours crispées sur le visage, les yeux ouverts mais ne voyant plus rien…

« J'ai tué un vieillard », pensa Jeanne en se redressant.

Elle tremblait, partagée entre le soulagement et le dégoût d'elle-même, frottant la main qui avait tenu le manche du couteau sur la toile de sa chemise, pour la nettoyer.

« Il est mort, se répéta-t-elle. Il voulait me faire du mal. C'était un fou. J'étais en état de légitime défense. »

Mais ce plaidoyer ne parvenait pas à la mettre en paix avec elle-même. Tout à coup, le fou, le bourreau, le monstre de la place Verneuve, le sacrificateur de vieilles dames, n'était plus qu'un vieillard très pâle couché sur le dos. Un très vieil homme à la barbe de Père Noël avec un manche de couteau à la hauteur du cœur. Il était mort... Aussi mort que Mathias. Et maintenant elle était seule, seule au fond du puits pour des mois, *des années peut-être.* Elle avait tué son compagnon de cellule. Elle n'entendrait plus jamais le son d'une voix humaine, il lui faudrait affronter la solitude... Une solitude insupportable.

Elle se releva péniblement et marcha à reculons vers la cabane, sans pouvoir détacher ses yeux du grand corps foudroyé. Chaque fois qu'elle avait imaginé la mort de Malestrazza, elle avait pensé qu'il mettrait une éternité à mourir, qu'il se redresserait, tituberait, se relèverait, marchant vers elle comme un spectre insensible à la douleur... Et voilà qu'elle l'avait foudroyé d'un coup, comme un matador abat un taureau.

Elle s'immobilisa au seuil de la cahute, ne pouvant se résoudre à entrer. « Si tu tournes la tête, il se redressera, pensait-elle. Si tu t'endors, il reviendra à la vie. Sa magie le protège. Il n'est pas vraiment mort... »

Ses jambes ne la soutenaient plus. Elle se laissa couler sur le sol et s'appuya contre le chambranle. Ses dents claquaient à se briser. Elle avait tué l'ogre, le méchant homme qui emmurait les dames dans les couloirs de sa maison, elle ne craignait plus personne.

Elle éclata d'un rire caquetant qui se mua en sanglots. Elle pleura plus d'une heure, montant toujours la garde pour s'assurer que Malestrazza ne revenait pas à la vie.

« Il va se relever, continuait à lui chuchoter la voix dans sa tête. Dès que tu te seras endormie, il arrachera le couteau fiché dans son cœur et il viendra s'occuper de toi. Il te punira comme tu le mérites, oui. Cette fois il te coupera tous les doigts, les oreilles, le nez… et les seins aussi. »

– Je ne dormirai pas ! cria-t-elle. Je ne dormirai plus ! Vous ne pourrez jamais me surprendre !

Elle ne savait même pas à qui elle s'adressait.

Quand la nuit s'installa dans la cour, Jeanne alluma la lampe à pétrole qu'elle posa tout près d'elle. La lumière jaunâtre de la flamme éclairait les deux cadavres. Celui de Mathias attaché sur sa chaise, et celui de Malestrazza couché sur le sol, les mains soudées sur le visage par la rigidité cadavérique. Elle frissonna, l'humidité de la fosse pénétrait ses vêtements en loques. Elle s'était tellement habituée au monologue incessant de l'architecte que le silence lui parut tout à coup insupportable. À l'idée de ne plus jamais parler à personne, elle sentit sa chair se hérisser. *Peut-être aurait-elle dû accepter après tout ?* accepter de se laisser trancher un doigt... À quoi bon demeurer intacte s'il lui fallait désormais vivre entre deux cadavres ?

Elle se redressa, saisit la lampe et s'avança vers Malestrazza. Arrivée devant la dépouille, elle lui décocha un coup de pied dans les côtes.

– Tu vas te relever ? hurla-t-elle pendant que quelque chose craquait au fond de son crâne. Tu vas te relever, vieil abruti !

Elle frappait, frappait, se meurtrissant les orteils contre les côtes de la dépouille. Mais Malestrazza fit comme s'il n'avait pas entendu et demeura le visage dans les mains. Fatiguée, Jeanne cessa de taper et regagna la cabane. Elle s'allongea sur le lit, la lampe à portée de la main, les yeux tournés vers la porte pour apercevoir le bourreau dès qu'il franchirait le seuil. Elle avait décidé cette fois de ne pas se défendre et de serrer les dents pendant qu'il officierait. Elle attendit longtemps, les mains sagement croisées sur le ventre, mais Malestrazza ne vint pas. Sans doute était-il trop vexé pour faire les premiers pas ? Elle s'endormit sur cette dernière pensée. Un peu de sang coulait de son doigt tranché dont la plaie s'était rouverte au cours de la bataille, mais elle ne sentait rien et ne songeait plus à se plaindre.

13

Le lendemain, elle resta couchée toute la journée sans boire, en proie à la fièvre. À certains moments elle croyait voir Malestrazza au pied de son lit, à d'autres c'était Mathias qui était assis à son chevet et lui murmurait des paroles de réconfort avec sa bouche pleine de boue. Personne ne cherchait à lui faire de mal. Ils savaient tous deux qu'elle allait mourir et qu'elle les rejoindrait bientôt de l'autre côté du grand mur. Malestrazza se promenait en silence, son couteau toujours planté dans le cœur.

Un jour s'écoula, puis un second. Quand la fièvre tomba, Jeanne s'aperçut qu'elle avait maigri et que la paillasse était imprégnée de son urine. Elle essaya de se lever, eut un étourdissement et se traîna vers le fouillis de papier entassé au milieu de la cabane. Sur une feuille de cahier elle traça ces simples mots d'une écriture tremblante.

Il est mort. Laisse-moi remonter. Je ne peux pas vivre entre deux cadavres. Je t'en prie. Je ferai ce que tu voudras. Je serai ton esclave, ta poupée docile. Je t'en prie. Je t'apprendrai des choses que tu ne soupçonnes pas. S'il te plaît.

Le message achevé, elle sortit dans la cour pour attendre l'arrivée du panier. Il était déjà là, débordant de nourriture. Jeanne y jeta sa lettre et le regarda remonter. La réponse vint, cinq minutes plus tard, de la main de Pierrot.

Tu ne sortiras jamais. Tu es à moi seul maintenant. Je suis ton maître, tu seras forcée de faire tout ce que je te dirai.

Elle ne fut pas vraiment surprise par cette sentence. À vrai dire, elle n'avait jamais cru que l'enfant la laisserait remonter. Elle se lava sommairement au robinet, but et mangea du bout des dents. Malgré le jeûne prolongé, elle n'avait pas faim. Elle se déplaçait les yeux rivés au sol pour éviter d'apercevoir les deux cadavres. Jamais elle n'aurait le courage de les toucher, de les ensevelir. Et pourtant, elle ne pouvait se permettre de les laisser ainsi exposés en plein air. La dépouille de Mathias était déjà corrompue et commençait à attirer les mouches. Dans quelques jours, la cour offrirait le spectacle insoutenable d'un charnier à ciel ouvert. Elle devait réagir. Elle haussa les épaules. « Dans quelques jours, je ne serai plus là », pensa-t-elle, et ses yeux allaient de la corde lovée sur le sol à la poutre soutenant le toit de la cabane. La pendaison était-elle douloureuse ? Elle avait lu quelque part qu'on tombait en syncope dès que le sang cessait d'irriguer le cerveau et que l'étouffement survenait ensuite pendant la période d'inconscience, sans souffrance inutile. Était-ce vrai ? Elle s'agenouilla, ramassa la corde et entreprit de boucler un nœud coulant. Elle pouvait se servir de la table comme d'un tabouret, il lui suffirait de sauter dans le vide… Elle ne réfléchissait même plus. Son corps et son esprit communiaient dans la même fatigue. Le cérémonial exigé par la pendaison lui paraissait presque trop complexe, hors de portée. Il lui faudrait monter sur la chaise, accrocher la corde, la passer à son cou. C'était interminable, trop compliqué. Peut-être valait-il mieux qu'elle s'étende sur le lit et cesse de s'alimenter jusqu'à ce qu'elle glisse dans le coma ? Elle s'allongea sur la couche de sangles et se mit à fixer la poutre transversale, essayant de mobiliser ses dernières forces, mais elle était trop faible pour tenter quoi que ce soit. Elle se rendormit et rêva qu'elle était dans la salle de rédaction, au journal, et tapait un article sur une minuscule machine à écrire rouge à l'aide d'un seul doigt. La feuille de papier jaillissant du chariot n'avait pas de fin ; les petites lettres de fer ne correspondaient à rien de connu. C'étaient des symboles étranges évoquant des visages grimaçants.

Elle s'éveilla sans pouvoir déterminer combien de temps elle était restée inconsciente. Une heure ? Une journée ? Sa main blessée était maintenant très enflée, et rouge. En effleurant le poignet, on percevait nettement des chapelets de ganglions. Elle avait beaucoup de mal à plier le coude. Avec un grand détachement, elle songea qu'elle allait sans doute mourir d'infection. Dans peu de temps, la cour compterait un cadavre de plus et Pierrot serait privé de son petit bagne personnel. Il continuerait à venir pendant quelques semaines pour suivre aux jumelles les progrès de la décomposition sur les corps. Puis la lassitude le gagnerait, il informerait sa mère du décès des prisonniers. Mme Cliquet s'empresserait de donner sa démission et de boucler une valise... Ils partiraient, délivrés du fardeau de la prison secrète. La concierge soulagée, l'enfant déçu et maussade.

Jeanne s'enfonçait dans sa rêverie. Elle imaginait maintenant un Pierrot grandissant et boudeur, que tout ennuyait, ne s'intéressant à rien, obsédé par les images de la fosse, ressassant ses souvenirs pour tenter de retrouver la merveilleuse excitation qu'il avait éprouvée là-haut, au bord du toit, tandis que s'agitaient en bas les minuscule prisonniers sur lesquels il avait eu droit de vie et de mort. Des humains pas plus grands que des insectes, qui ne lui faisaient plus peur et qu'il n'aurait eu aucune honte à écraser sous son talon. Maintenant, rien d'aussi fabuleux ne lui arriverait jamais, il allait s'ennuyer, s'ennuyer… et devenir vieux. Il avait à peine vingt ans et le meilleur de sa vie était déjà derrière lui.

Jeanne en était là de ses divagations quand la cabane pencha soudain. Ce fut comme si le sol s'enfonçait sur la droite. Le bric-à-brac de Malestrazza glissa sur le plancher, le lit de sangles suivit le mouvement. La jeune femme se redressa, des mouches noires dansant sur la rétine. Elle ne savait pas si elle rêvait ou si le phénomène était réel. Elle boitilla vers la porte. Dans la cour, les pavés s'enfonçaient dans le sol, aspirés par les profondeurs. La dépouille de Mathias avait basculé en arrière ; quant au cadavre de Malestrazza, il bougeait, agité par les trémulations du terrain. Jeanne ne put retenir un cri. Avec ses mains plaquées sur le visage par la *rigor mortis,* l'architecte avait l'air d'étouffer un irrépressible fou rire. Ses épaules s'agitaient, ses coudes, son ventre….

« Il va se relever, constata Jeanne. Je savais que cela se produirait, je l'ai toujours su. »

Malestrazza continuait à rire et les pavés à s'enfoncer. Des bruits de marécage emplissaient la fosse, des borborygmes de cloaque brassé par des poissons invisibles. Jeanne fit un pas en avant. Le pavé sur lequel elle posa le pied lui parut mou, privé d'assise, comme si le sous-sol n'était plus qu'un marécage.

Bientôt, tout allait disparaître, la cabane sombrerait dans les sables mouvants, et elle-même, Jeanne, serait happée par le maelström. Le « puits » deviendrait un vrai puits, une citerne de brique emplie de boue. Oui, elle allait couler, aspirée par la fange. Elle aurait pour tombeau la fosse démesurée d'une ancienne carrière, l'argile l'envelopperait, la préservant de la putréfaction. On la découvrirait dans trois mille ans, femme fossile qu'on affublerait d'un nom savant avant de l'enfermer dans la vitrine d'un quelconque muséum. Elle s'avança en zigzaguant au milieu de la cour. Des craquements sourds montaient dans les murs. Des explosions sèches, qui déformaient la perspective des pans de brique. Il lui sembla, en levant la tête, que les murailles ondulaient au-dessus d'elle. La première lézarde s'ouvrit à mi-hauteur, vomissant une pluie de débris. Jeanne hurla et leva les bras pour se protéger. Les gravats s'étaient abattus sur le toit de la cabane qu'ils avaient en partie défoncé. à présent, des pierres dégringolaient du dixième étage, ricochant sur les parois du puits. Jeanne sautillait, la tête levée, essayant de déterminer l'endroit où les projectiles allaient frapper. Dans trois minutes elle serait lapidée, écrasée par l'effondrement des murailles. Le puits se refermerait sur elle, l'écrasant sous des tonnes de caillasse. Elle criait mais le vacarme des éboulements couvrait sa voix. Une cheminée se ficha dans la terre, à trois mètres d'elle. Des débris d'ardoise pleuvaient sur ses épaules, lacérant ses guenilles et sa peau.

Elle avait si peur qu'elle ne sentait plus rien. Le sang coulait sur ses bras, sur son front. Dans son dos, la cabane se disloqua, pulvérisée par la chute d'une corniche. Chaque impact soulevait dans les airs de grosses éclaboussures boueuses.

Soudain, alors qu'elle se croyait perdue, l'un des murs se fendit juste en face d'elle. Une brèche s'ouvrit, grimpant jusqu'à la hauteur du second étage. À travers le nuage de plâtre qui s'échappait de la fissure, Jeanne distingua la perspective du grand hall encombré de poutres et de gravats. La geôle venait de s'entrouvrir, comme le lui avait prédit Malestrazza. Elle s'élança, indifférente aux briques qui lui meurtrissaient les épaules. Elle plongea dans la brèche.

Dès qu'elle fut à l'intérieur du bâtiment, elle se retourna pour regarder en arrière. La cour subissait la tourmente d'un maelström venu des profondeurs. Le sol s'affaissait, aspiré par la succion du gouffre en train de se creuser. Un entonnoir se formait, avalant pavés et gravats. Un grondement montait des abîmes tandis qu'un puits s'élargissait dans le sol, un puits d'où montait un puissant remugle de terre remuée et de champignons.

Au moment où disparaissaient les débris, le cadavre de Malestrazza se souleva, raide comme une statue, dont la poussière de plâtre lui avait d'ailleurs donné la blancheur. Jeanne laissa échapper une plainte de terreur. Ainsi, il n'était pas mort, il allait marcher vers elle, l'attraper par une cheville pour l'entraîner au fond du gouffre. Il ne la laisserait pas s'échapper, comment avait-elle pu être assez sotte pour croire qu'il l'autoriserait à jouir d'un privilège dont lui-même était privé ? Le cadavre resta planté au milieu de la cour pendant deux secondes, totem aux yeux morts, puis le sol céda sous ses pieds, l'avalant à son tour.

Jeanne s'avança au bord du cratère pour suivre sa chute, pour s'assurer qu'il n'allait pas s'accrocher à une saillie de la paroi et en profiter pour remonter dès qu'elle aurait tourné le dos. Mais le corps disparut en tourbillonnant, broyé par les pierres. Un vent violent s'échappait du tunnel vertical, un vent qui empestait le moisi. La jeune femme se pencha. Elle savait que la voûte de la carrière s'effondrait, que le trou qui s'était ouvert communiquait avec cet abîme et que Malestrazza avait été avalé par la tombe gigantesque.

Les milliers de tonnes de briques qui s'entasseraient sur sa poitrine d'ici quelques instants suffiraient-elles à le tenir cloué dans le monde des morts ? Elle n'en était pas vraiment certaine.

« Il est emmuré ! hurla-t-elle sans même savoir à qui elle s'adressait, cette fois c'est son tour ! »

Une secousse la fit osciller au bord du vide et elle dut se rejeter en arrière pour ne pas emprunter le même chemin que son tourmenteur. Le dallage tremblait sous ses pieds. Des crevasses s'ouvraient dans les murs, assez larges pour qu'on puisse y passer le bras. Au milieu du hall, le plafond s'était effondré et des meubles blancs de plâtre, en provenance des étages supérieurs, s'écrasaient sur les dalles. Jeanne se mit à courir. Elle criait chaque fois qu'une cloison explosait, l'aspergeant de débris. Une brèche énorme s'ouvrit au-dessus de sa tête et un canapé en surgit, bientôt suivi par un vieux téléviseur, un buffet et quelques chaises. Le mobilier éclata en touchant le sol, projetant des éclats en tous sens. Jeanne dut se plaquer contre la muraille pour contourner cette barricade. Sous ses omoplates, les fissures remuaient comme des bouches avides, elles semblaient dire : « Nous allons te manger, ne cherche pas à t'enfuir. Nous avons faim, il y a si longtemps que le bourreau ne nous a pas nourries. »

Dans chaque bâtiment, les escaliers se tassaient sur eux-mêmes, mille-feuilles dont les marches avaient pris en sandwich les rares locataires ayant eu la présence d'esprit de chercher à fuir dès les premières secousses. Jeanne était maintenant au milieu du hall, à dix mètres de la sortie dont la porte s'était fendue de haut en bas. Un lustre se décrocha pour se volatiliser à ses pieds. Les pendeloques de cristal se fichèrent dans ses mollets, lui arrachant un jappement de souffrance.

Tout autour d'elle, les derniers escaliers s'émiettaient, perdant leurs marches, leurs rampes. Elle songea à tous les locataires, bloqués dans les étages, incapables de descendre, condamnés à périr broyés par les murs. Le bruit était insupportable et constituait en lui-même une agression physique qui donnait envie de se recroqueviller sur le sol, les mains plaquées sur les oreilles. Les tremblements du séisme montaient dans les chevilles de Jeanne, agitaient ses os, torturaient ses articulations. Si elle s'attardait en ces lieux une minute de plus, son squelette se désagrégerait comme tout ce qui l'entourait. Elle perdrait ses dents, ses sutures crâniennes se mettraient à bâiller, sa cage thoracique s'éparpillerait. Elle rampa, se frayant un chemin au milieu des meubles fracassés. Les éclats d'un téléviseur lui lacérèrent le ventre. Elle était blanche de poussière et sa salive avait un goût de craie.

Elle arriva enfin à la porte de la loge. Celle-ci s'était enfoncée dans le sol sous la pression du plafond et ne pouvait plus s'ouvrir. Soudain le battant vola en éclats et Mme Cliquet apparut, un vieux fusil de chasse brandi à bout de bras.

– *Où est-il ?* cria-t-elle en dardant sur Jeanne ses yeux hagards. Il ne faut pas qu'il sorte…

– Il est mort ! hurla Jeanne en désignant au fond du hall la brèche qui s'ouvrait sur la cour.

– Vous mentez ! glapit la concierge. Vous êtes sa complice, vous êtes venue ici pour le délivrer.

Elle leva le fusil, mais l'arme était trop lourde pour elle et le canon tremblait.

– Vous ne sortirez pas ! cria-t-elle. Personne ne sortira. Vous vous êtes tous moqués de la gardienne, ces dernières années. Eh bien, la gardienne fera son travail, jusqu'au bout.

Agitant son arme, elle ordonna :

– Reculez, retournez dans la cour, c'est là qu'est votre place ! À la niche ! À la niche !

Elle riait et pleurait tout à la fois. Les larmes creusaient des rigoles sombres sur son visage poudré de plâtre. Le plafond ne cessait de s'abaisser, miné par les nervures des crevasses. Jeanne sut qu'il n'allait plus tarder à se disloquer. Elle recula. Soudain quelque chose céda et une avalanche de gravats s'abattit à l'endroit même où se tenait la gardienne. Quand la cascade se tarit enfin, Mme Cliquet avait disparu dans un brouillard plus dense que la fumée d'un incendie. Sans chercher à lui porter secours, Jeanne se rua vers la sortie. Elle ne devait plus songer qu'à sa propre survie et prier pour que la porte d'entrée ne soit pas bloquée elle aussi.

Elle saisit la grosse poignée de cuivre à deux mains et tira, indifférente à la douleur qui transperçait son doigt coupé. La poignée se détacha, ainsi qu'un grand morceau du battant fendu. L'ouverture était étroite, mais elle pouvait s'y glisser. Elle y engagea la tête, puis les épaules. Des dizaines d'échardes se fichèrent dans sa peau, mais elle força le passage, tombant la tête la première sur le trottoir.

« Je suis dans la rue ! exulta-t-elle, je me suis échappée ! »

Mais les crevasses avaient également attaqué l'asphalte. Elle réalisa qu'elle ne serait pas en sécurité avant d'avoir atteint le bout de la rue. Elle se mit à courir en titubant. Des lumières clignotantes dansaient devant elle. Des sirènes lui vrillaient le crâne, dominant le grondement du glissement de terrain. Elle distingua enfin de gros camions rouges, des échelles, des hommes coiffés de casques brillants. Les pompiers ! C'étaient les pompiers ! Ils venaient à sa rencontre, la soulevaient de terre et l'entraînaient de l'autre côté des barrières de sécurité. On l'allongea sur une civière, mais elle se redressa aussitôt. Elle voulait regarder ! Elle voulait assister à l'agonie de la maison, elle voulait la voir basculer dans l'abîme, descendre en enfer, là où était sa place. Une infirmière lui jeta une couverture sur les épaules et la contraignit à se rallonger, mais Jeanne se débattit.

Enfin, le sol trembla, se crevassant jusque sous les roues de l'ambulance. La foule massée sur les trottoirs poussa des hurlements et reflua en désordre. Un nuage de poussière emplit la rue, masquant l'immeuble qui s'effondrait. Quand il se dissipa, il n'y avait plus rien qu'un trou dans le sol, un cratère aux pentes boueuses qui plongeait dans la nuit de la terre. Jeanne s'allongea enfin. Quelqu'un lui nettoyait la saignée du bras pour lui faire une piqûre. Elle ferma les yeux, écoutant décroître le meuglement des sirènes.

Elle avait chaud. On la portait. Elle était presque bien.

14

Elle reprit conscience à l'hôpital. Ses coupures, ainsi que ses différentes blessures, furent mises sur le compte de la catastrophe et personne n'eut l'idée de lui poser des questions embarrassantes. Son moignon fut suturé dans les règles. Seul son état de dénutrition intrigua les médecins qui crurent diagnostiquer un cas d'anorexie.

– Vous ne vous alimentiez pas normalement ? lui demanda-t-on à plusieurs reprises. Vous êtes très maigre et les analyses ont révélé des carences. Cette perte de poids est antérieure à l'effondrement de la maison… Suiviez-vous un régime draconien ?

Jeanne les regardait d'un air hagard et répétait « Je ne me souviens plus » en essayant de ressembler à ces héroïnes de cinéma, si attendrissantes qu'on a scrupule à les tourmenter.

Georges vint la voir. Il faisait pitié. Il arpenta la chambre en gesticulant avec gêne.

– C'est ma faute, répéta-t-il. Je n'aurais pas dû t'envoyer là-bas. Je voulais te donner une leçon…

Ah ! j'ai été idiot. Mais pourquoi n'as-tu pas abandonné ? J'ai laissé plusieurs messages sur ton répondeur. Tu voulais revenir la tête haute, c'est ça ?

Jeanne acquiesça. Elle ne souhaitait pas le contrarier. Bizarrement elle se découvrit incapable d'évoquer son aventure. Quelque chose se bloquait dans sa tête dès qu'elle ouvrait la bouche, et les mots lui restaient en travers de la gorge, prisonniers d'une barrière invisible.

En reprenant conscience, le premier jour, elle avait bâti un résumé des événements, quelque chose de sommaire susceptible de ne pas trop effaroucher son rédacteur en chef. Elle savait qu'elle devrait y aller en douceur si elle ne voulait pas s'entendre dire : « D'accord, d'accord… mais ne t'excite pas, ma pauvre fille, c'est le choc de l'accident, tu as *imaginé* tout ça. »

Elle avait peaufiné son exposé, l'avait répété pour elle seule… Et puis, peu à peu, le doute était venu. Quelles preuves pouvait-elle avancer ? L'immeuble avait été englouti par les profondeurs, emmenant avec lui tous les protagonistes du drame. Malestrazza avait été broyé par des tonnes de caillasse… et Mme Cliquet, et Pierrot… Tous, ils avaient disparu. Elle l'avait appris par les journaux. Elle était l'unique survivante de la catastrophe.

– Quand tu te sentiras mieux, lui susurra Georges, il faudra que tu nous écrives quelque chose sur le drame. Tu as vécu ça de l'intérieur… tu vois ? Je verrais bien quelque chose avec des signes avant-coureurs, des rêves prémonitoires… C'est bien ça, les rêves prémonitoires. Une petite fissure qui apparaît sur un mur, et que tu vois progresser chaque jour d'un millimètre. Enfin, tu connais ton métier. Fais-nous un beau papier. J'enverrai quelqu'un avec un magnétophone.

Jeanne avait encore acquiescé.

« Je vais tout lui dire, pensait-elle. La fosse, l'architecte, le panier du repas qui descendait du toit, les mutilations… » Elle avait une fois de plus ouvert la bouche mais la phrase était restée à l'état de gémissement inarticulé.

– Tu as mal ? avait compati Georges. Attends, je vais appeler l'infirmière.

Le lendemain, elle dicta un papier mensonger mais très professionnel, émouvant et inquiétant, où se profilaient les silhouettes surannées et attendrissantes des vieux locataires engloutis. À plusieurs reprises, elle regarda le micro et voulut crier : « Ce n'est pas ça du tout. Il y avait une fosse, et c'était l'enfer. J'ai été torturée par un fou qui croyait triompher des séismes en emmurant des femmes… »

Mais elle se tut. Qui croirait à son histoire ? En révélant la vérité, elle risquait de se griller sur le marché de la presse, de passer pour une détraquée atteinte de mythomanie. Dans le passé, elle avait côtoyé quelques journalistes définitivement brisés par le scoop qui avait fait d'eux des vedettes. On hochait la tête en évoquant leurs noms et on tombait d'accord pour reconnaître qu'ils étaient « fichus ». Ils terminaient leur carrière au fond d'un bureau, alcooliques ou bourrés de tranquillisants, les yeux dans le vague, prisonniers de peurs ineffaçables. Était-ce vraiment ce qu'elle désirait, ce statut de mutilé de guerre, d'invalide du journalisme ? Personne n'accepterait de publier un tel récit, et Georges lui-même serait le premier à lui déconseiller toute tentative dans ce sens. Elle était piégée, condamnée au silence, faute de preuves.

L'article intitulé *Des bruits dans les murs* eut beaucoup de succès, et Jeanne fut inondée de propositions. On vint la filmer, on l'interviewa. En trois jours, sans quitter son lit, elle se hissa au rang de vedette.

Ses plaies se refermaient, elle s'alimentait normalement et reprenait du poids. Pourtant, lorsqu'elle se regardait dans un miroir, il lui arrivait de ne plus se reconnaître.

Georges lui fit comprendre qu'elle était rentrée en grâce, et qu'elle était même devenue en quelque sorte une star du moment. Il y avait de la promotion dans l'air. Les mauvais jours étaient oubliés, l'ardoise effacée. Personne n'oserait plus désormais se moquer d'elle, ou même évoquer ce vieux scoop raté pour une histoire d'œil au beurre noir. Elle avait fait gagner beaucoup d'argent au journal, et cela valait toutes les absolutions.

Georges lui téléphonait régulièrement pour lui annoncer la progression des tirages. L'article *Des bruits dans les murs, cela peut vous arriver demain* avait été gonflé par un rédacteur habile et s'était changé en feuilleton. On envisageait déjà la publication d'un livre. Une dizaine d'assistants de rédaction y travaillaient nuit et jour afin que le bouquin puisse sortir en un temps record.

Jeanne restait indifférente à cette agitation qui lui semblait se dérouler sur une autre planète. Elle avait fini par s'habituer à son moignon de chair rose. À l'extérieur, il lui suffirait de porter des gants. Chez elle, dans l'intimité, elle essaierait de se convaincre qu'il s'agissait d'une blessure de guerre dont elle n'avait pas à rougir.

Elle quitta l'hôpital par une matinée pluvieuse. Georges avait envoyé une stagiaire du journal lui porter des vêtements à sa taille. Mais la fille s'était trompée dans les mensurations, et Jeanne redoutait de voir les boutons de son corsage s'envoler chaque fois qu'elle respirait à fond.

« Voilà, c'est fini, pensa-t-elle en sortant du hall des urgences. La vie va reprendre, comme avant. »

La ville était grise, mouillée, pleine d'une odeur d'ardoise qui lui rappelait les toits. Jeanne héla un taxi. Elle se sentait pataude, étrangère au milieu des badauds. Comment allait-elle vivre maintenant ? Était-elle déjà condamnée à demeurer pour le restant de ses jours une inadaptée du quotidien ?

Chaque nuit, au cours de sa dernière semaine d'hospitalisation, elle avait rêvé de la fosse, de la cabane et du couteau. Elle s'était réveillée en sueur, et l'infirmière de garde lui avait donné un calmant en murmurant « Ce n'est rien, c'est juste le choc, ça passera. »

Mais Jeanne en était beaucoup moins sûre. Non, ça n'allait pas passer ; ce serait toujours là, présent, imprimé dans sa mémoire. Ça reviendrait dès qu'elle fermerait les yeux…

En réalité, elle n'était pas sortie de la cour. Elle était même prête à croire que rien ne l'en sortirait jamais.

Pendant que le taxi traversait la ville, les images de son dernier cauchemar défilèrent sous ses paupières closes. Elle avait rêvé qu'elle était chez elle, dans le grand appartement de la tour de verre et d'acier, elle était couchée sur son lit et entendait du bruit dans les murs. Une lézarde apparaissait alors sur la cloison, juste en face. Une lézarde pleine d'obscurité mais où brillaient deux yeux ironiques. Les yeux de Malestrazza…

Elle ne se faisait aucune illusion. Dorénavant, elle allait faire souvent ce genre de cauchemar… et avaler beaucoup de somnifères. Cependant, tout au fond d'elle-même, une petite voix ironique lui soufflait : « Cesse de te jouer la comédie. Tu sais bien que tu viens de vivre les moments les plus excitants de ton existence. Désormais tu es condamnée à l'ennui. Plus jamais tu ne connaîtras une telle intensité dans l'excitation. Tu vas devenir comme ces anciens combattants qui racontent à longueur de repas leurs *horribles* souvenirs de guerre, avec une délectation des plus suspectes. C'est de cela que tu devrais avoir peur, pas des cauchemars, mais de la monotonie qui t'attend, de la banalité du quotidien au jour le jour… Après ce que tu as connu, tout te semblera morne. Y aurait-il une vie pour toi après la maison Malestrazza ? Ce n'est pas sûr, ma petite, pas sûr du tout. »

Le taxi s'arrêta au pied de la tour, elle paya avec l'argent que lui avait remis la stagiaire. Quand elle entra dans l'immeuble, le gardien se précipita à sa rencontre pour lui demander des nouvelles de sa santé. Dans le hall, on chuchotait en la regardant, les vieilles dames lui souriaient. Elle était la survivante, celle que la terre avait failli manger. Tout le monde pensait qu'en définitive elle avait eu beaucoup de chance.

Dans l'ascenseur, elle eut une petite crise d'étouffement à cause de l'exiguïté de la cabine. Elle avait remarqué qu'elle avait désormais du mal à supporter les espaces réduits. Depuis « l'accident », s'enfermer dans les toilettes devenait une torture. Désormais elle serait condamnée à faire pipi la porte ouverte, cela poserait des problèmes… surtout dans les endroits publics.

Elle fut soulagée lorsque la cabine s'immobilisa. Le gardien lui avait remis un double de sa clef. Elle eut un petit pincement au cœur en se rappelant qu'à son dernier passage elle était en compagnie de Mathias.

Ce fut au moment où elle glissait la clef dans la serrure qu'elle devina la présence dans son dos. Elle hésita à se retourner, avec l'espoir qu'en refoulant la peur elle provoquerait la dissolution du danger, mais la chose demeurait là derrière elle, immobile, pesante. Elle l'entendait respirer. Et renifler aussi.

Elle pivota sur ses talons. Pierrot était debout au milieu du palier, couvert de plâtre et d'écorchures, petit garçon à la bouche mauvaise, aux genoux saignants.

– Ça fait vachement longtemps que je vous attends, dit-il d'une voix sourde. Ma mère est morte à cause de vous, maintenant je suis orphelin… il faut que vous vous occupiez de moi.

Il ne suppliait pas, il ordonnait. Jeanne ouvrit la porte et recula d'un pas.

– Ça fait trois semaines que je me planque, fit l'enfant. J'ai eu vachement de mal à entrer dans l'immeuble à cause de ce con de gardien. Et puis je crève de faim.

Il pénétra d'autorité dans l'appartement. Jeanne ne fit rien pour l'en empêcher. Elle essayait de se rappeler s'il restait quelque chose dans le congélateur.

– Tu veux du chocolat chaud ? bredouilla-t-elle.

Pierrot la regarda en ricanant.

– Le chocolat, c'est pour les mômes, chuinta-t-il, j'veux du vin.

Jeanne hocha la tête et marcha comme une somnambule jusqu'à la cuisine. Quand elle revint, une bouteille et un verre dans les mains, elle aperçut la feuille de papier chiffonnée étalée en travers de la table.

Je ferai ce que tu voudras, lut-elle. *Je serai ton esclave, ta poupée docile…*

Elle reconnut le dernier message qu'elle avait expédié à Pierrot, du fond de la cour, l'ultime supplique gribouillée au rez-de-chaussée des enfers.

Au crayon rouge on avait souligné les mots *poupée docile.*

– Verse-moi à boire, commanda Pierrot.

Elle obéit.

Composition réalisée par P.P.C.
36, avenue des Ternes, 75017 Paris

Imprimé en Allemagne chez Elsnerdruck
Dépôt légal Éditeur : 22409-05/2002
LIBRAIRIE GÉNÉRALE FRANÇAISE - 43, quai de Grenelle - 75015 Paris
ISBN : 2-253-17206-5 31/7206/1